Campeón gabacho

Campeón gabacho

AURA XILONEN

LITERATURA RANDOM HOUSE

Campeón gabacho

Primera edición: noviembre de 2015

www.megustaleer.com.mx

ISBN: 978-607-313-676-1

Impreso en México – *Printed in Mexico*

El papel utilizado para la impresión de este libro ha sido fabricado a partir de madera procedente
de bosques y plantaciones gestionadas con los más altos estándares ambientales, garantizando
una explotación de los recursos sostenible con el medio ambiente y beneficiosa para las personas.

Penguin
Random House
Grupo Editorial

A mis abuelitos, mis tíos y mi ma.

A todos los migrantes del mundo,
que si lo pensamos bien desde el origen,
somos todos.

Words, as ideas, are barbaric men invention.

LIBORIO

Y entonces se me ocurre, mientras los camejanes persiguen a la chivata hermosa para bulearla y chiflarle cosas sucias, que yo puedo alcanzar otra vida al putearme a todos esos foquin meridianos. Al fin, nací muerto y no tengo ni pizca de miedo. Lo pude comprobar desde siempre, como hace rato, cuando molí todos los dientes a un cameján que le tiró un perro a la chivata, y ella, sin decirle nada, sólo miraba hacia la calle por donde debía venir el bus, y ella toda incómoda y más cuando el putarraco le tentonichó una nalga con sus dedos infestados de espronceda. Ahí rompí los lazos que me ataban al mostrador de la book donde trabajo: sentí vibrar el polvo a mi alrededor y salí disparado para amadrearme los puños a su jeta, total, qué podía perder si nunca he tenido nada; que le llego por detrás al pirulo y le puteo el tobillo con un zapatazo, y que se dobla como una sanjuanana que escurre por un cristal en días de lluvia, así, lenta, y luego que le zampo un guamazo pitoniso con todas mis fuerzas atrás de la claraboya.

¡Zaz! ¡Pum! ¡Cuaz! Y que le tumbo los dientes hasta que sólo miraba su propia marmaja roja, rolliza, ahí, petulando temblores, midiendo la banqueta con el cuerpo despatarrado. Para esto ya había una bolita alrededor mío, porque siempre que hay putazos en la street, los camejanes y camagüeyes se birlochan alrededor para mirar más de cercas.

Uno de sus pirulos que me dice:

—Foquin, men, a la malagueña no: de frente, indio patarrajada, como los machines.

Y que se me deja venir con un par de fierros entre los dientes, como esos perros que destrozan todo lo que tocan, y así, sin pensarlo, con el mismo pie con que doblé al primero, que le pego un bazucazo entre las patas al segundo y que lo tumbo. Antes de caer todavía le miré los ojos como blancos; imagino que sus huevos se le fueron por el culo hasta el cerebro. Y que se cae redondo con la nariz hacia el suelo.

Ya entre la foquin bolita nadie quiso pasarse de listo conmigo, y veía que sólo me miraban, azulados, enanos, como doblados por el aire.

Ahí intenté ver a la chivata, yo qué sé, mirar si estaba bien, pero no la vi. Había tantos camejanes que no supe si había pasado el bus, o algún camagüey se la había torcido de lado para arrastrársela a los callejones del fondo, allá donde las casas son nidos de ratas.

Una negra que había visto todo el despelote que yo había armado, que se me arrima para jalarme del brazo sacándome de entre la perrada mientras unos camejanes intentaban soplarles viento a los morrocutudos desgüevados de la banqueta; la negra que me lleva para la esquina y que me dice:

—Ma mía, chivato cariculo, acaba e zangolotiar e avispero, jale pallá o muina que aquí no respira ni tres segundos.

Pero que me le suelto del brazo a la negra y la dejo plantada en la esquina hablando sola, y que me cruzo la calle hacia la librería para seguir atendiendo a las moscas.

⊢ ⊪✦⊫ ⊣

[Ah, no me había sentido tan bien desde que me clavé al río Bravo y a fuerza de estos brazos míos, casi sin pellejo, salí horas después, medio muerto, como respirando por primera vez. Ahí se me quitaron todos los temblores para las cosas rudas, al pie del agua; de este lado del abismo.]

Ya en el mostrador de la book, que me llega como guadaña mi Chief por la espalda y me pregunta:

—¿Has vendido algo, piojo de mierda? —luego se acerca a la vitrina que da a la calle y desembucha—: Fuck, ¿qué coños pasa allá afuera en la esquina?

Yo que me recojo de hombros con la jerga entre las manos porque había que terminar de limpiar el polvo que había dejado a medias por irme a madrear a los camejanes para defender a la chivata.

—Atropellaron perro —le digo enfurruñado, o qué sé yo, e insoplo con hartazgo macaguamo. En ese momento levanto la mirada para afuera y siento un calambre en la punta del fistol; un putazo en la boca del estómago: la chivata viene cruzando la calle hacia la librería.

Trágame tierra.

Los huevos se me emponzoñan del telele.

No puedo ni tragar saliva.

En un segundo me veo evaporado por los aires bajo su mirada; en un santiamén me vuelvo transfugable.

Mi Chief la ve también y me dice rocambóleo.

—Yo la atiendo, putarraco apestoso —y me hace ademanes para que me retire hacia el fondo de los estantes, para que no pueda avergonzarlo delante de la pájara hermosa mientras se acaricia la piocha.

La chivata cruza el umbral despeluzando el aire sin mirar los libros que se apelmazan en libreros y mesas; pasa de largo y se atornilla enfrente del mostrador de la librería. Mi Chief apalangana sus cejas y ruletea los ojos como no queriéndole ver el escote a la morriña.

Yo bajo la mirada hasta el suelo, me siento náufrago de papel entre tantos libros.

Traigo la boca tan seca que empiezo a hacer gárgaras con el aire.

Ella le dice quién sabe qué cosa, porque he dejado de oír; sólo siento mis sienes papalotear a mil por hora. El Chief me llama con un ademán para que me les acerque, y con voz de tiliche me dice casi a la oreja:

—¿Qué le hiciste, piojoso foquin, que quiere hablar contigo?

El Chief se aleja unos pasos y hace como que no mira, pero yo sé que tiene ojos detrás de las orejas y oídos en las pupilas. La chivata me mira de arriba abajo, como traspasándome, como si yo fuera de humo, y sólo dice antes de dar media vuelta y salir del local:

—Chivato, thanks… pero no thanks. No necesito héroes, you know? —da media vuelta y siento todas sus curvas, sus labios, sus pechos, su olor golpearme como un huracán sobre mi crátula epidermis. Mi Chief le mira las nalgas rubicundas cuando se va por la entrada y cruza la calle hacia su edificio. Yo quedo apachurrado sobre todas las mayólicas del suelo; salpicado de no sé qué cosa pegajosa alrededor de mí mismo, qué sé yo. Mi Chief se voltea y me dice entrefruncido:

—Putarraco de mierda, ¿qué chingados fue eso?

Yo me recojo de nuevo los hombros y siento ganas de guacarear ahí mismo, en medio de los litros de tinta que deben haber gastado las imprentas para salpicar tantos libros de letras. Pero no es miedo a la muina madroña. En el pleito de afuera mi pulso estaba cataléptico esparandrapado. Sereno. Podía haber atravesado un camello por un ojal de aguja mientras me caguamaba a los camejanes. No, los temblores son por las chivatas, sobre todo las más hermosas, las pizpiretas; siento cosas que me brincan en la panza nomás de pensar que estoy cerca de alguna de ellas; pienso que no debería ni siquiera respirar el mismo aire que respiran; se me achicharra el tuétano nomás de rozarles la piel con la mirada. Para las putizas me pinto solo, eso que ni qué. Pero las curvas me derrapan hasta el peor de mis abismos, o qué sé yo, pero cuando la chivata se lanzó para afuera de la book me sentí desolado, como volteado de revés, así, todo guango.

Y yo ni pío, no pude decirle ni pío.

—¿Qué putérrimas fue eso? —me saca de mis obnubiladas temblorinas mi Chief.

—Nada, Chief —me recojo otra vez hasta la pituitaria—. La chivata quería una revista de no sé qué que no tenemos —le digo al magullón para que deje de jeringar la cuarteadura que en ese momento siento abrirse en mi pecho.

—Putarraco levítico, ¿cómo vamos a sobrevivir si no puedes vender ni una puta revista, eh? Fuck. Fuck. Fuck.

Y yo quedo ahí, atarantado, tragado hasta la náusea por mi propio vómito.

No puedo dormir; sólo miro la oscuridad deslavada aguijoneándome el iris, taladrándome los poros para llenarlos de frío, así, en el tapanco que mi Chief me presta para quedarme en la librería, aquí, abarruntado de melifluas arañas, de sabandijas empotradas en las paredes, dispuestas a saltar hacia mi carne. Arañas suicidas. Y no, no puedo clavarme en el sueño, sino imagino a la chivata colgándose del foco pelón hasta romper todos sus cristales y apuñalarme con sus uñas cárdenas en medio de la noche. Hasta creo oír el ruido desdoblado de sus manos rasgándome la piel, haciéndome cachitos como cuando rompo un periódico para limpiar los cristales, como el mismo ruido de cristales al romperse.

—Putarraco. Mierda. Fuck. Fuck. Fuck. Putarraco. Chingado piojo pirolítico. Fuck, fuck, fuck —grita cada vez más duro y desquiciado.

No quiero levantarme.

No tengo fuerza para hacerlo por mi propia voluntad. Aún siento la fiebre pegada al cuero; siento una turbulencia agápita que me corre en círculos por todas mis entrañas. En ese momento, de repente, mientras contemplo el rayo de sol llenarse de polvo que le flota, caliente, por sus entrañas lumínicas, mi Chief pega un grito desde abajo, en la librería, como si el cogote lo tuviera pegado a una bocina.

De un putazo me quito los sarapes y me descuelgo por las escaleritas del tapanco y bajo con los ojos quebrados, como si hubiera llorado vidrio molido toda la noche, o qué sé yo, pero ahí, con los ojos arañados por el insomnio, veo todo el desmadre.

La librería está patas arriba. Toda destruida. El Chief ya está levantando un librestante y empieza a recoger los cadáveres de los libros deshojados. La librería parece la calle del parque Wells en el otoño, arrebujada de hojas rotas, cientos, alfombrando el piso. Algunos libros hasta parecen haber sido asesinados a cuchilladas, a palos, con los dientes, a dentelladas; por aquí y por allá se miran amputados, como si un cohete en el culo les hubiera hecho estallar las tripas y el lomo. El Chief me mira en tanto sostiene en las manos un ramillete de hojas destartaladas; pero en vez de putearme, de insolventarse para liberar toda su muina contra mí, veo cómo se le quiebran los ojos y se derrumba sobre sus escamas. Yo no sé qué hacer, así que no hago nada. Sólo me recojo de hombros otra vez y comienzo a levantar lo que tengo más de cerca. Acomodo una descuajaringada mesa y sobre ella desparpajo un bochinche de libros que conchabo del suelo.

⋯⋯⋯

["Los libros sangran", me dijo mi Chief cuando me recibió el primer día ahí, en la book, porque necesitaba alguien muchacho y muy barato

para meterse por las grietas de la librería para limpiarlo todo, ayudarlo en todo: a treparse en las paredes como alacrán para subir o bajar petulancias escritas; a cargar cajas anacreónticas de libracos y llevarlas a la bodeguita para agusanarse más lento, como se agusanan todos los foquin libros; a tener jiribilla verborreica para trapear, sacudir y acomodar el local.

—Chivato, ¿qué sabe de libros? —me dijo aquella primera vez en que le pedí trabajo.

—Nada, señor —respondí.

—¿Cómo que nada, chivato? No será pendejo, ¿verdad?

—No, señor.

—¿Y entonces qué sabe de libros?

Recuerdo que me quedé mirando su pirrúñica tienda atestada de ladrillos hasta el techo, y sólo le dije lo primero que se me ocurrió en ese momento:

—Que estorban mucho, señor.

Ahí lo escuché por primera vez reír con esa risa de alebrije desculado. Se descolgó las gafas y zumbó como abejorro.

—¡Fuck, hiuj, hiuj, hiuj! ¡No sólo eres pendejo, hiuj, hiuj, hiuj, sino que en verdad eres un reverendo pendejo! —y continuó largo rato riendo.

Cuando se le calmó la risa tosijosa, ahí mismo me contrató para ponerme a prueba y que le limpiara gratis las vitrinas de libros.

—Para saber, chivato, si usté no es tan bruto como parece y me deja los cristales rechinando de limpios, fuck. Ah, y otra cosa: ¿por qué apesta como si llevara mierda pegada a la ropa?

Yo pensé que eso era pan comido y podía dejarle los cristales rechinando como los cristales de las cajas de los muertos cuando el muerto ya no tiene vaho y así se va, al otro lado del aire, impertérrito, ya jamás, sin foquin aliento. Y así lo hice, quité todo el cochambre de siglos con mis propias uñas como espátulas y mi vaho como pulidor de vidrio.

Meses después me soplaría el Chief que me contrató porque yo era el único chivato al que no le vio cara de quererle robar jamás un mamotreto.

—Y yo para qué carajos los quiero, o qué sé yo —le contesté apelangochado por mi honestidad mancillada—, si lo que yo quiero es irme más hacia Nueva York y no quedarme a la orilla de donde vengo huyendo, pero mientras, aquí, puedo juntar algo de marmaja para lanzarme como piedra a otro charco.

Pero esto último ya no lo escuchó el Chief porque lo dije en voz tan baja que tal vez sólo lo pensé.

Así, con las semanas que fueron pasando, y como me vio cara de todo, me dio el tapanco de la librería para que, además de trabajar todo el día, le echara un ojo por las noches mientras él se iba a su home con su doña y sus doñitos, y me dejaba enchiquerado con los candados puestos por fuera y la ventanita del tapanco clavada con maderas.

—... pero si necesitas pedir help puedes usar el fon. No se te olvide, cautérico putarraco, me foneas, ¿capichis?

Y se iba al suburbio, orondo, a cauterizar a su doña con su pija para engendrarle más doñitos.

Ahí empecé en el tapanco, con mello, a tirarles lagañas a los libros. Primero los que tenían monitos. Me los llevaba arriba porque de vez en cuando entraba alguna emperifollada queriendo libros en spanish y me pedía algo que yo ni sabía qué. El Chief me había visto y me gritó una tarde todo algorítmico:

—Piojo descerebrado, póngase a leer aunque sea las cuartas de forros para que sepa de qué foquin le hablan y pueda vender un foquin book y no siga siendo un putarraco pendejo.

Y así, a punta de escopetazos, me chuté un buen de mamadas escritas en la cola de los libros. Sudando sangre, porque de leer duelen los ojos al principio y poco a poco el alma se va empiojando. Por la

*noche subía libritos vírgenes al tapanco y por la mañana los bajaba
desvirgados.*

*—Oye, putarraco, ¿no sabes por qué ese foquin book está lleno de
dedos?*

—No, Chief, a mí que me esculquen.

—No te hagas pendejo, putarraco simioide.

*Ahí aprendí a usar bolsas de plástico en las manos para no dejar
huellas en los libros. Tal y como los subía los bajaba. Hasta aprendí
a desenvolverlos y envolverlos en su empaque original para mantenerlos impolutos. Porque el Chief amaba sus libros y sentía como si
vendiera su alma cada vez que vendía un libro. Así son los changos
macaguamos: añejados por sus propios achaques.]*

—Vete, putarraco, a avisarle a mi doña para que venga para acá,
fuck, no quiero hablarle para no preocuparla y que pase algo
peor —dice el Chief aún arrodillado en la librería desmadrada
cuando yo ya he levantado todos los libreros y empiezo a barrer
todas las hojas caídas con la escoba. Ahí me le quedo viendo.
Y lo veo tan distinto, tan de rodillas, mojando con sus goteras
los pedazos de libros que lleva en las manos. Parece una fuente rota; el Chief se ha vuelto una lluvia amarrada con lazos a
las nubes. Lo veo tan chubasco, tan desprotegido, chillando
como puerca malparida por los pedazos de sus libros reventa-
dos, que dejo la escoba danzando en el aire y salgo zumbado
como pedo hasta las calles sicalípticas para intentar desasfixiar-
me, o qué sé yo, porque sentía todavía un guiñapo en la garganta atorado como un hueso de aguacate; taponándome las
arterias una vibración como de terremoto, no lo sé, acuchara-
do en un agujero impío. Insoplo aire por las narices.

—Eh, chivato caniculo, ¿que ya picaron la abeja tu culo?

—escucho a la negra gritarme sin dientes desde el otro lado de
la calle arreando un carrito metálico lleno de triques. Luego

se aleja hacia la esquina y se pierde al doblar el edificio de la chivata. Ahí quedo, amartillado sobre la acera, bamboleando el tiempo de un lado para otro. Me siento perdido. Veo una turba de camagüeyes que pasan apiñados con el móvil pegado a la oreja; veo pirulos y camejanes que se gastan las manos en tocarse los huevos; veo chivatos y chivatas cruzar, ir y venir, sangrando bióxido de carbono por todos los poros. Veo los autos que se detienen y aceleran, que ruedan metálicos, entre-verándose unos con otros. Cláxones, murmullos, el ruido del sol pegando en la punta de los edificios, aquí todos los pájaros están enredados en los alambres. Veo las ventanas altas donde se descuelgan macetas en sus escaleras contra incendios, en sus claraboyas culecas. Veo persianas cerradas y persianas abier-tas. Los edificios color ladrillo, grises, de cristales sahumados. Los árboles bien cuidados y sus jardineras impecables.

El barrio latino es un pasillo de electrodomésticos.

Una emperifollada pasa con un microperro embozado en un rollo de tela. Los ojos me duelen harto. Cruzo lento la calle hacia la parada del bus y miles de cláxones me aporrean por todas partes.

—Fuck you, men —me gritan—. Fuck, fuck, fuck. Go home, foquin prieto, lárgate al culo de tu puta madre, indio patarrajada.

Llego a la parada del bus y me aplasto en la banca; desde ahí levanto la mirada y veo que la librería se yergue lapida-ria como herida de muerte, enterrada, a través de sus cristales rotos. Afilo la mirada y veo al Chief aún doblado, como re-zando, frente a su librería crucificada.

—Hey, puto —oigo de pronto a mis espaldas—. Te gusta armar morriña pa defender culos que no son tuyos, ¿verdá?

Retuerzo el pescuezo para ver quién me ha tocado el hom-bro y en ese momento veo un putazo cobrizo acercarse a mi pómulo a velocidad luz. No me da tiempo ni de escafandrear los ojos. Deslumbrado me manda de nalgas de la banca al suelo. Veo estrellitas y empiezo a sentir mi sangre escurrir por mi boca hasta el pecho.

—¡Foquin prieto! —continúa gloremibundo el camagüey de las flores, el perrónico enamorado eterno de la chivata, el que la perrea a diestra y siniestra—. ¿A ver si muy machín robaculos, foquin culero? ¿Quién reputas le dice que puede andar defendiendo nalgas que no le pertenecen, eh?

—Ah, la verga, putiza —grita entonces un cam+eján montonero que se acerca cuando me ve atorado en el pavimento lleno de mole—, a darle con tubo al puto.

En ese momento no sé cuántos se empelotan para fusilarme a patadas, pero siento un batallón de hormigas peliagudas dándome puntapiés por todas partes. Yo sólo me cubro la maceta y me enconcho para rebotar en el menor espacio entre sus patas. Desde ahí veo que los autos siguen rodando y de momento todo se llena de patadas. Una, dos, tres, cuatro, mil ocho mil.

—Ya déjenlo, bola de cabrones —sobrevuela un grito por encima de la parvada de ojetes. Ahí se calman los putazos de golpe.

—Si te vuelvo a ver cerca de mi coño, foquin prieto —me dice el camagüey meridional—, te atoro las verijas al pescuezo, morro —y me da un último patín y se lanza hacia afuera de la bolita que ya tapian mis fanales apagados. Los camejanes también se hacen ojo de hormiga y desaparecen tal y como llegaron.

—¿Estás bien, hijo? —me pregunta un señor de barba entrecana al mismo tiempo que me extiende un pañuelo paliacatado. Se acuclilla junto a mí y me mira como tratando de penetrar la cascada de sangre que me fluye desde la copa hasta la raíz—. Madre santa, te pusieron como Santo Cristo, peor que lazo de cochino.

Cojo el trapo de sus manos y comienzo por secarme la sangre revuelta con sudor que me han tatuado en la frente.

—¿Te rompieron algo más que la cabeza?

Niego con la crisma. Me chupo la boca, sí, la boca floreada, pero no me falta ningún diente. Me duele una costilla, un chamorro, los párpados, el pelo, abajo de las uñas, debajo de la lengua, pero sobreviviré, o qué sé yo.

＊—＝＋＝—＊

[Mi madrina me lo decía cada vez que llegaba con los focos fundidos arrallando espinas: "Yerba mala nunca muere, cábula mal parido". Porque allá en México sólo tienes las putizas para sobrevivir, por eso me vine para acá, porque ya estaba hasta el culo de andarme limpiando los mocos con el polvo, mordiéndole las entrañas a la tierra.]

—Espera, hijo, no te levantes tan así —me dice el señor cuando la bolita termina por disolverse, y creo que hasta me grabaron con sus pinches celulares, foquin locos, y yo ya no quiero seguir siendo alfombra para sus ojos. Me pongo de pie y el señor me coge por un brazo cuando siento un mareo oceánico que me ladea—. Será mejor que te sientes antes de que te quiebres otra vez —le hago caso y me despetaco sobre la banca del bus. Aún me palpitan las sienes a doscientos kilómetros por hora—. ¿Tienes alguna familia a quien llamar? —lo miro con cara de idiota, amagueyado. Niego otra vez con la cabeza—. Veamos —dice el señor mirándome esdrújulo por todas partes—, sólo tienes chipotes con sangre y unas rasponaduras: con un par de aspirinas, una pomada y un par de vendoletes, en unos días quedarás reconocible. ¿Tienes dónde quedarte? —niego por tercera vez con la cabeza, recogiéndome de hombros—. Vamos, hijo, te quedarás un par de días en mi albergue y luego ya veremos qué hacer contigo —lo miro con total desconfianza, endurecido por tantos madrazos; acitronado por el aceite hirviendo en que estoy frito—. Vamos —prorrumpe el señor al intuir en mis ojos todo el miedo, todo el coraje y todo el rencor apelmazado en el fondo de mi alma, dispuesto a prenderse en cualquier momento y llevarse todo al foquin carajo—. Vamos, hijo —me cabrea—, el mundo no es tan malo como parece, y siempre hay esperanza, muchacho, siempre la hay, oh, sí —me dice empasiflorado. Queda un momento en silencio, mirándome con sus ojos drúlicos, y luego extiende la mano para tratar de ayudar a levantarme—: Soy el señor Abacuc —me dice—. ¿Y tú, muchacho?

Sí, me acaban de dejar estratosférico cuatrapeado; traigo los fanales fundidos, de mapache, estratificados como un foquin panda. Moreteados. De zarampahuilo moqueteado. Allá en mi pueblo me dirían que traigo el oclayo virulo, o yo qué carajos sé; como el mostro de los ojos verdes, fuck. Apenas si puedo ver dónde mis oclayos posan sus garras sobre las cosas para tocarlas. Los oídos me zumban asimétricos, adecibelados por la maraquisa atropellativa de los pirulos. De soslayo veo pasar un bus rojo que se detiene en la parada: sube parte de la bolita que vio cómo me amachinaban los camejanes y el camagüey, y baja otra bolita citadina que se disemina como foquin hormigas en torrente aguacerado.

La ciudad sigue en movimiento. Todo rueda en sus engranajes desdentados, apicolados, como una gran rueda que aplasta todo.

—Liborio —le digo al señor ese al tiempo que le devuelvo su pañuelo todo empanizado de mocos sangrantes hacia su mano extendida.

—Quédatelo, muchacho —me dice pitagórico con una sonrisa cateta. "Pinche viejo loco", pienso, "¿quién ayuda a quién nomás porque sí?" Algo macuarro, sucio, sí, o qué sé yo, debe haber dentro de las personas siempre; algo enlatado, turbio y apestoso, donde las moscas son más grandes que los zopilotes, moscas gigantes como cochinos—. Está bien, muchacho —continúa el señor Abacuc—. Ten —y me extiende un par de billetes de diez dólares—. Te compras un antiinflamatorio y una pomada con lidocaína y un paquete de vendoletes Überkrauz.

—What! —quedo patidifuso.

—Mejor te lo escribo porque veo que aún andas fuera de este planeta, y de una vez te doy la dirección de mi albergue, por si alguna vez requieres dónde quedarte —saca de su abrigo una choncha estilográfica, toma un pequeño anuncio pegado al poste de la parada del bus y garabatea en el dorso del papel mientras me pregunta—: ¿Fue por amor la golpiza? —luego me lo pone frente a mi jeta inflamada junto con los billetes roñosos.

—¿Está usted tocadiscos, majareta? —le respondo para saber si debo darle un patín en los huevos con las fuerzas que me quedan y luego echarme a correr con las persianas entrecerradas aunque me estrelle en el primer poste.

—¿Qué? —sigue sonriendo.

—Sí, cábula viejo zorrillo, que si usted está loco.

—Jajajaja, ah, no, no, no. A estas alturas de mi vida, eso sería una locura, oh, sí.

Lo miro un instante con los ojos anegados de madrazos. Entonces le arrebato los billetes y el papel y me los embuchaco en el lugar secreto de mi cincho, junto a la medallita de mi madre.

—Perfecto —dice—. Que te alivies pronto.

Da la vuelta y comienza a caminar hacia el otro lado.

—Oiga —le grito con mi voz acavernada por el dolor en las costillas—, ¿usted cree en Dios?

El señor Abacuc se detiene, gira medio cuerpo hacia mí y me contesta con una sonrisa desarrugada:

—No, ¿y tú? —después sigue de largo y desaparece al dar vuelta en la esquina de la chivata. Yo quedo ahí, ensortijado al aire de los autos que pasan. No tengo ganas de moverme. Ojalá fuera una hoja que me llevara hasta la órbita y ahí me quedara, acunado, entre las putas estrellas.

— ◦ ·≻▪≺· ◦ —

["Pero los sueños sueños son", me dijo alguna vez mi Chief cuando le conté que:

—Sí, por qué no, alguna vez me gustaría tener una familia con enanos achilpayatados, jugando a las guerritas; sí, chinacos, entre la casa y el patio, si alguna vez llegara yo a tener casa, mujer y chivos, y acopiar, a manos llenas, todas esas foquin chingaderas con las que se pasa la vida cuando uno se aburre al irse quedando viejo.

—Hiuj, hiuj, hiuj —ríe el Chief—. Pero estás refeo, pinche foquin putarraco pedorro, hiuj, hiuj, hiuj; ¿quién carajos te va a querer descular?

Ahí me quedé callado, sonajeado, bastúlico por la gandaya imagen que los demás tienen de mí. ¿Y si en verdad Dios no existe y sólo somos partículas ajadas en el time para destrozarnos los unos a los otros? A menudo me lo pregunto, sobre todo cuando la camorra me alcanza para cagarme en sus calzones y mi madrina, que yo le decía tía, me coscorroneaba para que me aprendiera los salmos.

"Y ser, en el tiempo, un hombre de bien sin tantas chuequeces", decía. Y yo, a la verga, y mandaba al cura y sus ínfulas catatónicas de mequetrefe pazguato, de pervertido tocaverijas.

¿Quién podría meterse de párroco y ser casto para toda su foquin vida?

Y así se lo pregunté un día en catecismo:

—Padre Terán, ¿usted cada cuánto se toca los huevos?

Y que me corre con un zape en la choya hacia el rincón de los demonios. Luego mandó llamar a mi madrina y entre los dos que me sanjuanean con una rama de pirul.

—Ya no te aguanto; te largas de aquí ahorita mismo o mando a que te metan a la cárcel —me diría tiempo después la tía, que no era mi tía sino mi madrina. Y así, corrido sin nada, me trasluci hacia la roña, hacia la calle de vago; a la intemperie de los puentes; de lo pedregoso de ser en sí, una piedra rota. Con la bandera de carnales, ahí, apelotado entre las pintas mariguanas de corretizas y putazos.

"O te largas o ya no amaneces", me diría yo mismo alguna vez, a la sombra de las farolas pespunteadas de la calle, mirando mis manos llenas de sangre.]

Pero eso qué, ya qué. Ya estoy del otro lado. Ya pasó. ¿Ya pasó? Me llevo otra vez el trapo lleno de sangre hacia la nariz; por fortuna siempre fui tabique de concreto. Ni siquiera los zancudos podían penetrar mi carne de burro, o yo no me daba cuenta por la piel de elefante que llevo como guante, cuando mi sangre se convertía en gotas voladoras dentro de los moscos. En eso, una troca blanca se para despacio enfrente de mí y una ñora de cachucha y lentes oscuros me grita con voz constipada desde dentro:

—Hi, vato, súbete —abre la portezuela. Yo no sé si se dirige a mí. Ahí me ipsofacto en un tío lolo—. Come on, morro —insiste—, no tengas susto.

Yo permanezco sentado, amulado, porque las broncas vienen cuando se mete la pata antes que la tatema. Al ver que no me voy a mover, cierra la puerta de su nave y me grita con voz de cocuyo gripiento:

—Vi cómo aguantaste vara sin respingar —unos autos comienzan a pitarle por detrás como maniacos—. Bríncame, cabrón hijo de puta, si puedes —les grita a los automovilistas de atrás. Luego se vuelve a dirigir a mí—: Eres un cabroncito bien cabrón, ¡qué no! ¿Cuántos años tienes, morrito?

—¡Qué foquin mierdas te importa! —le digo por fin para anestesiarla y que salga de mi vida tal y como entró.

—Está bien, camaney, luego vengo, cuando te hayas calmado y podamos palabrear. Trabajas ahí, ¿verdad? —señala hacia la librería. No le hago caso—. Está bien, morrillo —saca una cámara fotográfica y me apunta. Antes de sentir el flashazo le pinto mocos—. See you, morrou —y comienza a reír como si estuviera chillando—: Buaahaha, snif, buaa, hahaha.

Arranca su troca y se lanza de largo hasta entretejerse al horizonte de carros que pasan volando por todas partes. Giro la cabeza hacia la librería y veo al Chief de espaldas con la cabeza inclinada hacia el suelo. No se dio cuenta de nada. Imagino que frente a la tragedia propia todas las demás tragedias no valen nada.

¿Voy o no voy a ver a la doña del Chief o mejor me regreso a lamerme los huevos a la librería?

Me monto en un bus rojo que acaba de estacionar enfrente de mí, pago y me lanzo como cohete hasta la última fila, donde los gañanes como yo solemos ir para no asustar a negros y blancos, porque nosotros somos grises, y el gris aquí es un limbo que no está ni con Dios ni con el Diablo.

—¿Qué te pasó, chamaco? —me pregunta la doña al momento de abrirme la puerta de su house.

—Nada, doña —le digo—, sólo asaltaron la librería.

Ahí veo cómo brinca para atrás como una rana; se lleva una mano al pecho y empieza a descuajaringarse como un montón de piedras mal puestas.

[Ella no era mala conmigo, al contrario, me procuraba algún bocadillo cuando andaba en la ciudad. Incluso me compró un mezclilla y una camisa bordada con el logotipo de la librería y un par de botines meses atrás, no de los caros, pero más cómodos que mis tejedores de hoyos en la tierra.

—¡Anda, toma, chamaco, para que no andes todo churido por ahí!]

Así que antes de que la doña dé contra el suelo, la tomo de un ala y la ayudo a caer, como una gallina desplumada. Ya tirada sobre sus deportivos, con el aliento cacarizo, la ruedo para adentro de la casa. Sus doñitos deben estar en la escul. ¿Qué hago? Atarantado, voy por una botella donde está su barcito y el altar a la Virgen de Guadalupe; la destapo y corro a empinársela a la doña.

—Me muerooo —cacarea de inmediato entre tosidos acalambrados que rebotan desde su garganta hasta el jardín del fondo; ese jardín que utiliza el Chief para hacer parrilladas de perros hot american way of life—. ¿Vodka, pinche chamaco, me quieres matar? —me dice la doña cuando ya le ha pasado el acceso de tos y me arrebata la botella. Sí, pues yo qué carajos sé de resucitaciones, sólo que un muerto se levantó y anduvo, imagino, con los gusanos perforándole el cuero.

La ayudo a ponerse de pie y minutos después vamos rodando en su troca rumbo a la librería.

—¿Por qué no me llamó al móvil? —me pregunta la doña cuando ya vamos en el freeway. Ella sigue insistiendo con su celular al número del Chief. La ciudad se mira a lo lejos acristaladamente azul, lapislázuli, amodorrada desde lejos, conteniendo sus enjambres virosos adentro. Los edificios altos parecen columnas hercúleas, atlánticas, que sostienen el vuelo de los pájaros, que vi, por fin, la estación anterior del otoño, cuando se iban del parque Wells volando alto hacia quién sabe dónde—. ¿Y les apuntaron con pistolas o cómo fue? ¿Los tundieron a golpes? ¿Mi marido está malherido? ¿Cuántos eran? ¿Llamaron a la policía? ¿Por qué no me llamó él? Voy a hablar a la escuela por los niños. Ah, la comadre, que pase por ellos. ¡Sí! ¿Y qué más pasó? ¿Los pueden identificar? ¿A qué hora fue eso? ¿Y les ayudó alguien? ¿Y ya te vio alguien esos moretones? ¿Cuántos te pegaron? ¡Virgen Santa! Ay, chamaco, si le pasó algo a mi marido me muero.

La doña tiene razón: ella en verdad lo ama; lo ama con todos los dientes que podíamos ver, oler y sentir en sus canastas de comida, en sus arrumacos hiperbóleos y en sus besos tlalpeños.

⎯ ⋙✛⋘ ⎯

[—*Mira, putarraquito —me dijo una vez el Chief en la primera o segunda parrillada en su casa a la que me llevó y cuando el tequila estaba estrangulando su lengua—, ¿ves a esa vieja? Esa vieja es mi ñora, putarraquito seboso; pero tú ya lo sabes, ¿qué no? ¿La ves? ¿Y sabes qué? Me ama, me ama; lo sé, verdá de Dios, aquí dentro, lo sé. ¿Y sabes qué? Yo también la quiero, que si no… por ella, por ella yo, yo haría… —y el Chief se quedó enfrascado, alelado, mirando su vaso vacío de tequila.*

Luego llegó a sentarse el argentino loco con el que le gustaba hacer apuestas de todo tipo y al que invitaba a todas sus pedas.

—*Vos sos el boludo que le ayuda en la librería, ¿verdá?*]

Cruzamos el último freeway y entramos a la ciudad. La doña dobla en la tercera avenida y enfila rumbo al centro. Pasamos la plaza comercial empiñatada de McDonald's, Starbucks, Wal-Mart, Costco, Home Depot, 7 Eleven, Sam's Club, Domino's, los cines Cinemark, y de anuncios de Coca-Cola, Western Union, FedEx, UPS, Apple y Microsoft.

Curvamos hacia la izquierda y llegamos derrapando a la calle de la librería, quemando llanta de cien a cero. Estaciona en un hueco enfrente de la librería y baja, energúmena, dando grandes zancadas. Yo, a trompicones, la sigo.

La puerta de la librería está abierta de par en par, los libros aún permanecen tirados y veo que los estantes están de nuevo volteados patas para arriba. Las luces siguen prendidas como foquin fantasmas finiseculares.

—¡Virgen María! ¡Amor! ¡Amor! ¡Cariño! —desparpaja la doña sus gritos por todas partes.

—¡Chief! ¡Chief! ¡Chief! —grito yo atrás de ella como un eco destemplado.

—¿Dónde está mi marido, chamaco? —me inquiere la doña. Levanto los hombros y me quedo putálico azombizado—. ¿Te dijo si se iba a levantar alguna denuncia? ¿Si se iba a ir a la estación de policía? ¿Qué te dijo? Llamaron a la policía, ¿verdad? —vuelve a preguntar. Sus ojos, en cada pestañeo, se están tornando en lagunas rojas, abotagados; en sapíticas líneas punzantes debajo de sus cejas delineadas—. ¡El tapanco! —y sube por las escalerillas mientras yo busco al Chief en la bodeguita por cuarta o quinta vez; tal vez esté encapsulado junto a sus pinches libros de poemas amorosos como un foquin capullo de mariposa llenándose de gusanos; o tal vez esté en el baño, atorado en el drenaje por el coraje miedítico, porque sé que el miedo y la bilis cambian nuestros aromas; el encabronamiento vuelve a las flemas oleaginosas, amberesadas, viscosas, sanguinolentas. En cambio, el miedo lo perciben los perros, y por eso muerden a rabiar cuando los poros se convierten en plumas.

—No, no está por ningún lado.

El Chief parece haberse vuelto un nahual.

Salgo a la puerta rota de la librería y nada. Me paro en su perfil. La gente pasa como pasa siempre, viendo sólo sus pasos con la mirada gacha o con el celular integrado entre la cabeza y las manos. En ese momento en el aire, en la intemperancia del trajín de este día del carajo, o qué sé yo, la cara me empieza a punzar de nuevo como una marcha de cientos de aguijones; los chichones los traigo, sí, como cuernos, pero ya pasarán, pienso.

Afuera la tarde comienza a llegar a raudales anubados. El sol ya ha declinado sus ángulos y se va, como todos los días, rebotando anaranjado entre los cirros. Los autos siguen rodando. Los camejanes comienzan a salir de sus madrigueras. Las chivatas mecen sus posaderas como pedazos de ondas expansivas, minifaldíticas. ¿La librería está rota de cabo a rabo y no hay mirones? ¡Qué pasa con el foquin mundo!

Regreso al interior y comienzo a levantar unos anaqueles para ordenar un poco el foquin caos. En ese momento la doña baja del tapanco con un bonche de libros que yo me había subido para leer y que no me dio tiempo de bajar esta mañana. No me dice nada. ¿Qué me podría decir cuando el Chief se ha disuelto entre los vidrios rotos? Acomoda los libros sobre el mostrador ya con menos temblores.

⊶⊷⊶

[*Algunas veces la doña iba a acompañar al Chief a la librería. Le ayudaba con estar sentada detrás de la caja. Luego se iba a recoger a sus doñitos a la escul y ya no la volvía a ver sino hasta una semana después, cuando le llevaba algo de comer. Cuando el Chief me tuvo más confianza me dejaba encargado de la librería y se iba de pata de perro con su mujer a la hora más imprevista.*

"¡Orita vengo, putarraco cabezón, me voy con la dueña de mi corazón!", y se lanzaba, intrépido, como un puto astronauta enamorado hacia el foquin cielo.]

—Tenemos que dejar todo tal y como está para que la policía vea cómo quedó destrozado todo —desanuda el silencio la doña mientras rodea con la mirada todo el desmadre de libros y estantes caídos.

A la doña jamás la he oído decir una foquin media palabra en spanglish. O hablaba español o hablaba inglés, ningún término medio. Ni tampoco decía alguna palabra grosera, ésas que dice el Chief que están fuera del tumbaburros, del diccionario, ese foquin diccionario que leí porque no entendía ni un carajo todo lo que leía; palabras incendiarias que son más neta que las abigarradas palabras decentes: aquellas putas señoritas de floritura edulcorada, de retóricas arcaicas, en desuso, viejas y mamonas. Mejor las pirujas culeras, aquellas palabras que lo dicen todo de un chingadazo y no de a poquito en poquito. No sé por qué la doña siempre ha sido decente. No lo sé. Lo que sí sé es que yo no puedo quedarme ahí hasta que llegue la police, por lo menos no hasta que pase todo el desmadre. La doña mira mis ojos y comprende que si me agarran para declarar ante la police me lanzan de putazo hasta el otro lado del mundo; hasta la estratósfera, como un maldito cohete.

—Toma, chamaco —me dice con los ojos rojos mientras me extiende unos billetes que ha sacado de su deportivo—. Quiero que te vayas a dar la vuelta por unos días mientras pasa todo esto. Pero no te pierdas, chamaco, que vamos a necesitar mucha ayuda para reconstruir nuestra librería. Ahorita voy a llamar al 911. Mantente cerca y ve a que te revisen esos moretones.

Tomo los billetes de sus manos. Son tres de cien dólares.

—Está bien, doña. Verá que pronto aparecerá el Chief.

Doy media vuelta y salgo mientras ella agarra su móvil y marca a emergencias.

¿Y ahora qué chingados carajos hago? Unos calambres me tuercen las pantorrillas. Son como molinillos que baten chocolate en mis arterias; atole drenado de mis venas. La cara la llevo como si me hubiera dado de vergazos una avispa gigante.

Cruzo la calle. Los autos ya han comenzado a prender sus faros. Las luminarias de la calle florean la noche. Aquí jamás he visto una estrella. Las tiritantes estrellas en las ciudades han sido ejecutadas por la ley del mercurio. Veo el cielo azul y trato de inhalar a todo vapor el oxígeno que me está faltando.

Estoy en una ciudad extraña.

No tengo ningún foquin amigo.

El futuro, pensaba, era irlo pasando de largo sin detenerme en los días; en sus ponzoñas horas; en los cadavéricos segundos que se destrozan al juntarse unos con otros para formar legaciones de sesenta suicidas. Cruzo la otra calle y enfilo hacia el parque Wells de la vuelta. Antes de girar en la esquina de la chivata oigo el ulular de las patrullas que se acercan a toda prisa. Meto mis manos en los bolsillos de mi mezclilla y encoruco el cuerpo hacia adelante.

El frío está arreciando y no hay tapanco ni arañas que me calienten la noche.

El parque Wells no es un parque gigantoso, sino que es un parque intermediano de árboles y bancas de piedra ceñidas por un caminito de losas graníticas. Tiene tres fuentes que utilizan los adultos para navegar pequeños veleritos en compañía de sus mondongos los días de asueto, después de salir de sus iglesias presbiterianas, evangélicas, bautistas, cristianas, mahometanas, budistas, zoroastrianas, cienciológicas, andróginas, bluseras, jazzísticas, souleras, arabescas, termópilas jupiterianas, chanequinas, católicas ortodoxas, heterodoxas, pedoxas, de reverendos, pastores, curas, sacerdotes, párrocos, doctores, filósofos, músicos, atlimeyados barbitúricos, ojinegros, ojiblancos, ojiciegos, ojivatos ateos, ateos solos, descreyentes, aderenalinos cantores, recitadores y farsantes chanchuyadores.

También iban al parque Wells camejanes, camagüeyes, chivatas, chivatos y pirulos. Blancos, negros, amarillos, rosas, lampiños, changos grandes y changos chicos. Algunos utilizaban un redondel en el perímetro para pasear a sus mascotas, con una bolsa de plástico para recoger sus cajetas. Otros corrían por las mañanas o por las noches enfundados en sus iPods como cadenas colgantes apresando sus oídos para rodearse de soledad, como escudos; la música en los oídos, pienso, es una máscara para navegar sin ser molestado, y en el parque había muchas.

⊷⊷◆≫⊷⊷

[La primera vez que fui al parque Wells fue en uno de mis primeros descansos dominicales que me dio el Chief para que no estuviera de

ocioso desculando hormigas cuando ya había terminado de hacer toda la talacha de la librería.

—¡Vete, putarraco güevón, a hacer ejercicio al parque Wells!

—Y yo qué carajos voy a hacer si estoy más flaco que su pinche madre.

—¿Qué dijiste, puto?

—Que orita vengo, patrón.

Ese día salí al parque y me quedé sentado toda la tarde viendo las ardillas; viendo a los niños chapoteando en la fuente para rescatar algún barco hundido. Mirando el pezuñeo de los perros sobre las baldosas de granito o mirando a las personas que también estaban sentadas mirando sin mirar nada.

Los siguientes domingos aproveché para sacarme de contrabando un libro de la librería y ponerme a leer bajo un árbol en una elevación que servía como lugar de anclaje para bicicletas y del que se podía divisar todo el territorio del parque Wells; a oriente y occidente, en el norte y en el sur. Ahí vi algunos patinadores, algunos rocatónicos que bailaban con sus bocinas a todo volumen como serpientes enrollándose en el aire; también había otros músicos callejeros entrombonados, violinescos, aguitarrados, al otro lado del campo de batalla.

Imagino que un parque es una pirámide desosegada donde todos se juntan, pero jamás se revuelven.

Ahí fue cuando vi a la chivata por primera vez. Pasó llevando un pastor alemán con una correa, enfundada en un mallón negro con una jardinera sin mangas. Llevaba el pelo recogido en un chongo sencillo, lineal, como una columna griega, dórica, sin volutas, arriba de su capitel, como una venus, sí, hermosa. Su nariz afilada y unos ojos del tamaño del cielo. La vi y quedé atropellado, anonadado, con el corazón escurriéndome por los poros. Me quedé sin respiración; ahí, sin aire, danzando, con todos los temblores haciéndome olas por todo el cuerpo. Jamás he sabido si existe eso del foquin amor a primera vista, no lo sé, o qué sé yo, pero la chivata me enloqueció las pupilas en el primer instante en que levanté la mirada del libro que estaba leyendo y me dio un putazo meco hasta el fondo de mis ojos. Me arañó la retina. Ahí me olvidé de todo lo que estaba leyendo y ya no pude regresar la mirada al foquin libro. Ella ahí, bestialmente hermosa, salvaje; insólitamente precisa llenó todo el parque con ella misma.

Imagino que también me miró cuando pasó enfrente de mí, porque presupongo que ellas miran todo aunque no hagan aspavientos de que miran y pareciera que no miran nada y están viendo todo. Yo quedé apuñalado ahí, fresopado, bajo el árbol lleno de ardillas y orugas.

Estragado.

Dio dos vueltas más al parque y luego cruzó la calle con el pastor alemán en la correa. Se perdió tras un montón de autos y gentes. Yo ya estaba lívido, amoratado, porque el aire que respiraba no me entraba al cuerpo, a mis tiránicas células alebrestadas.

Regresé el domingo siguiente con la intención de verla otra vez, con el pulso acantilado, pero no la vi.

Y al siguiente domingo y nada.

La hubiera seguido, me repetí dándome de topes; también topes al pensar: sí, la hubiera seguido y luego qué, si soy más gallina para hablarles a las chivatas hermosas. Las manos me sudan, los pies me sudan, el culo me suda nomás de pensarlo. Y luego qué, la sigo y qué: ella se da cuenta y llama a la police y me entamban como pervertido asesino violatorio del espacio vital de la chivata, me madrean y me retachan al culo del mundo. Pero no me hubiera importado, y qué, nomás con verla me conformaba. Imagino que el amor también puede ser admirado como una obra de arte, así, de lejos, sin tocarlo; sin pertenecer a ningún espacio, a ninguna dimensión física, sólo con los ojos, con los sentidos que se concatenan para sentir las putas cosquillas en las tripas. Aunque no sé si alguien se haya sentido enamorado de una estatua; creo que sí, pigmaleónicamente creo que sí.

Y no, no llegó al parque, ni la volví a ver sino hasta meses después, cuando yo estaba acomodando unas apestosas novelas españolas en la vitrina de novedades y la vi pasar en zapatillas y sastre rumbo a la parada de bus de enfrente.

—¡Ora, putarraco pendejo, no tire los books que no sabe cuánto cuestan! ¡Se los voy a descontar, carcamán mantequilloso!

Yo estaba pegado al vidrio mientras sentía el mismo foquin calambre en las chingadas mariposas. Ella se acomodó el pelo con una mano. Un auto pasó y le pitó, otro más pasó y volvió a pitarle, cinco o seis cláxones más hasta que el bus rojo se detuvo, se subió y se sentó en las primeras filas. El bus arrancó. Sin pensarlo pegué un brinco hacia el suelo y salí a la calle para mirar cómo el bus se ponía en marcha.

"Una vez más", y eché a correr tras el bus.

La alcancé dos calles más abajo y la volví a ver. Ella llevaba la mirada hacia el frente, hermosa, como la más grande aparición de mis ojos. El bus arrancó cuando la luz verde nos pegó de frente. "Otra vez", dije, y eché a correr esquivando a la gente que se ponían como desconcertados postes en mi camino. Y la seguí durante muchas calles más hasta que entraron al freeway y mi aliento era un enjambre de mariposas atropelladamente sofocadas. Ahí vi cómo el foquin bus ya era una mancha roja de amor perdido, o qué sé yo, carajo. La perdí de vista entre el firmamento de autos.

Cuando regresé a la librería el Chief ya me estaba esperando en la puerta.

—¡Putarraco de mierda, mira el susto que me acabas de pegar! Pensé que había una redada de la foquin migra. Me pusiste con el alma en un hilo. ¡Qué foquin chingados fue lo que pasó?

—Nada, Chief.

—¡Cómo que nada! ¡Nadie sale disparado como pedo sin un motivo! ¿Qué fue lo que pasó?

—Nada, Chief.

—¡Dime, cabrón de mierda!

—Ok, Chief. Creí wachar a su puta madre arriando burros.

—Mis huevos, foquin putarraco. A la otra ya verás.

—Sí, Chief, no volverá a pasar.

Pero yo ya traía el aguacero inundándome por dentro. Si la chivata cogió el bus aquí enfrente debe ser porque vive o trabaja por aquí.

Lo más probable es que viva cercas porque llevaba un perro de la mano, pero ¿por qué iba emperifollada como si fuera a trabajar fuera de la ciudad? ¿Será que regresa a su casa y sólo trabaja por aquí?

Los siguientes días me la pasé limpiando todas las vitrinas de la librería para intentar estar todo el tiempo con un ojo al gato y otro al garabato por si la veía pasar. Acomodé de un lado para otro todo el catálogo de novelas latinas: desde las tunas hasta las patagónicas. Todas las gilipollas novelas españolas y foquin gringas traducidas al castellano. Acomodé los libros en orden alfabético, de adelante hacia atrás, por título y luego por nombre del autor, de la a a la z; luego se me ocurrió acomodarlas de atrás hacia adelante, de la z a la a. También las acomodé por colores; las acomodé por tamaño; por número de páginas. Las acomodé por tipo de letra. Luego por tema. Casi todas eran novelas pazguatas que ya había leído en mi tapanco o en el parque Wells, domeñadas por la superficialidad de elaborar frase tras frase sin alma, sin vida, sólo poniendo palabras bonitas a diestra y siniestra. Así se me figuraba que los escritores hilvanaban sus novelas popof, llenas de gusanos, sin aliento, sin oxígeno. Y por más que me quedaba con el ojo pelón la chivata no aparecía por ningún lado, carajo.

Cuando ya se me estaban acabando las ideas para acomodar las novelas, empecé a acomodarlas por la fotografía de sus autores: los que me parecían los camejanes más chaparrastrosos y feos los ponía en la primera fila, para que los pocos despistados que entraban a la librería los vieran primero, y los foquin escritores que aparecían todos bonitos, lustrados, como sus putas palabras decentes, encorbatados en sus fotografías, con sus poses de intelectuales camagüeyes mamones, los dejaba hasta la última fila, por sobrados de sí mismos, los culeros, y que ni su madre los alcanzara a ver en el infierno de los libros de hasta abajo.

El tercer día de la semana de finales del verano por fin la volví a ver. Iba vestida de bermudas y con unas chanclas de florecitas moradas *y blusa de tirantes. El cabello lo llevaba recogido en otra coleta y no llevaba ni pizca de maquillaje.*

Mis latidos se confundieron en ese momento con el vuelo de las moscas.

La chivata subió las escaleras grises del edificio aladrillado de enfrente y cruzó su puerta de madera acristalada.

"Que sea verdad, que sea verdad, que sea verdad", me repetí, no sé si en voz baja o no, pero creo que no, porque el Chief me gritó desde el mostrador:

—Puto caguamo, deje de rezar, que no me deja leer en paz las foquin news.

Ya sin palabras babeadas de mi boca, me dediqué a observar todo cuanto pasaba afuera y no perderme detalle de nada.

—Chief, ¿puedo salir un momento?

—No, ¿para qué?

—Voy a limpiar los cristales de afuera.

—¿No los limpiaste hace un rato?

—Voy por una soda.

—¿No que ibas a limpiar los cristales?

—Tengo sed.

—Aquí hay agua.

—No; tengo sed de burbujas.

—Pues bate con un foquin tenedor un puto vaso de agua y te lo tragas, putarraco sediento.

—Chief.

—¿Qué?

—Chingue a su madre.

—¡Qué!

—Que si quiere le traigo una soda.

—Te oí, putarraco de mierda. Ande, salga por su chingada soda.

Antes de que el Chief terminara la frase yo ya estaba en la calle cruzando hacia el edificio rojo. Subí a grandes saltos los escalones de piedra, dispuesto a lo que viniera. Fuck. A lo que viniera, total, ya estaba del otro lado, pensé sudando la gota gorda, qué más daba un poco más. Cuando abrí la foquin puerta para entrar al edificio, ella venía saliendo. La miré a los ojos y ella me miró; lo sé porque sentí un gran martillazo en cada una de mis pupilas. Fue una fracción de segundo, un estallido inmenso, como si el universo hubiera sido atomizado en un instante.

La garganta se me coaguló.

Abrí la puerta de par en par, me hice a un lado, incliné la cabeza hasta el suelo y la dejé pasar.

—Thanks —me dijo. Sólo "thanks". Bajó las escaleras bamboleando sus caderas y yo sentí sus ondas expansivas que me iban derritiendo hasta hacerme pomada milímetro a milímetro mi foquin cuerpo. Sin saber qué hacer, y con el culo fruncido hasta el cuello, me metí al edificio y cerré la puerta tras de mí.]

—Abeja grande pica tu culo —dice la negra mientras pasa enfrente de mí.

Yo sigo sentado en la banca del parque Wells. Ya es de noche. No tengo ganas de nada. Los camejanes que sobrevuelan la madrugada aún no han llegado. El parque de noche se vuelve un hervidero de malandros como yo; sí, carajo, de inexistentes pululadores de las orillas de las sombras. La negra arrea su carro metálico un poco más hacia la fuente pequeña donde hay unos arbustos y el pasto es más tupido. Saca unos cartones de sus triques, los tiende en el suelo y luego se tumba sobre ellos. Jala con una mano un sarape deshilachado y se tapa con él.

—Cariculo —repite—, abeja pica tu culo —suelta una risa loca, luego gruñe—: Duerma e paz —cierra los ojos.

¡Qué voy a pegar los foquin ojos!, me digo, si traigo el alma colgando de los huevos.

Miro a otros más que se acercan cabeceando la noche. Desarrapados. Vagabundos.

De día las lagañas de la ciudad son borradas por el friso de anuncios kilométricos, por autos brillantes y personas bonitas. De noche, cuando sólo quedan los rumores, los drogos, yonkies, ilegales, morros, camejanes, pirulos y camagüeyes nos materializamos en demonios aplastados por nuestra raquítica insolvencia.

"Puta madre, y yo lanzándome a la chingada para no ahogarme."

Me encorvo porque un chiflón de aire repta por entre los árboles y me dobla los poros.

—¿Qué onda, vato? ¡Esta banca es nuestra! —me dicen cuatro pirulitos caguengues. Si estuviera de humor tendría que amortajarlos a madrazos para que me mostraran respeto, pero ya tengo demasiados aguijones en la foquin cara. Me levanto y dejo que hagan su roncha alrededor de su banca—. ¡Eso, puto, váyase a chingar a su madre! —me gritan a mis espaldas.

Turuntuneo sobre las piedras hasta ver el árbol donde me he sentado tantos domingos a leer. Llego a su base y me derrumbo a los pies de su raíz. Desde ahí miro todo el parque. Unos chivatos andan rodando en patineta hacia el oriente bajo las farolas anaranjadas llenas de polillas gargolescas. Se oyen sus carcajadas y sus fucks cuando derrapan y se embarran al piso dejando pedazos de pellejo entre sus piruetas. Luego se levantan como si nada y vuelven a emprender sus deslices a toda carrera una y otra vez. Hacia el otro lado, donde las farolas están fundidas, están los candimenes spengladores, yonkies, vende porros. Ahí pasan los autos, se estacionan tres segundos mientras compraventean carrujos de mariguana, o grapas de coca, o metanfoquinminas de crack, y luego surcan de nuevo las calles con su speed afilándoles las narices.

Nel, yes, la foquin miseria anida en todas partes o yo qué carajos sé, porque de los acelerados yupis a los paupérrimos descosidos hay una foquin catarata de mierda, porque veo pasar en ese momento un morro rastrapalero llevando una bolsa de solvente que insufla y desinsufla sobre sus fauces abocardadas.

Si me duermo me lleva la chingada, pienso, porque es como irse de nalgas al infierno. Me recojo sobre mí mismo. Abrazo mis piernas con los brazos pelones; sólo me falta el puto sombrero de charro y el jorongo para volverme una estatua andrajosa.

Entrecierro los ojos nomás porque ya los traigo casi cerrados de la madriza y la desvelada, porque aquí hay que dormir con los ojos abiertos para que no pase nada; pero no puedo, ya no necesito pensar más. Y entre más los cierro, más veo a la chivata.

¿Acaso el puto amor siempre es una lluvia de espejos que nos devuelve el reflejo de nuestro vacío?

Quiero volverme invisible para que se vaya la chivata de mi cabeza, desmaterializarme para desmaterializarla a ella. Ya no aguanto más su peso dentro de mis pensamientos. La veo, sonriente, atravesar cada fibra de mi coco y despellejarme por dentro. Ah, esto que siento me cala. Respiro profundo y poco a poco me voy desguanzando. La noche se pone cada vez más tiránica y su niebla me va venciendo; empiezo a caer lento, enmarañado, circunflejo entre sus apoquinados brazos. Me voy. Me estoy yendo. Ya me fui.

Siento un golpe en el hombro. Todavía está oscuro y sigue la noche andando. Ahora sí estoy quebrado. Siento de nuevo una estocada un poco más fuerte en el hombro. La inflamación de mis fanales ha cedido paso a las foquin lagañas de acero. Siento toneladas de pegamento en las pestañas. No puedo abrir los ojos. Un tercer golpe en mi hombro me recorre todo el antebrazo hasta salpicar mi clavícula.

—Hey, hey, tú, not sleep in the park.

Oigo entre sueños a lo lejos. Yo estoy como ciego; como una estúpida marioneta que se ha quedado sin hilos.

—Hey, hey, hey.

Y me golpean por cuarta o quinta vez en el hombro.

—¿Está death? —oigo un acento latinfloor.

—Yes, wacha, parece que no respira —contesta otro.

—¿Tendrá money?

—I don't know. Pera; lo basculo.

Al sentir sus garras recorriendo mi esqueleto, me retuerzo como lombriz bajo una lluvia de sal.

—¡Carajo, putos, déjenme dormir! —pero ya he roto mis cadenas oclunas y los ojos se me abren como unas quesadillas. Me dejan de toquetear.

—Fuck —grita el toqueteador latinfloor—, está vivo.

—Hey, hey, hey, boy, boy, boy. You don't sleep in the park.

Abro más los ojos amodorrado y veo a dos guardias de security o de la police, no los distingo bien. "Chingada madre, lo que me faltaba", pienso. Antes de que me cargue el payaso decido enfrentarlos; total, más abajo ya no puedo caer.

—No me chinguen: ¿y todos esos foquin cabrones que están jeteados ahí? —les digo sin mirar sus toletes afilados con los que me han estado estocando. Dan un paso hacia atrás, inciertos, como inseguros los de security. Llevan sus uniformes y sus foquin cascos. Unos radios al cinto y sus botas radiantadas. Parecen marcianos.

—Do you have money?

—¿Que qué?

—Que hay que pagar por sleep here, vato de mierda.

—What?

—Money —y se raspa el dedo pulgar con el índice.

—Ya me chingaron mucho este día, putos. A la verga. De aquí no me muevo —les digo. Veo cómo dan otro paso hacia atrás todos firulados, como asustados—. Así es, foquin putos, sáquense a la verga que tengo un chingo de sueño.

Dan otro paso más hacia atrás, se miran entre ellos a los ojos como dos foquin enamorados:

—Fuck —dice uno.

—Fuck —dice el otro.

—Fuck, fuck —y luego, con una cantábrica mirada cargan contra mí con sus estiletes, sus banderillas, como si yo fuera un puto toro de lidia. Levantan sus tonfas demoledoras y me dan mis cates, uno tras otro, sobre la espalda, los hombros y en la choya. Un toletazo, certero, atrás de la chirimoya, me desconecta. Me ponen, artísticamente, amorosamente, a dormir como un puto bebé al pie del árbol de la noche triste.

Fuuuuuuck!

Sí, uno no lo sabe, nunca lo sabe, pero todavía hay más abajo; siempre hay un más abajo donde caer; un abajo más profundo, cavernoso, como una tumba donde reposan los gusanos.

—¿Estoy muerto? —pregunto entre sueños, tumbado panza arriba, cuando veo el rostro de la chivata inclinado sobre mí. Me duele el cuello, me duelen los brazos, me duelen las patas y el rabo. Ya es de día, no sé la hora, todo es tan brillante.

—E Cariculo —dice la negra—, sté tiene e coco e piedra.

En eso siento un gran lengüetazo en la frente, como si me estuviera lambiendo las heridas un foquin ángel. Levanto la mirada y veo que un gran pastor alemán me olfatea.

—Candy, no —ordena la chivata, se incorpora y jala al perro de la correa.

—¿Estoy muerto? —repito.

—¡Ja! —exclama la negra—. ¡E usté cabeza dura! Abejas pican tu culo e tú vive aún —hace una mueca con los tres o cuatro dientes que le quedan, toma su carrito de triques y comienza a jalarlo hacia el caminito donde enganchan las bicicletas. Masculla entre chanza y risa—: ¡Ja! Cariculo e como yerba mala. ¡Ja!

Entrecierro los párpados. Tal vez todo sea un sueño, un sueño entololochado, o tal vez sí, en verdad estoy muerto y de un momento a otro seré disuelto como una pírrica cucharada de sal en el gran estanque del universo.

—Iba a fonear al 911, pero la negra me dijo que no porque te iba a ir peor —oigo la voz de la chivata. Abro los ojos y la veo de nuevo, está mirándome. Me mira. Sí, estoy muerto. Seguro. Debe ser que estoy muerto, no puede ser otra cosa—. Parece que no tienes ningún hueso roto.

—¿¡Eh!? —le digo con dificultad, como si estuviera tembelequeando por dentro, no sé por qué, pero lo digo a ras del suelo. No encuentro más palabras en mi vocabulario, todas se han pachichado y no hay siquiera una letra viva que ande por ahí revoloteando alrededor de mi lengua.

—No debí… Bueno, ya sabes. Me porté muy mal el otro día contigo. I'm sorry. I'm so sorry.

Yo estoy fuera de foco. No entiendo nada. La miro, hermosa, curvando el espacio a su alrededor; si la muerte fuera así, quisiera que los ángeles fueran como ella.

—Me tengo que ir —dice después de un momento de silencio en que sólo escucho el ruido de sus alas en el parque, el gorjeo de sus plumas que se alebrestan en sus copas confundidos con algunos caminantes que pasan, como el ruido del carrito metálico que arrastra la negra y que poco a poco se pierde entre la vereda de piedra y el escándalo, a lo lejos, de los autos que pasan arremolinados.

—¿Qué día es hoy? —le pregunto con la voz rescolítica-
mente quebrada. La chivata me mira; lleva unos deportivos
ajustados, el cabello recogido, unos aretes de brillantitos y, por
primera vez, le distingo un pequeño tatuaje detrás de la oreja
cuando gira la cabeza hacia el pastor alemán. Es una pluma
de ave.

—Thursday.

—Mmmmh… ¿qué?

—Hoy es jueves, chivato —me dice.

Yo paso saliva con dificultad. Siento con mis manos el
pasto que se me enreda entre los dedos. El árbol de mis lec-
turas se está meciendo allá arriba. El cielo está azul y no hay
nubes.

—Una vez la vi a usted; era domingo, un domingo hermoso, el más hermoso domingo —le digo con la boca amoratada.

Ella no sabe de qué le estoy hablando porque me contesta:

—Me tengo que ir, ya se me hizo too late —jala la correa
del perro—. Ven, Candy, come on.

Antes de dar un par de pasos más gira hacia mí:

—Oye, chivato, ¿tienes para food? —asiento con la cabeza—. Ok. Bueno, bye.

Ella regresa al camino y se aleja rápido, arrastrada por el
pastor alemán hacia el final del parque. Me duelen todos los
putos huesos del cuerpo, pero aun así me incorporo y veo
cómo cruza la calle del parque y se lanza hasta perderse de mi
vista. El cuerpo me duele, sí, me duele mucho, pero algo aquí
dentro de mí empieza a no sé qué. No lo sé. Me recuesto otra
vez con la cabeza hacia el cielo. No tengo idea de qué pensar,
así que no pienso nada. Sólo dejo que las raíces del pasto aco-
moden en su sitio todos mis huesos.

Instantes después giro sobre mi lado izquierdo antes de
que el sol se convierta en un manojo de irredentos fogo-
nazos.

Me tiento todo para saber si es cierto que estoy completo. Sí, no me falta nada. Tres putizas seguidas y he salido indemne. Sólo con los chichones que duelen, pero no tanto, carajo, porque la costumbre hace que se pierda el precio del dolor.

Me levanto trastabillando. Pongo una mano en el árbol y trato de recuperar el control de mi vertical. Creo que no tengo hambre porque el estómago lo he de tener atiborrado de foquin mariposas asesinas. Así lo leí en algún lado, esos bichos enamorados que con sus alas nos rasgan las tripas y matan el hambre a cuchilladas. Meto mi mano en la bolsa de mi mezclilla llena de sangre y polvo. Foquin polipatéticos apañadores apestosos de mierda, carajo, me lleva la chingada: mis foquin dólares se los fumaron los ojetes polices. Reviso mi lugar secreto en mi cincho, donde llevaba también los dos billetes de diez del señor Abacuc, y tampoco: me dieron baje; sólo me dejaron la pinche nota que me escribió. Reviso un poco más al fondo y ahí aparece la medallita de mi madre; la vuelvo a meter ahí, doblo el papel del señor Abacuc como recuerdo de los billetes perdidos. "Ni modos", me digo como siempre para no sentir que en verdad siempre pierdo.

Cojeo hacia la fuente de los veleros. No hay nadie; hoy no es domingo, es jueves, y nunca había ido un jueves al parque; no es domingo y sólo hay algunos decolorados paseantes, astargados, hieríticos en medio del césped y de los árboles henchidos. Dos o tres ciclistas ruedan por el caminito de los perros. Algunas bancas están ocupadas por parejas que no reparan en mí. Cuchareo el agua con una mano y me la salpico hacia el rostro. Un poco de sangre descoagulada se desliza hacia la fuente y sus gotas se disuelven sin más, así, como el puto universo puede disolverse en un grano de sal. Miro el agua aquietarse y veo mi reflejo.

"Puta madre. Fuck. Fuck. Fuck."

Sin pensarlo me arrojo completo al agua, a la fuente, para terminar de una vez por todas; para dejar ir lo único que me pertenece. El agua me cubre y me hundo; quiero ahogarme, fundirme con los foquin peces.

"Puto mundo de mierda, la mugre debe ser exterminada en la fuente pública para que vean que uno puede irse tan limpio como llegó."

El agua de la fuente pronto comienza a ensuciarse, a enmierdarse; el polvo de mi ropa y la sangre se convierten en átomos grises. Saco la cabeza cuando el aire se me agota. Floto suripanto. Cierro los ojos y me dejo cuajar. Estoy expiando todos mis sudores; me siento acuaflotante, transacuático.

El agua está helada.

Sin saber por qué, comienzo a sentirme mejor. No sé de mañana, no sé nada. Apenas el agua fría me purga la piel. Me cuelgo del borde y así, escurriendo migajas de agua, me trepo hasta salir de la fuente. La parejita de la banca me ve de reojo cuando paso salpicando la hierba y dejan de succionarse las amígdalas. Camino de regreso hacia mi árbol y, con el sol macerando el granito con su fuego, me pongo a secar como un foquin trapo sucio. Los ojos ya no me duelen tanto; siento que nada duele para siempre. Me recuesto al pie del árbol con la espalda pegada a su tronco. Miro para todas partes. Allá los autos, por acá las parejitas, dos ciclistas más llegan y montan sus vírulas en el visiestacionamiento. Me siento apolcatanado dejando fluir mis nervaduras hacia las raíces del árbol; estoy ingrávido, como ido, atontado por el agua y el fuego.

—¿Y ahora qué te pasó, chivato? ¡Estás empapado!

Un escalofrío me recorre de pronto, poliédrico, hematoso; me escala de los oídos hasta el corazón de ida y vuelta. Giro la cabeza de inmediato hacia mi hombro izquierdo y veo de nuevo a la chivata, ahora sosteniendo un empaque de sopa instantánea a mis espaldas.

—¿Y su perro? —es lo único que se me ocurre contestarle entre la temblorina.

—¿Candy? Ah, you know, la fui a entregar a su dueño —hace una pausa entre el árbol, nosotros y el cielo. Sus labios redondos circulan en toda mi pupila—. I think que no tenías money, chivato, así que te traje sopa; no es mucho, sólo es sopa de chicken.

Me extiende el vaso de unicel hirviendo.

—¿No se le hacía tarde? —le pregunto a bocajarro al momento de tomar la sopa, donde casi rozo sus hermosos dedos.

—Por poco no llego. El patrón sale a las diez y no puedo llevarle a Candy después porque tendría que quedármela hasta la noche. Llegué derrapando, you know!

Yo soplo un poco a la sopa y luego le doy un sorbo para tratar de mantener ocupadas las manos y que no vea mis temblores. Está hirviendo y me quema la lengua. Desde antier no comía nada y traigo la panza de farol. Las mariposas poco a poco vuelven a estar vivas, calientes, y revolotean el laberinto de mis tripas asperjadas de sopa instantánea.

—¿Y a ti qué te pasó, chivato, y qué le pasó a la Spanish Book? —se inclina hacia mí mientras me mira cómo me enfundo los trocitos de pollo rehidratado, chícharos, maíz y zanahoria—. La book amaneció toda encintada —continúa la chivata—, con esa cinta amarilla, you know, como cuando pasa algo espantoso.

Termino la sopa de un sopetón, así, quemándome la tripa corta por la que respiro para calentarme cada milímetro de mi demás cuerpo. El hambre en verdad me estaba matando y yo ni lo sabía.

—Mi Chief desapareció ayer —le digo a la chivata con el vaso vacío entre las manos después de pasar el último buche de sopa y rastrillarme la boca con el antebrazo para secarme las perlas del caldo.

—Ah… —queda pensativa un instante; luego, como volviendo a la Tierra, exclama—: Ahora sí, me tengo que ir, you know. En verdad, gracias por defenderme. No sé, chivato, no estoy acostumbrada a eso. El mundo está lleno de no sé qué, que ya no se sabe qué pensar. Thanks. Goodbye.

Se endereza y pasa de largo por enfrente de mí y se va andando hacia el caminito de piedra de las fuentes del parque. En ese mismo momento me levanto de putazo. Mis piernas se han convertido en resorteras saltarinas; en charpes estirados.

—Oiga —le grito a mansalva, aperegrinado con la ínfula del estoico, del amante silencioso; le grito endémicamente contento y yuxtapuesto a no sé qué que me arde en el pecho—, no fue nada —le digo.

La chivata se detiene, voltea a verme y me sonríe.

—Cuídate, chivato, y que se te seque pronto la ropa —luego retorna rápido al camino de granito hasta bajar la pequeña laderita del aparcamiento de las biclas. Yo la miro cómo se va confundiendo entre los árboles, pero no se me pierde, porque la pienso como una flor; una hermosa flor pegada a los rizos del aire, sembrada en el centro del universo. Llega a la orilla del parque, cruza la calle; oigo los cláxones lejanos que le pitan; oigo los motores que le rugen, el chapoteo de camejanes y pirulos al desenrollar sus lenguas babosas que le chiflan para intentarle sofocar todas sus circunferencias, restregársela por todos los dobleces de su cuadrícula hermosa. Luego se pone el siga del semáforo y los autos vuelven a corretearse, eufóricos, como perros en celo.

En ese momento me doy cuenta de cuán fuerte es ella, cuán poderosa entre tanto foquin mundo, y yo todo ñango, defendiéndola. Parchado por todas partes.

"Fuck. Fuck. Fuck."

Así, con mis botines encharcados, la mezclilla echando migas de vapor y mi camisa mojada de la librería, me lanzo al garete entre los árboles del parque. No tengo idea de lo que voy a hacer, pero tengo que hacer algo. "Algo. Algo. Algo, chingada madre." Estrujo el vaso de unicel con fuerza. El cerebro me punza como cuando empecé a leer en la foquin librería esas pinches novelas mariconas, mentirosas, vomitivas. Todas ellas con sus aspavientos de letras de gran envergadura pero poco nervio. Casi todas estaban fuera del mundo; de la vida.

Desclochadas por tantas palabras huecas.

El cerebro me vuela la tapa de los sesos. Tengo que hacer algo; me siento enjaulado como un puto chango con ataques. Doy vueltas y vueltas alrededor del pasto; alrededor de los árboles, pateo la tierra, pateo el aire; tengo que moverme porque si no me muevo me comen los foquin gusanos; siento sus pasos atravesar mi carne y deglutir con sus mandíbulas soperas cada una de mis células, de mis anafrenados folículos vitales. "¿Qué hago? ¿Qué hago?" No sé, pero así, sin darme cuenta, echo a correr como loco fúrico, deschavetado.

Llego al borde del parque a toda carrera. No tengo tiempo de esperar el rojo; el corazón se me escapa, estrepitoso, por debajo de las uñas. Pego a correr entre el arroyo de coches que pasan veloces. Los autos también me chiflan; me carajean. Me pitan. Me rugen sus motores mientras cruzo la avenida atestada de ruedas. Me maldicen, me la mientan:

—Fuuuuk yooou!

Dos autos rechinan las llantas y derrapan para no hacerme tortilla en el concreto. No tengo tiempo de mirar atrás, el tiempo me apremia; el tiempo me mata a cada segundo en que me han extirpado el corazón.

Choco en la esquina con un despistado camagüey de traje que habla por celular y sostiene un portafolios black; lo despeino y sigo corriendo.

Adelante hay más personas. Intento chocar lo menos, zigzagueo entre ellas, siento sus miradas sorprendidas y luego rechinosamente emputadas, encabronajadas, como si correr para salvarse fuera indigno de las civilizaciones.

Un pirulito con chupeta en la boca sale a mi paso; es güerito y de rizos largos. Lo brinco y lo dejo atrás. Su madre me grita:

—Fuuuuck you, pendejo.

No tengo tiempo, la vida se me va.

Silbo como una mecha corta.

Doblo en la esquina de la librería y enfilo hacia el edificio rojo de la chivata. No tengo idea de qué voy a hacer o qué decir, pero algo saldrá. Subo las escaleras de piedra de un salto y abro la puerta. Respiro agitado, el agua de la fuente ahora se confunde con mi sudor. El corredor da hacia las escaleras interiores acaracoladas. No es muy iluminado. Subo de dos y de tres escalones a la vez para llegar a la puerta de la chivata, donde tantas veces quise tocar y donde siempre reculaba y me retiraba con los nudillos ardiéndome por tantos virus cobardes.

Llego a su puerta; una puerta amarillosa de madera medio apolillada por la parte de abajo. Hay un tapete deslavado de Bienvenido-Welcome. Me detengo para beber aire y barrer con la mano todo el sudor que me cargo en la frente. Respingo tres veces más hasta que siento menos agitada mi respiración. Toco con fuerza; los nudillos ahora me parecen arpones poderosos.

—Está abierto —oigo una voz de hombre prehistórico al otro lado. Empujo la puerta y doy un paso dentro. Lo primero en que me fijo es en un florero sin flores, pero con plumas de pavorreal acomodado en una silla. La sala está iluminada por la luz natural que entra por una gran ventana abierta de par en par con cortinas lisas que están recogidas hacia los lados. Hay dos sillones mate y una mesita de centro de madera cobriza, balirrubosa, con un cristalito ahumado; sobre ella se extienden unas carpetas de chaquira e hilo de cáñamo. Hacia la izquierda hay una mesita con una computadora y una silla de rueditas. Sobre esa misma pared cuelga un gran cuadro con muchas rayas y salpicaduras como escupitajos de colores; como si un tuberculoso hubiera inhalado litros de pintura y se hubiera sonado con el lienzo todos sus mocos. El piso es de duela, como todos los pisos de los edificios viejos. El departamento tiene el techo alto y no es muy elegante, aunque se siente palaciego. Me adentro más y crujen todas las nervaduras de sus tablones.

—Veo que hoy no se te durmió el gallo —dice de pronto la misma voz sentada hacia la ventana en un sillón de respaldo elevado.

—¿Qué gallo? —pregunto.

—¿Disculpe? —me responde el hombre desde su sillón.

—¡Yo no tengo ningún gallo! —le digo.

—¿Quién eres? —pregunta.

Doy otros dos pasos hacia adentro con dirección a la ventana. Desde ahí se ve un cachito de la parada del bus.

—¡Busco a…! —y en ese momento me doy cuenta de que no sé el nombre de la chivata. Nunca lo he sabido. Nunca le había puesto uno. Nunca se lo he puesto. En la calle todo es tan genérico, multiplicado, sumado, restado y dividido porque todo es igual, como una puta globalización de los nombres: pirulos, camagüeyes, camejanes, chivatos, chivatas, candimenes, aplayudadores, y hasta los vergonzantes gilipollas del este de la ciudad. Spañoleros gordos de puros, boinas y pelos por todas partes como macacos.

—¿Buscas a mi nieta? —me dice mientras gira lento, muy lento en su sillón.

—No sé —le digo empitorrado por no saber si es su nieta, su hija, la ayudanta, la señorita, el ángel, mi paz, mi guerra, el ama de llaves, la cirujana que me acaba de extirpar el corazón nada más con verme, o tal vez me equivoqué de puerta y era la otra, la puerta de enfrente. Así que ya mellado le pregunto—: ¿Y usted quién es?

—¡Ja! —suelta una carcajada de tres bandas que rebota por todo el cuarto y sale por la ventana. Cuando se va calmando, musita para sí—: Ah, qué mundo, jajaja, y en mi propia casa, jajaja, habrase visto semejante cosa —termina de girar el sillón y veo a un abuelo de ojos azules, aglaucomados, como gelatinas aderezadas de dátiles. Tiene en las manos un bastón de empuñadura plateada que sostiene con las dos manos. Los cabellos largos y una gran frente transitada por muchas arrugas. Tiene barba larga y blanca. Va vestido con una pijama de cuadritos y grecas estañil y tiene en los pies unas babuchas pardas—. Si tuviera tu edad —me dice aún riendo—, ya te estaría machacando a palos con mi bastón para que no entraras así a jorobar a un anciano... ¡ja! Pero uno se va volviendo viejo y deja pasar muchas más cosas que antes, así que mejor ayúdame a ponerme de pie para poderte dar de bastonazos a gusto.

—Fuck —le digo—, ¿es en serio?

—No, cómo crees. Quiero ir al baño y mi nieta ya se fue al trabajo. Espero al joven de servicios sociales; como ya estás aquí, pues ahora te toca ayudarme. ¡Vamos, que mi vejiga ya no aguanta!

Me le acerco con mucha cautela al abuelo, no me vaya a dar un cocolazo con el bastón.

—¿Y ahora qué hago?

—Nomás ayúdame a parar, y si ves que me voy de lado, me echas para el otro, que un hombre debe mantener su dignidad, digo, su vertical hasta el último momento de su vida —me tiende sus manos llenas de pecas y venas angulosas. Lo jalo con fuerza—. Sí, claro, el mundo tiene otra perspectiva desde estas alturas, ¿o no? ¿Alguna vez has oído hablar sobre la teoría de los hombres altos? Aquéllos que por ser altos consiguen mejores puestos de trabajo porque su ego los infla como palomitas de maíz, ya que miran a todos los mortales desde arriba. Ah, pura selección natural.

Me recojo de hombros, aspartamado; sí, el mundo es un foquin carajo loco, o yo qué sé.

—¿Y ahora? —le pregunto al enjuto carrizo con las manos abiertas para intentar cacharlo por si se va de lado y que no se vaya a dar un calaverazo contra el piso y abra un boquete hasta la planta baja del edificio rojo.

—Ahora nada; me voy a ir aquí derechito y tú me vas siguiendo por si me voy de espaldas.

Empieza a caminar como tortuga entecada, díspira, como llevando el peso de cien elefantes atados en un manojo a sus espaldas. Lento, como si el tiempo fuera todo suyo. Un pasito para adelante, otro pasito para atrás, un pasito para adelante, un pasito para atrás, un pasito para…

—Oiga —le digo—, ¿y si mejor lo cargo?

—¡Qué me vas a cargar ni qué tus ocho cuartos! La dignidad ante todo, cabeza de alcornoque.

Después de trescientos años llegamos por fin al baño. Abre la puerta y me dice:

—Aquí ya voy yo solo. Pero si no salgo en un par de horas, llamas al plomero.

—What!

—Bueno, a la funeraria.

—What!

—Ríe, muchacho.

—¿Por qué?

—Porque cuando uno dice algo gracioso, usualmente la gente se ríe.

—Pero ahorita no tengo ganas de reír.

—Bueno, está bien, no rías; estás en tu derecho. No tardo.

Cierra la puerta y escucho cómo sus babuchas lijan el piso de madera. Un par de minutos después escucho la cadena y minutos después el grifo.

Un instante desbordado después, abre la puerta.

—¿Todavía sigues aquí? Pensé que eras una alucinación mía. Ah, uno cuando se va volviendo viejo encuentra nuevos compañeros de viaje mirando sólo las paredes vacías. ¿O qué, tú ves a todos mis amigos? —comienza a caminar hacia su sillón.

—¿Está usted majareta? —le digo entrefruncido.

—¡Ja! —exclama—, ¡hacía siglos que no escuchaba esa palabra! Pero ay, no, ojalá lo estuviera; dime quién puede aguantar el mundo tal y como está. Estando loco se puede soportar mucho más todo el despiporre del mundo; la cuerdez sólo sirve para ahorcarse solo.

Una eternidad después, con toda la velocidad de la calma, llegamos al sillón. Da media vuelta y se dispone a aterrizar sobre sus nalgas.

—Dame tus manos, que lo difícil es sentarse y pararse. Un sentón mal dado y me quedo otra vez sin cadera.

Entrelazo sus manos como una grúa. Hago palanca y poco a poco lo voy bajando hasta dejarlo anclado a su propio mar.

—Y entonces —me dice acomodándose su pijama y retomando el bastón para apoyarse con las dos manos en él—, ¿vienes a buscar a mi nieta Aireen?

—¿Aireen? —repito su nombre y me hace un eco insolitario, perenne, entre mi cráneo y mi corazón; su nombre retumba como un cañón de aire, tierra, agua y fuego dentro de mi pecho—. Pensé que usted estaba loco y que se le olvidaban las cosas —le digo, como un reflejo instantáneo, al vetusto; como un matraco málvido, afritangado entre mis ganas de ver a la chivata y su parsimonia; de respirarla como único aroma para dar vida; de esas prisas amorosas del mundo exterior y la lentitud del mundo interior.

—Ah, no, cabeza de chorlito, aún puedo recordar muchas cosas. Ser viejo no es sinónimo de imbecilidad.

—¿Me está insultando otra vez, señor?

—No, muchacho. Chorlito es un pájaro que tiene sesos de pollo y cabeza de marrano.

—Ah, bueno.

—Y mira esa foto —me dice el abuelo—: es Aireen cuando cumplió tres años. Y la de atrás es su madre, mi hija. Mi única hija.

—Pero no se parecen en nada a usted —le digo tratando de cuadrar las cosas.

—Ah, es porque es hija sólo de su madre.

—¿Cómo?

—Ay, muchacho —dice—. Todas las personas tienen sus historias; unas más largas que otras. Hace un titipuchal de años conocí a una mujer hermosísima… —y se queda callado; materializa una pausa gigante entre los dos, como buscando sus recuerdos en las paredes vacías con sus ojos azules, viejos, cicatrizados por sus lentos párpados. Aquieta el bastón. Pasa saliva. Se queda ausente, ambarino, con sus arrugas perpetuándole el rostro. En ese momento tocan a la foquin puerta—. Está abierto —grita el abuelo descorchado de sus pensamientos. Luego se dirige a mí—: Sólo te diré que padre no es el que engendra, sino el que cría. ¿Lo puedes entender?

Un warrior blanco latinfloor abre la puerta y se aproxima hacia nosotros.

—Good morning —dice mientras me barre con la mirada de arriba abajo dirigiéndose hacia el sillón del anciano.

—Bueno, muchacho, es hora de mi terapia.

Dejo las fotos sobre la mesita de centro junto a las chaquiras.

—¿Cómo amaneció mi paciente favorito? —prorrumpe el warrior encamisado de azul, tenis Nike y radiomóvil al cincho invisibilándome por completo. Yo me dirijo hacia la puerta.

—No muy bien, Zubirat; amanecí en ayunas y despeinado con el ombligo parado.

El warrior Zubirat echa una carcajada, celebrando la ocurrencia del abuelo.

—Ay, usted siempre tan ocurrente y chispeante y con su buen humor, ¡quién lo viera! ¿Y qué me dice, don, cómo está Aireen?

Yo cruzo la puerta mientras escucho.

—Bien, ya sabes, corriendo para todas partes; trabaja mucho. Quiere seguir estudiando, pero quién en estos días no tiene que trabajar como negro para intentar sobrevivir como blanco.

—Pues dígale que me dé el sí y listo, solucionamos sus problemas de money —oigo la voz petulante, aperradamente roñosa del warrior latinfloor.

—Si fuera eso tan sencillo, Zubirat —replica el abuelo—, ella buscaría a alguien que tuviera más oro que el rey de Persia —y echa una sonora carcajada cuando cierro la puerta.

En el pasillo las luminarias titilan absénticas. Pienso en la chivata y sus fotografías, sobre todo la del pastel, donde sopla las tres velitas, con sus cachetes inflados, gordos, pero ya perfilada para la gran hermosura que tendría años después.

Llego a la escalera de caracol granítico y madera y bajo hacia la calle. La luz me golpea cuando abro la puerta. Adentro, en el edificio rojo antiguo, el tiempo es otro, pareciera un tiempo de melancolía; de esa taciturnez con que se empalagan los suspiros cuando la felicidad se ha largado.

"Ah, la chingada felicidad, ¿qué putadas es eso?"

Miro hacia la foquin librería mientras bajo el primer escalón de piedra. Está cerrada y tiene cintas amarillas como un puto moño de regalo. Desde ahí se ve hacia adentro. Los estantes aún están tirados. En donde estaban los cristales rotos hay unas tablas para cerrar el cristalazo. Me siento en las escaleras del edificio. Mi ropa ya está casi seca, sólo los calzones los llevo húmedos. El sol pega de lleno sobre la acera y siento su calor en el culo. La parada del bus es el único lugar con sombra. Los autos corren irredentos. Sólo tres o cuatro coches permanecen aparcamentados al otro lado de la calle, casi enfrente de la librería, donde hay dos gorilas con camisa negra recargados en el cofre de una lancha. Pasa una chivata arrastrando una carriola con un pirulito recién nacido adentro.

"Podría intentar meterme a la foquin book y sacar aunque sea mis sarapes, que ésos sí son míos —pienso—. ¿Cómo me brincaría? Ahí, en ese lado, puedo colgarme del poste y subir una pata hacia la cornisa y llegar por arriba hacia el tapanco, donde está la ventana clavada con maderas. Con una patada la puedo abrir y meterme. Ahí nadie sabría que estoy dentro. Podría incluso dormir y nadie se daría cuenta. Para salir lo haría por la puerta de la bodeguita. La que da al callejón de la vuelta. La que nunca usa el Chief para nada y que está detrás del estante de poesía amariconada, cansina, pegajosa, ésa que usa sólo tripas sin nada de sesos. Ahí detrás de eso está la puerta de servicio."

—⁌—⧑⁌—

[—Es que antes esto era un foquin restorán de mexican food y esa puerta era para sacar toda la foquin basura, por eso hay cochambre entelarañando el techo de esta parte, putarraco sicalíptico. Límpiele bien, ahí, donde ve esa mancha negra.

—¿Y si me caigo, Chief?

—No, no se cae: la escalera no se rompe, y si se cae, del suelo no pasa.

—¿Y no le conviene mejor vender tacos que libros, patrón?

—*Cállese, pajarraco metiche, y que no quede ninguna manchita, que si no le pego un librazo.]*

"O podría entrar por el edificio de junto y brincar desde el techo, aunque a ojo de buen cubero deben ser cerca de seis metros; me voy a contramatar. O podría arañar el tubo del drenaje y caer sobre la barandilla de la escalera de incendios, aunque de ahí tendría que brincar como dos metros en el volado; si no llego, la caída es como de un chingo de metros hasta la calle, y ahí me haría capirotada del zapotazo. Tendría que ser hasta el rato, cuando haya menos gentes y la luz de la calle sea lo único que me vea."

Pasa un bus enfrente, hace la parada, deja pasaje y levanta a la chivata de la carriola. Ella sube con dificultad, cargando al niño en un brazo y el armatoste en el otro. El bus arranca y se va por la lateral. Los gorilas de negro cruzan la calle cuando el bus pasa de largo. Miro la librería; tal vez podría quitar la tabla que parece estar atrancada con una de las mesas de novedades editoriales.

⸺⸺◆⸺⸺

[Esa mesa de libros donde llegaban los enjambres de las foquin editoriales trasatlánticas deshuevadas, porque hacen todos los verbos intransitables en hubieses, vieses, cabieses, y sus gilipolleces, agamaninas, de lengua de trapo; con sus palabras tan neutras como neumáticos en vez de llantas, apartamentos, tan deshuevadas, formales, sin chiste, word world wlobalicidas y que alguna que otra mujer emperifollada esperaba con ansias.

Recuerdo también al chiflado latinfloor de granos en la cara, lentes cuadrados y músculos de charal que iba a preguntar cada quince días por algún premio literario que recién hubiera sido publicado. Alguna vez escuché que le dijo al Chief que quería ser un writer famoso y quería hacerla en grande.

—Chingonométricamente hablando, así, del tamaño del mundo —porque tenía una historia extraordinaria de naves espaciales y pensaba venderla a Hollywood para hacerla cine—. Porque las naves venden, como los efectos especiales, así. Imagínese, señor, que una nave gigante llega a la Tierra pero no tiene frenos, ¿qué pasaría, eh? ¡El Apocalipsis!

—No, pos sí. Es una buena history —contrarremataba el Chief mientras contaba los billetes que acababa de recibir del latin writer por el último premio Pulitzer de novela.

Yo me les quedaba mirando con cara de zopenco y trataba de imaginar cómo era una chingada nave espacial. Imaginaba que debían encenderse con carbón, anafre, y soplarles reteharto para que despegaran de cualquier parte del universo.

—Oiga, Chief, ¿y qué hay afuera del universo?

—Putarraco chismoso, deje de escuchar lo que hablo con los clientes y mejor píquese el culo.

Alguna vez el Chief se quejó con que querían regatearle la librería para convertirla en una cafetería muy foquin nice.

—Pues véndala, qué más da. Es plata para usted y no se andaría quejando a cada rato de que no hay money para nada.

—¡Deje de enchincharme, piojo endrino! ¡Qué la voy a vender! Si acaso yo les voy a dar el coffee, pero por el culo.]

En fin, pienso ahora, si yo fuera el dueño, el megamáster de la librería, sí haría una foquin cafetería ahí enfrente, así podría mirar a la chivata el resto de mi vida; tal vez hasta podría conquistarla; tendría lana encima del cuero; billuyos para entretejerla en mis brazos y besarla; besarla como nunca he besado a nadie. Sí, de ese lado las mesitas, y por aquí, si hubiera querido algo como el Chief, un librero para vender las pocas novelas que se salvan porque están vivas; las otras las haría cachitos a punta de patadas. Y hasta ya sé el nombre que le pondría a mi changarro: "Aireen". "Aireen's Love." Sí, así. ¿Dónde estará ahorita el Chief para que viera que yo sí podría hacer algo con su foquin librería?

En eso mis pelitos de la nuca se me paran; me alertan entiesados como los bigotes de los gatos. Siento la presencia de los dos gorilas de negro casi encima de mí. Pego un brinco hacia los tres o cuatro escalones que me faltan para llegar a la banqueta y echarme a correr, pero uno, el pelón tatuado y con argolla en la oreja, me pesca del brazo y trastabillo hacia el pecho del otro, un poco más flaco pero macizo, porque siento sus pectorales como dos conchas de mármol. "Ni pedo, otra madriza más." Son mucho más altos y pesados que yo, pero algo que aprendí en las peleas callejeras de mi pueblo es que no los voy a cargar, y entre más estirados más les duele su pútrida caída al suelo.

En las peleas callejeras no se trata de artes marciales ni de golpes con técnica confuciana; aquí es una riña a campo traviesa, batalla campal y se vale de todo.

Antes de pensarlo le surto un rodillazo floreado a velocidad luz al empechugado marmóleo, que se dobla por mitad; al fin, aunque levante todas las foquin pesas del mundo para acerar todos los músculos de su cuerpo, hasta los huevos de Superman siempre permanecen aguados.

El otro gorila intenta contenerme a gritos, pero estoy más sordo que un palo: sólo escucho el sonido de mi respiración. Le pego un patín en la espinilla al tiempo que le suelto un marrazo por encima de mi hombro, que va a estrellarse en su oreja, donde está su sistema de navegación. El gorila bufa aturdido, se le saltan los ojos e intenta manotearme la cara, pero soy más veloz que él y lo esquivo con un doblez de cintura y entonces, desde abajo, le tiro un cañonazo en los huevos que lo manda a la verga.

—Fuck —dice antes de doblarse.

En eso siento unos brazos enormes que me envuelven como pulpo por detrás y me levantan como una puta pluma.

"Ya me cargó la chingada, ahora sí; a éste ni lo vi venir."

Intento patalear, pero sólo logro pegarle unos taconazos en las pantorrillas al chingado calamar gigante. Me aprieta más fuerte y comienzo a perder aire. Pienso que, cuando se repongan los foquin energúmenos, me van a partir por mitad a punta de riflazos.

—Take it easy, bro. Tranquis —me dice a la oreja el gigantón que me tiene abrazado.

—Chinga tu madre —le contesto, y le doy un cabezazo en la nariz. Me aprieta más. Siento que mi esqueleto se comprime como el foquin vaso de unicel de mi sopa. "Si me aprieta más me voy a cagar en los calzones."

—Tranquis, bro —insiste a pesar de que ya le chorrea mole por la nariz. Los otros dos gorilas apenas empiezan a dar señales de vida.

—Suéltame, pendejo —le grito rabioso, trombonizado por todo el cuerpo—; suéltame y verás de qué cuero salen más correas, puto.

—Take it easy —repite—. Sólo quiero spokear contigo —luego se dirige a sus bestias—. A ver, pendejos, esta chingaderita se los tundió sabroso.

Afloja un poco los brazos y me deja respirar.

—Te voy a soltar, pero no te eches a correr, ¿entendido?

"Cómo no —pienso—. Nomás pongo los pies en la tierra y patitas para qué las quiero."

Afloja otro poco la presión sobre mis brazos.

—Quiero hablarte de un bisnes, bro —pero yo no quiero hablar ni madres; jadeo como un foquin perro—. Fuck, men, I know qué te conviene.

—Mis huevos —replico.

—A ver, pendejo —le dice a uno de los deshuevados sumiso que se soba los tenates morados—. Saca tu maldito iPhone para que lo vea.

El gorila del arete saca un iPhone y me lo pone en la jeta. Miro sus ojos enrojecidos. Los huevos los debe tener peor. Le pica a un botón y empieza a correr un video en Youtube. Reconozco el edificio de la chivata, luego la parada del bus. Me veo cruzando la calle. Me veo sentándome en el asiento de la parada. Veo cómo se me acerca el camagüey enamorado de la chivata por la espalda y me da un trompo que me tumba al suelo. La cámara se baja del vehículo y se va acercando. Me veo tirado, y luego como diez o doce cabrones camejanes y pirulos me rodean divertidos y me empiezan a putear con patadas. Luego dejan de patearme y se esfuman tal y como llegaron. El video se detiene cuando el señor Abacuc se acuclilla junto a mí y me da un pañuelo. Luego aparece el título del video y mi foto pintándole huevos a la cámara: "¿Hasta cuándo?"

—¿Ése eres tú, bro? —me pregunta el pulpo.

—No.

—Cómo chingados no, si hasta traes la misma jodida ropa.

—¿Qué putas quieren? —les inyecto mi lengua en sus oídos.

—Sólo platicar —me dice el gorila pulpo—. Te voy a soltar con cuidado, bróder, así que tranquis.

Me baja despacio y pongo los pies en la escalera de piedra. Algunos curiosos ya comienzan a irse; los poquitos camejanes también se largan como cucarachos bajo las piedras. El show está finalizando, y de seguro se quedaron con las ganas de entrarle a la putiza del día. Siento la imperiosa necesidad de correr, de largarme cuanto antes de ahí. Siempre son preferibles las corretizas que las madrizas. Los gorilas lo advierten y me rodean entre los tres para no dejarme escapar como una muralla de carne.

—¿Ya más tranquis? —me dice antes de soltarme.

Asiento con la cabeza pero no estoy tranquilo. Desde que llegué a este país no estoy tranquilo. No he estado tranquilo ni un día. Siempre al acecho, acechado, mirando para todas partes, huidizo, entinglado de marasmo porque no tengo seguridad de nada.

—El bisne es sencillo, bro. Necesito alguien que aguante putazos como tú.

—¿Y yo por qué?

—Porque se ve que no te cuartean fácilmente. Con esas patadas era para que ahorita estuvieras very death.

—¿Hay money de por medio?

—Yes.

—How much? —le pregunto.

—No mucho; pero si nos va bien, tal vez hasta te alcance para comprarte ropa nueva.

—¿Ustedes chingaron la librería?

—What!

—Ésa de enfrente —y señalo con la cabeza. Voltean a ver y se quedan como idiotas.

—Fuck, men —dice el gorila del arete—, ¿qué es una librería, Chub?

¡Zas! El madrazo en la jeta tal vez le aflojó las clavijas; o tal vez era como yo cuando la descubrí por primera vez.

[Llegué a la ciudad lleno de mierda. Andando vi que había trabajo. Ya no quería regresar a la chamba de la pizca, porque de seguro el Pepe y los demás ya debían estar del otro lado, y encontré un letrero en la ciudad que estaba en español pegado a los cristales de la librería, porque del inglés no entendía ni un foquin carajo: "Solicito ayudante".]

—Podemos spokearlo, bro, hablarlo más cómodos en otro sitio —dice el gigantón—, en un bar o restaurante o en algún dinner. ¿Hay algún lugar por aquí donde te sientas cómodo? Soy Chuby Jon, y estos dos panzones son Sakai Dark y Deamon Dean. ¿Qué dices, bro, nos lanzamos a otro lado para verborrear?

—No, mierda —le respondo—. Si vamos a hablar, lo hablamos aquí. Aquí nos apalabramos. Y no como en las putas novelas, donde, si se tienen que decir algo, siempre se van a un lugar más foquin cómodo para decirse lo que podrían decirse parados y sin perder el foquin time.

—Está bien —me dice atolondrado el pulpo, que lleva una piocha en el mentón, la cabeza rasurada y los brazos tatuados de serpientes o qué sé yo, un mezclilla y botas de motochilero. Veo que tiene casquillos en los dientes frontales. Se limpia con el dorso de la mano la sangre de una pequeña cortadita en la nariz que le hice con el cabezazo—. Al grano, bro —dice—. Soy luchador, pero me expulsaron de la liga por un foquin antidoping hace dos foquin años. Estoy fuera de por vida de la liga, pero ahora tengo un gimnasio donde entreno a unos chivatos y quiero hacer las cosas bien y no a la pendeja. Quiero hacer algo de billete con un vato que pega como mula. Yo ya no puedo entrar a la lucha, pero en el box nadie sabe nada de mí. Así que no hay tox. No tengo un esparring de su vuelo para amacizar a mi champion. Vi tu video por Youtube. Lo subió el portal del *Chronica News* con el lugar donde fue tu putiza. Te vi y se me prendió el foco, bro.

—How much? —lo interrumpo.

—I don't know —me dice sacado de onda.

—¿Cómo? ¿Vienes a ofrecerme chingada y media y no sabes ni cuánto?

—Cien a la semana —me dice atarantado, como queriéndome ver el ojo de pendejo.

—Cien diarios o nada.

—¡Ja! —exclama—. ¡Ni que fueras de oro, bro!

—Ahí se ven, camagüeyes silvestres —bajo un escalón, los empujo para abrirme paso y me dispongo a largarme de ahí. Cien piojosos dólares por dejarme descalabrar, ni madres.

—Trescientos a la semana y no más —suelta de pronto a bocajarro el moluscoide.

—Pero con comidas, y los jueves y domingos libres y un adelanto de cien dólares aquí mismo y ahorita —me doy la vuelta hacia ellos.

El gorila me mira, frunce el entrecejo como una foca gigante y soba su piocha de arriba hacia abajo.

Parece que piensa el mono.

—Ok, tú ganas, bro. Pero nomás por vía de mientras, en lo que preparamos a nuestro champion.

—Como sea —les digo. Al fin, pienso, unos madrazos más qué me importan, y no sé hasta cuándo conseguiré otro foquin work.

—Aquí está la dirección —y me lanza una tarjeta que se arremolina en el aire junto con cinco billetes arrugados de veinte—. Mañana a las ocho empezamos porque tenemos que estar listos para los Golden Gloves Championship de este año.

—Cámara, vatos. Ahí se ven.

Me alejo hacia la esquina al tiempo que los gorilas cruzan la calle cojeando como pinches charros patizambos y se suben a su lancha. Pobres güeyes pitoprontos, llevan los huevos apachichados. Los miro cómo arrancan y se difuminan. Ahí levanto la vista hacia la ventana de la chivata y suspiro. Aireen debe estar trabajando como hormiga a esta hora. Suspiro de nuevo. Se pone el rojo y los autos se detienen.

Cruzo con dirección al mall. Necesitaré víveres para quedarme en la librería; sí, es un foquin plan que me mantendrá vivo. Así, de la nada, comienzo a sonreír; tengo algo de varo y la posibilidad de estar cerca de la chivata. Ahora que sé cuál es su ventana puedo arrullarme bajo su sombra. Paso el callejoncito de la puertita de la librería y sigo de frente.

Dos calles más abajo está el 7 Eleven. Voy pensando qué comprar. Cosas que me duren. Pienso en latas de atún, de chiles, maíz, chícharos y zanahorias, y unas cocas. Algunos paquetes de galletas de las más baratas. Con un galón de agua puedo sobrevivir como un dromedario; estoy acostumbrado a no comer ni beber mucho. Puedo sobrevivir con casi nada: una miga y una gota, como lo hice después de salir del puto río Bravo, con mi bolsa de plástico negro amarrada al cogote. Así, sin agua, sin nada, sólo comiendo alguna chingada planta que veía en el camino.

⊶ ⊶✦⊶ ⊶

[—*Porque ahora está más cabrón que antes* —*me había dicho el coyote*—. *Antes pasábamos con la mano en la cintura, pero ahora hasta rayos láser tienen los hijos de su chingada madre, pinches gringos puñeteros, y nos miran desde allá arriba, con sus pinches satelititos. Por eso uno no puede ni cagar en paz en el pendejo desierto, pensando que nos están fotografiando las nalgas desde las estrellas. Pero si quieres, por unos quince mil morlacos te cruzo hasta donde estés a salvo, morrito.*

Pero yo no llevaba ni un gramo de lana. Me había lanzado así nomás, para salvarme, porque yo no tenía planes; sólo era la huida y el sueño, el foquin sueño de estar al otro lado de lo que huyes. Y cuando me estaba insolentando más después de caminar por horas en el desierto, me bebí mi sudor, y después de horas de caminar, me bebí hasta mis miados, porque me pasé solito, a la brava.

—Mira —me dijo un chinaco espalda mojada del lado de México—, por aquí te cruzas derechito y empiezas a nadar, y como la corriente es algo dura por ahí donde se ven esos remolinos, pues vas a acabar hasta por allá. Donde veas un árbol medio caído, ahí te agarras, porque si no te agarras, te irás derechito a la otra vida.

Y sí, así que me tiro al agua, ¡zas!, con mi ropa en una bolsa de nylon negra y en calzones. Y que empiezo a nadar, así, primero despacito, porque me advirtió el chinaco: "No te aceleres porque si no te mueres". Y la corriente iba cada vez más atrabancada, haciendo espuma verde sobre la espuma verde, dejándome los ojos verdes. Y luego la corriente se hizo tan quebradiza que miré el árbol caído venir, luego pasar y por fin dejarlo ir; pero no pensé jamás en dejarme morir, porque ya había llegado hasta ahí, y no me iba a dejar ser alimento para los rascuaches peces. Así que empecé a remar con mis brazos hasta que los músculos me barritaban de dolor, pero ni modos, "a chingarle, que la vida no se da en macetas". Y así, después de milenios, vi una roca donde podría agarrarme como una puta iguana. Y sí, que me prendo con todas mis garras y que me quedo como muerto hasta que el sol ya se había ido.

Ahí sentí como si hubiera respirado por primera vez; como si yo fuera un puto esperma que ha engendrado un óvulo. Me vestí y eché a andar como buey, hacia allá, "nomás donde se ven esos cerros"; así me habían dicho. Y me jalé tanto a la izquierda que llegué a no sé dónde, pero había una autopista cuando mis fuerzas ya eran sólo cúmulos de vapor. Los pies despedazados de tanta ámpula; la garganta plomiza, atorada de polvo aserrinado.

Pero me fui quitando la ropa poco a poco, porque ahora sentía el calor desde dentro, incendiándome como una gran pira; primero me quité el abrigo, luego la camisa, el pantalón, los calzones, todo, porque tenía tanto fuego que me sentía una brasa derretida en un anafre.

Un auto pasó sobre el camino y se perdió entre ese temblor del aire caliente que la lejanía y el sol producen en las carreteras. Ahí, maldecido ya sin palabras, seco, desnudo, me derrumbé sobre mis rodillas esperando mi muerte.]

Saco dos billetes de veinte y el resto lo guardo en el lugar secreto —que ya no lo es tanto— de mi cincho, junto a la nota del señor Abacuc y la tarjeta de la dirección del gimnasio, y entro al 7 Eleven. "Necesito latas, agua y frituras, ésas que no se echan a perder pero que empanzonan." Me paseo por los pasillos del minisúper. Intento parecer normal.

⚊⚌✦⚌⚊

[Eso me dijeron cuando terminé mi chamba en mi primer y único trabajo de pizcar:

—Si ves a un policeman no corras, porque si corres te atoran.

—Tú como si nada; incluso míralos a los foquin ojos, así nadie sabrá ni qué pedo.

—El miedo lo huelen: si te sienten con miedo, te atoran. Eso sí, nunca te sientas tan tranquilo, siempre ojo avizor; nada de quebrar un plato, porque te atoran, te putean, te entamban y luego te cagan en tu foquin país.]

Tomo latas y las echo en una canastita de plástico. Luego voy con las frituras. Tomo un par de veladoras para alumbrarme, y al final voy por un galón de agua simple. Para sobrevivir no se necesita mucho. No sé si para vivir sí.

⚊⚌✦⚌⚊

[Alguna vez paseé de noche por esta city; por sus restaurantes de cristales, palmeras y luces alumbrando sus jardines fastuosos, sus fachadas y tejados; donde valets parking estacionaban autos brillantes. Ahí vi emperifolladas de zapatillas kilométricas y candimenes lustrosos dar

mordiditas a filetotes del tamaño de una vaca. Vi restaurantes con velas y sin velas, con medias luces, casi oscuros; vi también antros con luces como bengalas barnizando la pupila al ritmo de la música estridente del bom, bom, bom. La vida loca. Ahí escuché, afuera de un tugurio latimperrón, a un vato llamado Calle 13 y que me prendo.

—Oiga, Chief, ¿usted ha oído a los que cantan rap en español?

—Yo, putarraco bermejo, no escucho ni a mi santa madre cantar. La música no deja pensar con claridá.

—¿Por eso no vende discos ni películas en su librería?

—Por eso.

—¿Y en qué piensa cuando no hay música y parece que está como apendejado?

—Vete a la mierda, piojo ecrítico.]

Llego a la caja y subo la canastita de plástico. La cajera empieza a pasar los productos por el lector de código de barras y los mete en bolsas de plástico. Pido unas cerillas para encender las veladoras cuando esté en el tapanco. El total de la caja marca 39.80. La chica parece latina, pero me habla en inglés. Pago con los dos billetes. Me da el vuelto. Tomo las bolsas y salgo. Aún no anochece. Me siento en una banca junto a una jardinera que da enfrente del 7 Eleven, saco una bolsa de papas, la abro y empiezo a comer. Luego destapo el galón de agua y le doy un sorbo de ahí directo. Mastico lento, como esperando que las papas, en vez de tronar, se disuelvan como las foquin sagradas hostias. Mastico lento hasta que poco a poco el sol se empieza a evaporar.

Las calles comienzan a tornarse azules, y lentas las luminarias comienzan a encenderse. Sobre los edificios más altos las oficinas se iluminan. Abajo los comercios prenden sus anuncios y los locales se iluminan. Los autos encienden sus faros. Pasa gente enfrente de mí. Hace tiempo había observado que los candimenes pasan erguidos; los otros, los barujos, de camejanes a pirulos y chivatos, pasamos como changos, como si la evolución no nos hubiera tocado. Pareciera como si nos sintiéramos menos nosotros mismos y aún tuviéramos la espalda encorvada para cargar una cola rosada de mandril. Como si ya estuviéramos derrotados de antemano por una cláusula divina, caróntica, del foquin destino irreversible.

Termino de comer la bolsa de papas. Doy un último sorbo de agua y tapo el galón. Con esto tendré hasta mañana. Cierro las bolsas con doble nudo y espero todavía un rato más sentado. Los chichones de mi cara ya se han desfraguado y bajaron. Ahora mi cara está casi como siempre, salvo un pequeño rayón arriba de la ceja derecha. Sólo me molesta un poco el madrazo del cuello que me dieron en el parque. Lo demás lo tengo casi igual.

Cuando siento que la noche se achampurra, se espesa en el aire, tomo las bolsas y me voy de regreso hacia la calle de la book.

Antes de llegar a la esquina doblo sobre el callejoncito de atrás. No tiene iluminación y huele a miados. Hay un par de contenedores de basura junto a la puerta de servicio del otro edificio. Veo la puerta de la librería. Está cosida por telarañas y polvo. No ha sido abierta en años. Llego al fondo del callejoncito. Me quito el cincho y con él anudo las bolsas del mandado y me las cuelgo atravesando el hombro como si fuera a cruzar un río. Tomo suficiente impulso y salto como chango para poder entrar en la book.

Se me desconchinfla lo que estaba soñando y de inmediato abro los ojos, así, pauperizado porque siento que ya es tardísimo.

En el tapanco está todo oscuro. Doy un manotazo y tiro la veladora. La oigo rodar hasta que se detiene al filo de mis sarapes. No supe ni cuándo doblé el pico. Luego de cerrar la ventana y ponerle los plásticos de las bolsas como cuñas para que no se abriera, extendí las cobijas sobre el suelo, soplé la luz y me hice taco, y así me quedé toda la noche, sin moverme, como un foquin gusano que se ha metido a su capullo en espera de su maldita hora.

Me desenredo el sarape y le pego un zarpazo a la ventanita. Se abre y entran sólidos los rayos del sol. Me lleva. Ruedo hasta ponerme los botines; ya están muy gastados, pero son mis únicos zapatos.

⊷ ✦ ⊷

[—*¿Y en qué gasta su money, putarraco avaro?*

—*Con lo que me paga, Chief, nomás en aire, porque no me alcanza para otra cosa.*

—*No se preocupe, pájaro endemoniado, pronto le subiré el sueldo para que pueda pagarme el alquiler que le estoy dando allá arriba en el tapanco.*]

Bajo con cautela las escalerillas. Lo bueno de la foquin librería es que es como un fantasma; un espacio vacío entre edificios; como si no existiera, una chingadera reborujada, un hoyo negro. Casi nadie se detenía a ver los libros que había en las vitrinas de los aparadores; a veces aterrizaba algún gorrión despistado, pero ésos se marchaban sin comprar nada. Me pongo a gatas y, sorteando los estantes caídos entre los libros desplumados, me voy hacia la bodeguita del fondo. El estante de poesía almidonada está tapiando la puerta; esos foquin libros mielosos llenos de ripios acajetados; amorosos, como las tripas de las vacas cuando han mascado harta yerba y paren hermosas y dulces boñigas pardas. Ese estante está ocultando la puerta de servicio que da al callejón por donde debo salir. Descuelgo los libros y los tiendo en el estante donde estaban los de terror, que ahora están asesinados de risa en el piso. Termino y jalo el estante con fuerza. Truena en uno de los lados, pero logro desencajarlo y lo cargo hasta que le doy la vuelta y lo arrejunto en el esquinero lateral, donde el Chief ponía sus libros más preciados; aquéllos que leía una y otra vez.

— ≡◆≡ —

[—Uno no necesita leer mucho, sino sólo lo indispensable. Y cuando pasan los años, uno regresa a sus libros primeros, y con ésos se va quedando uno, sólo, hasta que la muerte nos separa, pajarraco bruto.
—Ahora entiendo por qué las gentes no compran sus porquerías, Chief: con un foquin libro les basta y sobra para toda la vida.]

Tomo un volumen gordo y pesado de poesía española y con ése le doy de martillazos para romper la cerradura. Cede y la arrimo hacia un lado para quitarla por completo. La pongo a un lado y trato de empujar la puerta. Sigue cosida por tantas telarañas y polvo, pero no hay nada que unos caballazos no puedan hacer.

Al tercer machetazo de mi hombro la puerta cede y yo casi salgo disparado hacia el callejoncito. Me echo hacia atrás. Diviso. Y ahora cómo chingados cierro la foquin entrada. Tomo un pequeño librito de las cien mejores poesías amorosas en castellano y cuñeo la puerta en uno de sus bordes. Empujo con fuerza y queda atrincada. La testereo para ver si quedó bien y sí, no se mueve un ápice. "Carajo —sonrío—, hasta que por fin la foquin poesía sirve para algo."

[Maldita la cosa, después leí un poemario recién que yo salía de los libros de monitos y todo porque el librito estaba delgadito y tenía bien poquitas palabras y después, malaya mía, tuve que leer el foquin gordísimo diccionario porque no había entendido ni una chingada jota de lo que decía el puto poeta.]

Salgo del callejón y jalo hacia la 47, donde está el gym. No voy a gastar un céntimo en el bus. Así que me lanzo a la carrera para tratar de rellenar el agujero que le acabo de hacer al tiempo. Paso corriendo el edificio de la chivata; paso el parque Wells; paso el teatro Century. Llego al complejo universitario de la Ford Foundation. Sigo de largo, y antes de llegar a la intersección que sale hacia el estadio de beisbol, giro hacia la derecha y enfilo sobre la 39. Paso la 41 y parece otro mundo.

Las casas rotas y pintarrajeadas. Hay mallas ciclónicas desvencijadas, como si esa parte fuera un campo de guerra. Aquí sí hay foquin perros entre la basura. Las personas pasan como levitando sobre sus patas. Los siento como si estuvieran más jodidos que yo. Veo unos pirulos amariguanados tronándoselas con la mazmorra clavada en bolsas de éter cracoviano.

Hay un puente del freeway que vuela por encima, donde los autos zumban; sus columnas están llenas de grafiti. Aquí no hay pasto en las jardineras: están atosigadas de puros granos secos. Los árboles están tan raquíticos que no se mueven con el viento.

Enfilo hacia una serie de pequeñas bodegas apiñadas enfrente de un gran camellón que da a palomares de tres o cuatro pisos, donde todos los olores humanos se confunden con la miseria.

Por fin llego a la 47, chorreando sudor. Ahí aparece un pequeño anuncio impreso en una lona desfirulada por la mitad: CHUBY G M BOX. Afuera está aparcada la nave nodriza de los gorilas. "Fuck. Fuck. Fuck —me digo—, este jodido molusco camaján no va a poder pagarme ni la mitad de lo que acordamos."

Entro al gimnasio por una puerta amartillada de cristal y aluminio. Adentro las luces están apagadas y sólo entra luz por unos tragaluces que hacen que uno pierda la noción de los piojos. El techo es alto, de bodega. Hay un par de barras con discos hacia la izquierda. Luego siguen unos bancos para pesas y mancuernas. Hacia el centro hay un ring de box donde se están dando de cachetadas un par de morros enclenques como yo. Al otro lado están unos lockers y hacia el fondo se lee: BATROOM. Una puerta da hacia otro letrero: OFFICE, y junto tiene una ventana con persianas cerradas. Otro par de morritos están pegándole a un costal que cuelga de una cadena, y uno más veterano acaricia una pera con los puños llenos de vendas como una foquin momia. Un chivato hace abdominales en una plancha de vinil negro. Todo el local está pintado de azul y una máscara de un luchador gigante se descarapela a la mitad de la pared, y junto hay unos pósters de unos güeyes güeros bien mamados. Varios espejos hacen parecer al gimnasio más grande de lo que es. Me detengo en la entrada. Siento unas foquin ganas de largarme de inmediato. "Aún es tiempo, nadie me ha visto." Sí, que se jodan los pinches vatos. Yo no vine de guanábana. Doy media vuelta y de pronto choco de frente con un pirulo rapado que acaba de entrar. Me empuja fuerte por el pecho y pasa de largo.

—Ora, puto —le digo, pero parece que no entiende español.

Se va hacia la Office y cierra la puerta de golpe. Veo cómo levanta una hoja de persiana y me mira desde dentro con ojos rabiosos. Le pinto huevos y deja de asomarse de inmediato. "Pinche vato pedorro —pienso—, de seguro se siente un gringo recargado", que son algunos descendientes de migrantes naturalizados y que les hacen la vida imposible a sus propios paisas, a su propia sangre, a su propia gente, y reniegan de cualquier origen tatuado en sus cromosomas.

Empujo la puerta y me escupo fuera del gym. Empiezo a caminar hacia el camellón cuando siento la misma gelatina abrazativa del molusco.

—Fuck you, bro, ¿qué horas son éstas de llegar?

—Me perdí —le digo para que se me despegue. Miro que lleva una vendita blanca en la nariz, donde ayer le di el cabezazo.

—¿Where vas?

—A tomar sol, porque allá adentro parece una foquin tumba.

—I know que no está chiro mi bisnes, pero aguanta, bro, nomás saco al champion campión y me voy a las nubes.

—De ahí sólo sacarás almorranas —le digo. Me mira zurumbo; de seguro no sabe de qué coños le hablo—. Las almorranas son unos pescaditos que te salen en la coliflor.

Se queda igual.

—¿Y tu ropa deportiva? —me dice cambiando de tema.

—What? —le digo.

—Bueno, no la vas a necesitar porque no vas a entrenar; sólo lo que spokeamos ayer: a esparrinear.

—¿Y sí me vas a pagar lo que quedamos?

—Yes.

—Cámara —le digo, y entramos de nuevo al gym. Me lleva del brazo; no, foquin mentira, yo llevo cargando su brazo gelatinoso sobre el cuello; lo siento pegajoso y lleno de ventosas. La mole de seguro ocupa más espacio en la retina de las personas porque ahora sí todos nos miran; supongo que las desabridas tripas como yo se meten en la retina y ni la tocan.

—Mira, bro, de haber caído en el foquin abismo por meterme cuanto chocho encontraba para inflarme, y dejarme sin una mierda, mira, poco a poco ahí la llevo, traqueteando la vida. No es mucho, pero aprendí la foquin lección, bro. Lo estoy pagando poco a poco —dice mientras me jala hacia el ring, donde están dos morritos bailoteando como nenas—. Mira, Yorkie, el esparring para el Crazy Loco.

Un morriñete canoso, calimatado por los aguaceros de sol, se levanta de una banca oculta detrás del ring y bosteza mientras se arramiña como un gato.

—Ta flaco —dice el negro—; lo va quebrá po mitá tu Loco.

—¿Estás durmiendo? —se encochupa el pulpo.

—No, señó. So pego pestaña.

—¡Hazte foquin pato! —contrarreplica el molusco gigante.

—No, pato no —niega el morriñete con una carcajada sin dientes—, ta ve lirón.

—Fuck, York, en vez de que estés wachando lo que pasa en el ring, tas jetón. ¿Qué tal que se matan los chivatos hasta sacarse las tripas y tú ni en cuenta, eh?

El morriñete mira hacia donde los morritos se fintan, dan pasitos, se cuelgan del aire sin tocarse, bailan. Sonríe el Yorkie.

—Eos putos no se tocan ni onque se besen e culo. ¡Ja!

Yo también suelto una carcajada destemplada, así, natural, improvisando sobre el aire. El molusco me mira casuístico, parece enfadado de pronto. Dice con voz cavernosamente ectópica:

—Baja a esos dos maricas y súbete a este canario patarrajada para que aprenda a amar a Dios en tierra ajena, a ver si vale algo.

Se abre paso a grandes zancadas y se va refunfuñando hacia su madriguera.

El morriñete dice alegre:

—Se a eputado e gordo, y ora sí que dio te guarde po hacete e gracioso.

Se levanta pesadamente de la banca y veo que tiene las patas más chuecas que las foquin ramas de los árboles de afuera.

—Vamo —me dice—. ¿Trae ropa eportiva?

—Yes —le digo—, ésta que traigo puesta, viejito pendejo.

Voltea a verme de arriba abajo y luego suelta otra carcajada desdentada.

—Así tú no va a llegá a viejo.

Empieza a caminar como si los huevos los llevara arrastrando por el piso, y se enfoca hacia un cajón que está abajo del ring. Saca una careta y unos guantes rojos.

—¿Ha usao esto?

—Sí —le digo—, en el pito.

El morriñete se queda serio. Me los arroja.

—Póngaseo omo puea, cabón.

Los cacho. No tengo ni idea de hacia qué lado van las agujetas, pero no soy tan pendejo, así que copio a las bailarinas que baja el morriñete a gritos:

—E girls, come on al suelo ante que me dé e infarto de tata miel.

Los morritos respingan sudorosos, pero le hacen caso al morriñete. Se descuelgan del ring pasando por entre las cuerdas y se van hacia un lado a sentarse, exhaustos, en una banca del ringside. Parecen dos foquin palomas electrocutadas en un cable de alta tensión. Se quitan el protector de la cabeza y veo que el pelo lo tienen corto y lleno de grecas laberínticas, como los sardos pero con estilo churrigueresco. Me pongo la careta y luego me enfundo los chingados guantes. Adentro los puños se me hacen pelota. Me siento como un foquin gato con pantunflas.

—E —me grita el morriñete—, ¿tú no e va a quitá la camisa?

—Nel —niego con la cabeza. Total, la he traído tantos días y tantas noches, que una más qué más da.

—··—··—

[—¿Y qué hace, chivato? —me dijo un paisa cuando andaba en la pizca al verme que me ponía los calzones volteados de revés.

—Nada, sólo reciclo mi ropa.

Porque era mi única ropa interior y no había ni agua ni jabón. Y los calcetrapos igual: los volteaba una y otra vez para que se orearan y no andar oliendo tanto a sobaco de patas bubónicas.]

Termino de ajustarme los guantes y jalo las cuerdas con los dientes para apretarlos. "¿Y ahora what?" El morriñete se va hacia donde están los palomitos para quitarles los cojines que llevan en el cuerpo, y los comienza a arrojar a la caja de cachivaches de abajo del ring. "Lixto", me digo. Me doy la vuelta y me miro en el espejo de los pósters de los gringos mamados. "¡Fuck!, estoy más tilico que mi chingada madre, y con estos grandes guantes rojos y esta careta roja tan grande, parezco un puto betabel con los testículos de fuera."

Sale el Chuby llevando al putín con que choqué en la puerta, ya enfundado en una bata dorada que le cubre la cabeza; va dando pequeños brinquitos como de chapulín con diarrea y lanzando golpes al aire. Imagino que para creerse champion hay que parecerlo. Lleva una toalla alrededor del cogote.

Atrás de él viene el gorila de la argolla y lo va grabando con su iPhone.

Llegan hasta el ring. El molusco le grita al morriñete:

—Fuck you, Yorkie, I told you que lo alistaras. Tiene la shirt puesta y el foquin protector al revés.

El morriñete regurgita desde atrás:

—A mí e me esculquen, e no me dejó cercarme, e como perro rabioso, e yerba mala.

El molusco se me planta delante, me quita la careta y me la pone al derecho. La ajusta bajo mi barbilla. No veo ni madres. Me siento como un caballo con viseras para mirar sólo de frente. Luego me amarra los guantes y les hace un nudo gordiano como para que no me los pueda desamarrar nunca.

—¿Trajiste protector bucal? —me pregunta el molusco.

—What?

—No importa; sólo vas a ser un entre para ver si sirves o no. Nomás no saques la lengua porque te la puedes rebanar con los dientes si te da un putazo, you know!

—What!

—Ya, súbete arriba del ring —y me da un zape en la choya.

—Ora, puto —le digo, pero no me escucha porque se le acerca el pelón de la argolla con su iPhone y le dice:

—¿No los vas a pesar, foquin Chub?

—No —contesta el pulpo—. El morro parece que está casi del mismo pelo que nuestro champion —se aleja hacia su rockstar pajarero, que hace flexiones, sentadillas, y sombrea con los guantes.

Sin caminar hasta donde está una escalerita para subir al ring, me trepo por uno de los lados y me ruedo para pasar por debajo de las cuerdas. Me pongo de pie sacudiéndome el polvo blanco que se me ha pegado en mi pantalón de mezclilla y en mi camisa de la librería. Miro alrededor.

El pelón de la argolla sigue grabando como abejorro por todas partes. Los chivatos y camejanes se acercan hacia el ring; el de la pera loca, los chivatos del costal, el güey de las abdominales, uno que sale del baño y que no había visto. Siento sus miradas como detrás de una vitrina de un foquin museo.

El molusco gordo sube por los escalones y se pone en el centro del ring. No sabe qué decir, así que dice lo primero que le pasa por la cabeza dirigiéndose a mí:

—Nomás no me vayas a guacarear la lona porque te madreo.

"Qué voy a vomitar —pienso—, si no tengo más que vacío circulando por mis tripas."

Con una mano manda llamar al Loco Crazy. Sube el morro acompañado del morriñete y el gorila de la argolla. El vato sigue brincando; parece un tlacuache con un cerillo en el fundillo. El morriñete Yorkie le quita la bata y la toalla y se la cuelga a su propio cuello. "Ay, puto, veo al morro: tiene cuadritos encima de los cuadritos de su abdomen." Sus músculos son como los de un caballo de carreras: se le notan las venas de los brazos, cuello y piernas, y juraría que se pueden percibir sus latidos si uno se le acerca demasiado porque debe bombear el aire a su alrededor con esas arterias gordas. Tiene un tatuaje en el hombro y otro en la espalda de un par de cuernos de chivo, literales, de esos que echan balas. El pantaloncillo es de color azul con rojo. Tiene ya bordado en un extremo con letras doradas: "Loco Crazy", y en la parte de atrás, por donde va el culo, dice: "American Champion". Aprieta la mandíbula mientras me ve con odio.

El morriñete Yorkie le pone vaselina en la cara para que le resbale el chile.

El gorila de la argolla se pasea enfocando todo con su iPhone. Graba a los que están sentados, a los chivatos que se pasean y miran. El Chuby nos hace señas para que nos acerquemos hacia el centro del cuadrilátero cuando han terminado de acicalar y ponerle el protector bucal al chango pedorro del Crazy Loco. Con sus tentáculos nos toma de los hombros a los dos, pero ahora se dirige al pupilo:

—Tranquis, campeón, es sólo para ablandarlo y que nos dure más que los demás. No quiero desgracias como la de la otra foquin vez. Si digo estop es estop: te paras y nada de seguir como loco, ¿eh, Crazy Loco?

El loco sigue bailoteando, pero asiente con la cabeza. No dice ni pío. Veo que me saca más de una cuarta de estatura.

—Y tú, bro —ahora se dirige hacia mí—, aguanta vara y que Dios se apiade de tu alma, you know!

Asiento, porque eso es lo que hay que hacer en este foquin mundo de mierda, asentir; decir sí hasta que llega el no por causas naturales.

El gordo nos palmea, me empuja hacia mi esquina y se pone como réferi.

—A darle duro, foquin Loco —le dice—, que nos vamos para la grande, you know.

Hace una seña al ringside y el morriñete Yorkie toca una campana con un pequeño mazo que suena ting o ding, como un foquin bote destartalado.

En ese instante el Loco se me lanza con toda la furia del mundo; lo sé porque veo sus ojos inflamados de ira, de fuego por descuartizarme a como dé lugar. Lo veo con la mandíbula tan apretada que de un momento a otro le pueden explotar los dientes y las venas de la sien. Lo veo tan decidido a matarme que lo único que se me ocurre hacer, antes de que ese pinche Loco dé otro paso más y me descuartice, es pegarle una foquin patada en los huevos para aplacarlo. ¡Zuuuum fuuuuuck! Le tiro un patín meco entre sus patas y veo de inmediato cómo se dobla como una hojita en otoño, una críspida y suicidante hoja desprendida de los árboles amarillos, mientras escupe el protector bucal, que sale disparado hacia afuera del encordado. Se va para delante, y luego, como un sonámbulo anestesiado, se desparrama para atrás. Cae como un aerolito en medio del océano: levanta una ola de polvo de la lona con su cuerpo.

—¡Puta madre! —grita el Chuby mientras corre en su ayuda—. ¡Ya me lo chingaste! ¡Fuck, fuck, fuck!

—Pos a mí no me dijeron ni una chingada de nada, ni agua va —le grito a mi vez.

El Crazy se retuerce en el suelo, llorando por sus tenates. Tiene los ojos blancos. Suben a la carrera el morriñete Yorkie y el pelón de la argolla. Oigo a los chivatos de abajo gritarme:

—Foquin culero. Culero. Culeeero.

Le echan agua en la cara al Crazy Loco y le ponen un trapo en la nuca. El molusco Chuby le empieza a flexionar las patas para que se recupere. Está tan preocupado que de un momento a otro pienso que va a meter su tentáculo en los calzones del vato para sobarle sus delicados huevos de oro. Poco a poco el morro va adquiriendo color; pasa de un rojo chíngame la retina a un azul destemplado, frijolítico, de mírame a huevo. Yo sólo veo el argüende que se ha liado.

—Pendejo —me grita el Chuby de rodillas junto al champion, ahora echándole aire con una toallita—. Se pega con las foquin manos, pendejo, no con las patas, pendejo. Este foquin bisne es con las putas manos, no con las putas foquin patas.

—Y yo qué foquin culpa —le replico—, a mí nadie me dijo nada. Pero si no, ahí muere; hasta aquí la dejamos y yo ya me lanzo a la verga de aquí.

—Ni madres —dice por primera vez el Loco Crazy, tumbado en el suelo—, ahora te foquin quedas porque te voy a partir tu reputa madre —dice con la lengua desencajada, a botepronto, con la bilis purulándole las comisuras de los labios.

—Bájale, campeón —le digo apergollado—; primero encuentra tus huevos y luego nos echamos un tirito.

Me quito la careta y la dejo caer en la lona para irme. Ya ha sido suficiente; por hoy ya tengo demasiado. Estoy harto hasta la médula. Muerdo las cuerdas de los guantes para desanudarlos de mis manos. No puedo: el molusco me apretó demasiado los nudos. Sigo mordiendo las agujetas cuando siento un santo marrazo calambronado en la espalda, al tiempo que escucho un grito visconverso de:

—Fuck you, pinche indio patarrajada de mierda, te voy a matar.

El puto Crazy Loco está de pie y me quiere tirar otro fierrazo con sus malditos guantes llenos de cloroformo. Sí, pega duro, durísimo, como nunca me habían pegado antes. Siento un adormecimiento en la costilla que casi me pone de rodillas. Giro sobre mi eje y veo que el vato está como poseído; sus ojos son los ojos del mismísimo diablo.

El Chuby y el morriñete Yorkie aún están arrodillados. Si me pega otro tubazo me manda de nalgas al infierno. Si me pega me manda al país de las maravillas, donde todo es inexacto, intuyo antes que pensarlo, porque en las madrizas no hay tiempo para pensar. En las madrizas los pensamientos son como chispazos; no hay tiempo para nada, sólo para intuir qué es lo que puede lastimarme más y ahí centrar toda la furia como un objetivo preciso; centrar en un punto toda la díscola fuerza que uno trae dentro para no salir muerto porque hay que sobrevivir a toda costa.

El foquin Crazy Loco toma vuelo y me tira otro martillazo que parece potentísimo, demoledor; viene acercándose como un proyectil atómico, evaporando todo el aire que está a su paso. Es como un cometa de luz y lumbre, así que mis patas dan un brinco hacia atrás en automático, sin pensar nada, y, como si mis células se hubieran vuelto de resortes microscópicos disparados por el fuego, le pego un putazo arrojándole todas mis moléculas en el mero centro de su propio guante.

¡Zuuuuuuuuuuum!

Los dos puños chocan a velocidad luz. Rabiosos. Entretejidos al fuego. Explotamos porque no hay mañana. El mañana no existe en las putizas. Y ahí, en ese preciso instante, siento cómo su muñeca, milímetro a milímetro, célula a célula, se va quebrando como una cadena que siempre se rompe por el eslabón más débil; veo cómo se le infla la carne de la muñeca como un globo cuando choca contra mi puño y luego se desinfla, como si se hubiera ponchado. Una astilla del hueso de su muñeca queda expuesta al aire, y su brazo completo se desploma como muerto, sin hilos, despepitado.

Yo regreso de inmediato a ponerme en guardia, en ojo avizor por si al Crazy Loco se le ocurre sacar la navaja como tantas otras veces me la sacaron; pero no, el vato mira su extremidad desmadrada y pega un alarido que retumba hasta la estratósfera, más allá del cosmos, donde los gritos se van acumulando para caernos algún día como lluvia de rencores.

Nadie dice nada.

Todo parece detenido.

Nadie se mueve.

Sólo silencio.

El vato levanta el brazo, pero el guante, con el puño y la muñeca dentro, le cuelga como un péndulo rojo que detiene el tiempo; dobla los ojos hacia atrás y en ese momento, con las venas de la frente hinchadas, coaguladas de asteriscos, se desploma hacia atrás.

—Verga —dice el gorila de la argolla después de una eternidad, mientras sigue grabándonos.

En ese segundo todo se pone en movimiento a una velocidad vertiginosa.

El morriñete Yorkie acude al lado del champion. Se quita la toalla que lleva en el cuello y envuelve como una longaniza el antebrazo desfirulado.

El Chuby se lleva las manos a la cabeza y grita:

—Ya me lo chingaste, ya me lo chingaste, fuck, fuck. Ya me lo chingaste.

Suben los chivatos y arrastran al Crazy para bajarlo del ring.

—Al hospital —exclama el morriñete con sus huevos ya recogidos del suelo por las prisas.

Como pueden, cargan al Crazy Loco, lo pasan por debajo de las cuerdas y se lo llevan corriendo como un foquin torero cuando es ensartado por el toro.

El gorila de la argolla los sigue pegado como un foquin reportero, en tanto el Chuby saca las llaves de su lancha para llevárselo al hospital.

Yo también corro detrás; pero en vez de seguirlos, una vez afuera del gym me lanzo hacia el otro lado. "Carajo, no rompas un plato, foquin cabrón", me escupo mientras me alejo de donde están subiendo al morro y todo es un caos; una sucesión de tumultos que me deslumbran ojos y oídos.

Todos se empujan y se hacen pelotas; se tiran codazos y gritan. Se suben varios como moscas a la lancha y arrancan el coche. Chirrían las llantas a todo vapor. Salen disparados y se pierden a la vuelta.

Me alejo rápido hacia el puente del freeway donde están los grafitis y los perros; donde están los camejanes infiltrándose las arterias con sueños guajiros. "Te van a atorar", me repito dándome golpes con los guantes en la frente. "Y si te atoran te putean y te ponen un cohete en el culo para mandarte a otra galaxia." Y si me lanzan a otra parte del universo me muero. Me muero, así de sencillo, me muero; porque ya no vería jamás a la chivata, jamás a Aireen. Y si no la veo, me muero. Me muero.

No sé por qué empiezo a lagrimear. No lo sé. Yo no chillo, yo no chillo jamás; pero se me salen las lágrimas solitas, como si mi cabeza fuera la cabeza de alguien más; como si mis ojos no fueran míos. Me escurren lágrimas que se me meten en la boca y escurren barruntadas hasta el corazón, así, saladas, sin más piel que el propio mar. No puedo ni siquiera secármelas porque llevo puestos estos guantes gordos. Soy una maldita mancha que navega por foquilandia. No hay nada peor que ver al amor de tu vida todos los días y no poderlo tocar; sí, con besos, sí. Sí, con abrazos, sí. Sí, con mi cuerpo echándoselo encima para que ella haga de mí lo que ella quiera.

Empiezo a caminar lento, muy lento, para detenerlo todo, como si mis pasos fueran el compás de todos los relojes del mundo. Necesito time; ese time que ya no tengo y que presiento se me va a acabar muy pronto. En cuanto me apañen ya no habrá nada; entraré al remolino de las angustias hasta que me asfixie en el fondo, solo, muriendo de amor fuera de mí.

La tarde comienza a irse entre mis patas. Llego a una banca de no sé dónde y me dejo caer. Mis lágrimas comienzan a volverse breves, como puntos suspensivos entre el viento y yo; me las enjugo con el antebrazo y suspiro hondo mientras trago saliva emponzoñada. Me quedo con los ojos extraviados, como si no me importara lo que miro afuera; el mundo rueda y yo no estoy ahí. Soy un occupy exiliado de todas partes. Enfrente hay una casa destartalada con un jardín reseco; miro a unos pirulitos no mayores que unas pulgas jugando con una pelota. Son tan pequeños que apenas mantienen la vertical. Uno patea la bola hacia el otro y le pega en la barriga. Ríen, están riendo. No necesitan nada más. Se persiguen; se corretean hasta enredarse y desenredarse. Empiezo a mirarlos atento. Se revuelcan entre la tierra plomiza. Ríen de nuevo, suaves, estridentes, por lo bajo, por lo alto; por todos los rincones de las hojas secas de su pasto muerto. ¿Qué más da? ¡Qué más da! La vida también son esas pequeñas cosas que no pueden medirse con las manos ni atraparse con los ojos; que no pueden aferrarse a raíces y hojas.

Me levanto. ¡Qué más da! ¡Qué más da! Si me apuro aún puede tener salvación lo que traigo infaustado dentro antes de que me desgarapiñen por dentro y lleve una tumba a todas partes donde vaya.

Avanzo sibarítico, secándome los lagrimones en la carrera como un amanuense de las zancadas. Brinco arbustos. Ruedo por debajo de los autos. Salto hasta las nubes con tal de acelerar la lluvia. Atravieso las paredes megalíticas de la ciudad. Paso por parques y jardines. Me cuelgo de árboles y lámparas, y a dentelladas llego justo a tiempo para esperar a que la chivata regrese de su trabajo a dishoras, en ese bus de la medianoche que la baja entre la marejada de camejanes. Llego ahí para esperarla, arrodillado, y decirle cuánto la amo; cuánto la llevo dentro; cuánto no puedo vivir sin ella, sí. Sin ti, Aireen, my love.

—Pa su mecha, pinche morrito caguengue, eres más difícil de encontrar que su puta madre. ¿Ónde te has metido? Te busqué por cielo, mar y tierra, y na. Pinche vato atrabancado. ¿Y qué le pasó a tu librería? ¡Qué!, ¿ya valió verga?

La ñora baja de la troca blanca que dejó estacionada con las luces prendidas enfrente de las escaleras donde he estado esperando a la chivata durante bastante rato.

—Ora sí, ¿vienes conmigo o te madreo? —dice al tiempo que suelta una carcajada de burra descompuesta.

—Si me toca —le digo apuntándole con los foquin guantes que no me he podido quitar ni a mordidas—, será vieja y ñora, pero me la surto a maquinazos.

—¡Ja! —echa una risotada más estridente, como de guacamaya en ebullición—. Cálmala, morrín, sólo toy jugando. ¿Me puedo ocupar ahí cerca de ti? Prometo no tocarte ni con el pétalo de una flor —se acerca más e intenta sentarse a un lado de mí, pero yo me arrimo para no dejarle espacio en el escalón. Lleva un pantalón marinero guango, sandalias, una tejana y un paliacate circulándole la mollera—. Si no me das cancha me siento en tus piernas, ¿eh? —pero antes de que pueda responderle, ya la tengo montada sobre mí—. Ay, estás rehuesudo, morrito —intento echarla para abajo, pero los guantes sólo me funcionan como unas foquin tenazas de jaiba—. Ora —dice—, no me piques las chichis con esos chipotes —dejo de manotear y la intento empujar con la cadera para que se levante—. Ora, cambujín, por lo menos nos presentamos y nos damos unos besitos primero, ¿no? ¿O qué, así ya de plano? —dejo de sacudirle su cadera con mi cadera y me quedo quieto, asinforado, dubitativo entre su cuerpo y mis pensamientos. Siento sus nalgas apachurrarme el pájaro y su espalda aplastarme el pecho—. Oye, ¿y qué haces aquí tan solín? —no le contesto; estoy enojado—. ¡Vamos, papá, contéstame! —dice al mismo tiempo que reboruja sus nachas sobre mis huevos.

—¡Qué foquin te importa! —le digo para que deje de moverse.

—¡Ya, morrito, nomás no me grite que hasta parece enamorado!

Trino de coraje.

Ella se da cuenta y comienza a hablar como si llevara litros de pegamento en la garganta.

—Ay, pirujo, usté es un marranote; está namorao. Quién lo viera, tan charal y ya soltando reatazos como gente grande. ¿Y de quién?

Brinca sobre mí y me sume más sus hectolitros de carne en mi vientre.

—No respiro —le digo.

—No se haga güey —me contesta apiñonada—: el amor asfixia pero no mata —gira su cabeza hacia mí y casi nuestras narices se tocan—. Ay, morro —dice de pronto, arrugando los hoyos nasales—, hueles regacho —se arroja de inmediato hacia la vertical y ya de pie se acomoda la tejana y se sube el pantalón—. Wendoline —y me extiende la mano de frente.

—Vieja loca —le digo.

—Chócalas por lo menos, morrito, que a una dama no se le deja nunca con la verga en la boca —me dice aún con la mano extendida—. One… two… —le doy un toque con el guante izquierdo—. Eso mero, campión —suelta una carcajada. Luego guarda la compostura y pregunta como tarabilla—: 1) ¿Eres zurdo? 2) ¿Te metiste a clases de box para que no te maraquearan otra vez? 3) ¿Por qué andas hasta estas horas con guantes? Y 4) ¿Cómo se llama la tipa de la que estás enamorado?

—¡Qué te importa!

Me mira como una barredora eléctrica.

—¡Bueno, eso ya lo arreglaremos después! Te iba a invitar a cenar algo porque quiero palabrear contigo algunos asuntillos que me interesan, pero ya sé mejor adónde vamos a ocuparnos.

Chapulinea enfrente de mí y se golpea las manos haciendo un ploc, ploc, ploc. En verdad esa ñora está loca de remate, zafada hasta el asterisco.

—¡Estoy ocupado! —me enfurruño como una entelequia disfuncional.

—¿Ah, sí? ¿Calentando piedras con el culo? No, bueno, ta chiro eso —me jala del brazo y me pone de pie mientras sigue riendo—. Mira, mocasín del diablo, si estás esperando a alguien, será mejor que te mandes a bañar a huevo porque así apestoso lo único que te brincarán encima serán las pulgas. Anda, súbete a mi troca que no te va a pasar nada.

Algo me truena por dentro porque sí, debo apestar a muerto.

[Así me decía el Chief.

"Lávese las foquin alas, putarraco tóxico, que le hieden hasta la esquina de la última cuadra de la Patagonia. Su sudor debería ser usado como destapacaños; no, mejor como combustible para armas de destrucción masiva."]

Dudo frente a la ñora, porque siempre que dicen que no va a pasar nada, algo pasa.

—Anda, batidillo, que feo y sucio como que no —y me arrastra hacia el filo de la acera y me pone delante de la puerta del copiloto de su troca—. Ay, perdón, su majestad —me dice mientras abre la puerta—, con esos cotonetes rojos que llevas enredados en las manos no puedes ni echarte una paja.

Hace una reverencia para dejarme pasar. Entro a la troca y azota la puerta. Pasa por enfrente del vehículo y los faros le alumbran la panza. No es muy alta, al contrario, diría que es chaparra. Abre la puerta y se trepa.

—¿A poco alcanza los pedales? —le digo, harto por todo lo que me ha dicho.

—Ay, cabrón —echa otra risita despiojada—. Eso me gusta, morriño; ya estamos entrándonos en confianza —enciende la troca y partimos sobre la avenida hasta la primera luz roja—. ¿Qué música te gusta, vato?

Yo voy mirando hacia todos lados, sobre todo atrás, para ver si nadie nos sigue y me han levantado para hacer moronga conmigo.

—Calle 13.

Se echa hacia adelante y abre la guantera. Reboruja entre chingadera y media y saca una memoria USB. Luego le pica a un botón y, cámara, sale una minipantalla de quién sabe dónde pero hace un ruidito así como de mosca: Bzzzzzzzzzzzz.

Luego mete la memoria en el puerto y se enciende toda la pantalla. Busca y selecciona un álbum. Empiezan a tronar los bafles y los tuíters como terremotos, como si estuviéramos en uno de esos lugares que yo sólo miraba de fuera; sólo le faltan los foquitos de colores.

—¿A poco no está perrón el sonido de mi matraca?

—What? —le digo porque no oigo nada.

—¿No oyes nada? —me pregunta.

—¡No! —le grito.

—¡Ah, bueno, entonces te puedo decir puto y tú ni te vas a dar cuenta!

—¡Puta tú! —le grito a mi vez porque sí la oí.

Ambos nos quedamos mirando un instante a los ojos, los entrecerramos como si fuéramos a mordernos y, por primera vez en mucho tiempo, sonrío mientras ella echa una carcajada acompañada por aullidos fervientes. Ella ríe a pierna suelta, desinhibida, calimastrosa, mientras Residente de Calle 13 amaciza nuestras trompas de eustaquio a seis mil millas por hora.

Da vuelta en la Sexta y enfila hacia las colinas de Palatine West. Pasamos la última plaza comercial, que está atipujada de autos en su parking. Tomamos la desviación y entroncamos con el freeway. Le baja de pronto al estéreo, como si necesitara silencio para pensar, y la risa ya sólo le escurre como lava por las rendijas de la boca; flameada, por lo vertiginoso del incendio.

—Te cuento que alguna vez fui a comprar libros a tu librería y me atendió el gordo de lentes; imagino que es tu patrón. Te mandó subirte a una escalera para bajar un libro del doctor Spengler, ya sabes, sobre las tribus urbanas de warriors que habitan algunas ciudades de los estados fronterizos de por aquí. Lo necesitaba para ocuparme del lenguaje que usan ustedes los chavales porque estaba escribiendo una cosa para el *Sun,* claro, cuando trabajaba para el *Sun News*. Tal vez tú no te acuerdes de mí porque en ese entonces todavía yo tenía pelo y usaba ropa muy chiquita en verano o invierno. Pero cuando bajaste el mamotreto y me lo entregaste en mis manos, te pusiste como muerto, o yo no sé, y casi se te cae de las manos cuando tus dedos rozaron los míos. Ay, estabas tan pollo que ni plumas tenías. Lo que sí es que el gordo te empezó a carajear. Ay, en ese tiempo yo era tan seria con la vida, y no hice nada. Me hubiera metido y le zampo un librazo al marica ese, pero qué quieres, una no aprende sino hasta que ya siente cerca la vara con la que será medida.

La troca sigue rodando. Sí, ahora me acuerdo, voy pensando mientras ella habla. Pero aquella chivata no se parece en nada a la que ahora va conduciendo y da vuelta en la intersección; aquélla tenía fuego escalándole como hormigas por todas las piernas. Y ésta parece triturada por un cascanueces.

—No me acuerdo —le digo por fin. Me mira y sin decir nada más sube la música hasta rebasar el espacio de la troca.

Rodamos subiendo por las colinas hasta la primera desviación y salimos. Andamos un par de millas más hasta que empieza a bajar la velocidad. Pasamos un puesto de vigilancia con un chip que trae la troca integrado. El lugar me deja boquiabierto; iridiscente, porque jamás había visto uno así más que en las revistas que hojeaba en la librería.

— ·—❖❖—·—

[*Había unas revistas que el Chief compraba con desgana:*
—*Mire, putarraco indigesto, ese* Reader's Digest *que está hojeando le va a fundir el poco cacumen que lleva dentro.*
—*¿Y pa qué las pide, Chief?*
—*Pa fundírselo a las emperifolladas que se descuelgan por aquí* —*y reía socarronamente con su alebrije dentro.*]

Las casas de las colinas tienen jardines alumbrados por farolas. Algunas tienen sillones de descanso afuera y fuentecitas; otras, juegos para niños y descansanalgas de teca. Si estuvieran esas baratijas adornativas en mi pueblo del otro lado, ya se las hubieran chingado en un morral para venderlas como "chicharrón de puerco y puerca", pienso.

Llegamos a una casa con un adoquinamiento de piedra; algunos árboles alquitranados la sortean. Hay una farola iluminando un caminito hacia la puerta de entrada de una casa elegante de teja. Estaciona la troca y la apaga. En ese momento la música deja de sonar y la pantalla se guarda automática.

—Hemos llegado, vato —yo ya no hago siquiera el intento de abrir la portezuela—. ¡Ay, se me olvidaba! —exclama la ñora al mirarme otra vez los guantes—. Eres un asno y las pezuñas no te sirven para cosas de humanos —soba una carcajada hacia el parabrisas—. Orita te abro, mirrey —pasa por encima de mí apoyando su codo en mi vientre y jala la palanca de la puerta con la otra mano—. Perdón si te apachurré el pito —se disculpa—, pero quería sentirlo otra vez.

—What!

—Cálmala, morrillo, no eres mi tipo, pero eso no quita investigar un poco a ver si es cierto lo que sentí hace rato —y ríe más estrepitosa mientras se echa un clavado hacia el suelo.

Yo pego un brinco hacia el pasto.

—Por aquí —me conduce hacia el caminito. Cambia de tema como de calzones mientras traspasamos el jardín—. A veces quisiera tener más tiempo para cuidar mis plantas, pero míralas, se están cayendo de vergüenza. Una planta es como una mujer: necesita amor, y eso te lo digo porque tal vez yo hubiera sido una extraordinaria lesbiana, porque sé qué es lo que necesita una, pero no, siempre me gustó el camote —y ríe disléxica, como con hipo.

Abre la puerta y prende la luz de un recibidor enorme; luego ilumina una estancia más amplia. Tiene hartos cuadros en las paredes, muchos más que en la casa del Chief, y muchos más que en la casa de la chivata. Imagino que colgar cuadros es para no amiserar la vista con las paredes desnudas.

—¡Parece un museo! —le digo.

—Eso mismo le dije a mi ex marido, pero el culero, para desquitarse de mí por quitarle su casa, me dejó todas sus chingaderas. Hasta las cucarachas, vaya.

—¿Hay cucarachas aquí?

La ñora me mira y sonríe.

—Ay, morro, es un decir. A veces me pareces menos pendejo con esas palabras raras que usas para hablar, pero a veces eres tan ingenuo.

Prende todas las luces. La casa es un museo. Es gigante pero tiene muchas cosas por todas partes: vitrinas por aquí, cuadros por allá; tiene unas mesitas que parecen muy antiguas, de madera labrada. Hacia el fondo se extiende un gran comedor con doce sillas; a un lado, una gran sala con cuatro sillones que parecen camas. Ahí aparece un piano de cola, y más hacia la derecha una vitrina con espejos de marco dorado en cuyo interior hay figuras de cristal y hasta abajo una escultura de una mujer pescado.

Del otro lado se levanta una gran cocina de ésas que tienen la parrilla en el centro; bueno, es un decir eso de parrillas, porque sólo se ve un cristal negro con varios círculos pintados y sobre ella una campana. Alrededor hay colgando sartenes, ollas, cucharones. Hacia la izquierda hay un bar con dos sillas periqueras y al fondo, detrás de unas cortinas semitransparentes como de gasa, hay otro jardín iluminado y lo que parece ser una alberca. La ñora se dirige hacia un cajón en la cocina.

—Ahora sí, camaney, encomienda tu alma al señor porque vas a saber lo que es bueno —y me enseña un cuchillo cebollero. Camina hacia mí con ojos tiesos y luego me grita desaforada—. Pero no corras; es broma, camaney. Es para quitarte los guantes.

No sé, dudo desde la puerta de salida mientras intento, en vano, tomar la puta perilla; sigo dudando mientras mis piernas me dicen que salga corriendo. Hay que dudar siempre, me repetí desde que tengo memoria. Pero ni modos, las manos ya las tengo adormecidas. Las he de tener moradas dentro de los guantes de box. Me le acerco despacio y se las pongo enfrente. "Ya estará de Dios", pienso.

La ñora me mira.

—Haces bien en correr, pero hoy no.

Mete la punta del cuchillo entre las cuerdas de los guantes y jala con fuerza. Los cordones ceden y se florean. Deja el cuchillo en una mesita y me quita los guantes. Es verdad, los dedos los tengo enteleridos.

—¿Y ese moretón? —me pregunta al revisarme una de las manos.

—Nada, un fierrazo nada más.

Me soba las falanges atomatadas, calámbricas. Siento su calor encerándome los dedos; la reuma poco a poco se me va.

—Eres un morro chistoso —dice medio seria—; parece como si nunca te hubieran tocado las manos.

Yo no sé dónde poner la vista, así que la pongo hasta el suelo y me vuelvo cucaracha. Me las sigue acariciando hasta que se espabilan.

—Ven —me dice subyacente, y me jala de la mano; me conduce hacia un pasillo ancho y abre una puerta.

La luz se prende automática. Es un baño gigante. Tiene un espejo a lo largo de la pared que multiplica su espacio. El lavamanos está sobre un ancho mueble donde tiene puertas de cristal y se ven toallas blancas. Hay dos repisas cromadas con cristal que tienen encima algunos adornos. El cagadero está cubierto por conchitas de mar, y el asiento es de madera. La regadera está hacia la izquierda, cerrada por un cancel de vidrio; en el lado opuesto hay un cuadro de unos pescaditos en relieve. En el centro se concentra una tina de baño redonda de color blanco con perfiles azules donde podrían caber tres burros, tres vacas y, quizás apretujándolas mucho, tres gallinas ponedoras. Arriba de ella, en un soporte de pared, hay una pantalla plana de televisión de todo el largo de mi cuerpo.

—La única paz que encuentro es cuando me sumerjo en el jacuzzi —dice como ida—. Ahí adentro, el mundo desaparece y sólo existo yo.

Se dirige hacia unos interruptores pegados al lomo de la tina; los apachurra y la tina comienza a llenarse. Al cabo de unos segundos sale vapor y agua caliente por varios agujeros.

—Vete encuerando mientras voy a buscarte algo de ropa, porque ésa que llevas encima está más pallá que pacá. Toda apestosa.

Sale del cuarto y yo no sé qué hacer.

El agua burbuja y se estrella una gota contra otra; son como icebergs de vapor. Miro mis manos: están maceradas por tanto tiempo que estuvieron dentro de los guantes. Huelen a chivo; a infusión de vinil y cuero. No sé, tal vez huelen a mula, ésas que cargan la pesadez de saber que jamás tendrán familia.

—¿No te has encuerado, cambujo? —dice entrando al baño con un bonche de ropa. La arrima sobre el mueble del lavamanos—. ¡A ver, morro, como niño chiquito! —me dice.

¿Hacia dónde corro? Tiemblo. Tal vez si me echo un clavado a ese océano de burbujas me pueda ir por el drenaje hasta la chingada, o pueda saltar en cada gota hasta implosionar en un desgarriate. La ñora pone sus manos sobre mi cintura y me desfaja; desabotona mi camisa de la librería, botón por botón, manchada de sangre, sudor y tierra. La descuelga de mis hombros y la deja caer hacia el suelo.

—Eres muy chistoso, morro. No tiembles, no te va a pasar nada —pero pasa sus manos sobre mis costillas amarimbadas, las toca; me tiembla aún más la piel. Se me agallina—. Pensé que tendrías algún tattoo de alguna banda latina; de esas tribus urbanas, o no sé, tal vez hasta de los maras. Y no, estás más pelón que mi santa cabeza. Sólo estas cicatrices, como quemaduras de sol.

— ·=·=· ··

[Era cierto, jamás había querido esculpirme nada en el cuerpo, sólo las cicatrices del desierto. Yo me sentía diferente a todos en esas tardes en que pensaba cosas raras, como saltar sobre las hojas y lanzarme, atrincherado, por entre las ramas.

—Cosas de jotos —me peló los dientes un jodido carnal amartillado cuando todavía andaba por allá en México, bajo los puentes, exiliado de mi madrina; apuñalando el aire con la respiración callejera de mi patria.

—Repítemelo otra vez y te receto tu medicina para toda la vida —le dije.

—Que pareces puto pensando esas puterías —me lo repitió el carnal, y que me le dejo ir, así, a punta de vergazos.

—Puta la madre que te parió.

Y que me saca su navaja, poderosa, de resorte estriado, como para pelar cochinos, y yo sin mello, ahí, rodeado de carnales que querían ver sangre.

—Putiza —gritaron.

—O la guardas y nos partimos la madre a toda ley o yo no respondo —le dije.

Y que no la guarda, porque ya llevaba el hocico reventado por mis puños.

Y que me embiste queriéndome cornear con el fierro, y mocos, que le finto una macanana con la derecha y pelas, que le meto un guarrazo en las patas y que lo levanto en el aire, así, como reguilete, y zas, el pendejo, en vez de soltar el picahielo en el aire, que cae encima de él.

Nomás lo vi cómo aterrizó, panza abajo, despelotado. Que lo volteo y aún tenía ojos para mirarme, pero no por mucho, la vida se le iba desinflando por el tasajo en la entraña. Y yo todo ensangrentado tratando de detenerle la regadera. Porque era mi carnal de cuadra, pero a veces los carnales se ponen pendejos. Luego ya no miró nada; sólo se fue almidonando su buche apagado, lleno de tatuajes perdidos.

—Pélate, cabrón —me dijeron los carnales de banda.

—O te desapareces o te chingan.

Y ahí corrí hasta que las patas me dolieron, bajo las farolas y los puentes, con las manos encharcadas de sangre.]

De pronto un temblor me recorre todos los puntos cardinales hacia todos los puntos astrales de mi epidermis, sacándome de mis recuerdos. La ñora me bota el cincho de mi mezclilla y lo arroja junto a mi camisa.

—Quítate las botas, que no va a salir el pantalón.

Tambaleo, pero me las zafo. Sus manos se apoyan en mi cadera y bajan mis pantalones más abajo del suelo. Quedo desnudo frente a ella; así, a raíz.

—¡Madre mía! —pega un gritito—. Ay, no me espantes, culebrón —ríe la ñora—. Qué descubrimiento eres, papito.

En ese momento mi tripa comienza a chillar. No he comido nada durante todo el día. Sólo las papas de ayer y el agua. La escandalera de mis tripas la saca del lugar donde se había instalado en sus pensamientos porque veo que enrojece de pronto; titubea y se pone de pie de inmediato.

—A ver, papá —dice saltimbanqui—, al agua, pato.

Me da una nalgada y me orilla hacia la tina. Me meto de una zambullida. Aguanto la respiración abajo.

No quiero salir. Sí, el mar, ése no lo conozco, nunca he ido; no sé cómo sea. Lo he visto por los libros; azul, lleno de ruidos como murmullos llenos de sol, y las olas, sucumbiendo ante las gaviotas que se enredan con sus caireles de arena.

¿A qué huele el mar en los libros?

Cuando por fin salgo del agua, la ñora ya no está; se ha desintegrado en una ausencia instantánea. Sólo veo que el agua comienza a hacer espuma y sobre una repisa de la tina hay un zacate y un cepillo para tallar. Me recargo en el asiento acuático y quedo estático, como en mi tumba; como las flores cuando ya no tienen pétalos que les oree el viento, así, contrito mientras las burbujas siguen pegándome por todo el cuerpo.

Recargo la cabeza en el respaldo y veo un tragaluz transparente en el techo encima de la tina.

No se miran estrellas allá afuera, sólo un resplandor azuloso; pero sé que andan por ahí, indómitas, transigiendo las constelaciones, tumultuosas; con sus planetas enganchados a sus soles. Sí, el universo podría ser una maravilla, no lo sé; una maravilla en todos sus rincones caspiretos, donde la luz se vuelve cuna de todas las gotas de rocío, no lo sé. ¿Para qué buscaba el writer cacarizo que iba a la librería cosas afuera de la Tierra si todo posiblemente está aquí dentro?

Las tripas me comienzan a crujir de nuevo. Aprieto la panza y logro controlarlas.

Será mejor que me salga antes de que los dedos se me arruguen más. Tomo el cepillo y comienzo a lavarme como si fuera un perro. Me tallo duro, a rabiar, hasta que los callos estén bien limados y las manos me dejen de rasposear como lijas. Me tallo por todas partes; sobre todo para que la mugre que traigo dentro se me vaya; se me largue afinada en pellejos enrollados fuera del alma.

Termino de tallarme, me doy un chapuzón más y luego me boto para afuera a exprimirme con la toalla. Cojo un pantalón deportivo que está entre la revoltura de ropa y una playera con un letrero de I LOVE NY. Recojo el cincho y me lo instalo en la panza, porque mi cincho es parte de mí, es como mi salvavidas aunque no tenga nada escondido en su bolsita secreta; ahí llevo los sesenta dólares del molusco, la tarjeta de la dirección del gimnasio, la medicina del pastor y, hasta el fondo, la medallita de mi madre, que, dicen, llevaba al cuello cuando murió.

El pantalón de mezclilla y la camisa de la librería los enrollo abajo del sobaco; tomo mis botas y salgo del baño con mi itacate.

No veo a la ñora. Las luces siguen prendidas. Camino por el pasillo; voy al museo. No está en la sala ni en el comedor; no se ve en la cocina. No se ve por ningún lado. Tal vez esté exprimiéndose su locura en la alberca como en las novelas chafas, fumando un cigarro, o recogida sobre sus piernas, mirando el agua; o bebiendo una copa y derramando litros de nostalgias sobre el vaso.

Salgo pero no está. La alberca está tapiada de hojas caídas. El pasto está más alto que mis pelos carpianos. "Fuck." Retacho a la puerta de entrada y la abro. Su camioneta aún está ahí. Vuelvo al centro de la sala y decido gritarle:

—¡Ñora! ¡Ñora!

Oigo una risa de chiva loca desde algún lugar de la casa.

—¡Ven! —me ordena.

—¿Por dónde?

—Por aquí, burro.

Regreso sobre mis pasos y me enfilo hacia el pasillo del baño; paso por enfrente y veo al fondo un pasillo que dobla donde hay una maceta; doy vuelta y ahí se abre una entrada de dos puertas hacia otra enorme habitación medio iluminada, con una cama al centro donde cabrían los mismos tres burros, las tres vacas y las tres gallinas juntos y sin tocarse.

Enfrente hay dos grandes ventanales del techo al piso que dan al jardín y hacia la alberca. La ñora está pegada a una laptop sobre un escritorio y muchos papeles. Da la vuelta sobre su silla y me mira.

En la pared de atrás hay un corcho con muchas tarjetas clavadas, post-it, papeles, fotografías y no sé qué más.

Junto está un tocador y varias pelucas.

—¿Qué hacías en el jardín? —me pregunta. No le respondo. Entrecierra los ojos—. Veo que te queda a la perfección la ropa de mi ex marido.

Me acerco hacia las pelucas que están acomodadas en unas bolas redondas. Las miro azorado.

—¿Y esto?

—A veces las necesito, por mi trabajo. Pero veo que no escuchas —sonríe—. Todos me llaman Dobleú. Y nada de ñora, que no es para tanto, ¿eh, cambujo? Apenas te he de llevar como quince años.

En ese momento ve que traigo mi ropa bajo la axila y mis botas en la mano.

—Eso no, aquí no —me los arrebata y sale de la habitación respingando—. Esto habría que quemarlo, echarlo a la chimenea, con formol, para que se le mueran todas las sabandijas que traes encima, pero te los voy a lavar nada más por si los necesitas luego, porque aquí…

Su voz se va perdiendo a la distancia.

La habitación es color marfil. Es muy amplia. En el techo hay dos ventiladores y al otro extremo cuelga otra pantalla de televisión mucho más grande que la del baño. El piso es de madera pero tiene tapetes gruesos. Recorro el perímetro hacia una puerta; la abro y da hacia un vestidor. La vuelvo a cerrar. Camino hacia los ventanales. Desde ahí se ve parte de la ciudad. Estamos en una colina pronunciada. Las luces de la ciudad titilan como estrellas: amarillas y blancas. Se ven los edificios altos coronados en sus puntas con sus faros rojos que pulsan. Más cerca se ven zonas oscuras de la noche; parece que son los árboles del pequeño bosque de las colinas que no tiene iluminación, y ahí, diminutos, se ven los faros de los autos que lo cruzan en lo que parece ser la autopista.

—¿Te gusta? —oigo la voz de la ñora a mis espaldas.

—¿Qué? —pregunto sin mirarla.

—La vista del valle, ¿te gusta?

Me recojo de hombros; no digo nada. A veces somos tan ciegos que sólo vemos sombras.

—¿Usted cree en Dios? —le pregunto sin pensarlo.

Se queda callada; miro su sombra reflejada en el cristal. La veo darse vuelta e irse a su asiento frente a la computadora. Yo sigo mirando a través del ventanal. La luz de un avión pasa a lo lejos como un pájaro llevando una luciérnaga encarcelada entre las ruedas; imagino que irá hacia el aeropuerto. Yo jamás me he subido a un avión. Alguna vez intenté imaginar cómo se veía la Tierra desde las nubes cuando leí un libro de un viaje en globo, pero mi imaginación sólo alcanzaba para ver techos con tinacos y tendederos de ropa llenándose de hollín y lluvia.

—Ven, acércate, morro; quiero enseñarte algo.

Despego la vista del horizonte y me arreo hacia la ñora.

—Eres un héroe —me dice cuando llego junto a ella.

—What! —exclamo desubicado, estentóreo.

La ñora se levanta y jala un taburete para que me siente al lado de ella.

—El día en que te madrearon afuera de tu librería, ahí, en la parada del bus, yo estaba por ahí cerca; pura chiripa. Bueno, andaba un poco mal porque la medicina que me dan no ha funcionado del todo, pero de seguro no lo notaste porque yo llevaba gafas oscuras. Estaba aparcada ahí, bueno, ya sabes, cosas que pasan, dejando mocos por chingaderas que me están sucediendo últimamente; pero ése es otro cuento. Vi que saliste de la librería y te quedaste como zombi, parado ahí en la acera; parecía que te faltaba el aire. Yo te miré. Luego empezaste a cruzar la calle sin fijarte en los automóviles que te pitaban, te gritaban de cosas, puros insultos y carajadas, y tú como si quisieras morirte apachurrado ahí. Saqué mi celular y te comencé a grabar. Fue instintivo, ¿sabes? Yo era reportera del *Sun*. Ahora trabajo para el *Chronica News;* pero ésa es otra larga historia. Ya iba a apagar mi cel cuando estabas sentado en la banca y de pronto que te llegan por detrás, y sin decirte nada, pun, que te putean esa bola de hijos de la chingada. Que me bajo en chinga de mi troca y que me voy a grabarte entre la bola de ojetes. Yo seguí grabando todo, hasta la bolita de gente que se te arrimó. Grabé todo. Y tú ni pío, no dijiste nada. No dijiste nada, ¿lo puedes creer? Aguantaste toda esa madriza y ni pío dijiste. Aguantaste vara como jamás imaginé que nadie pudiera aguantar. No les dijiste nada ni chillaste ni nada. Como si fueras de acero, o de no sé qué, de piedra; pero me hiciste pensar muchas cosas. En fin, te quise llevar a un doctor ese día pero me mandaste al carajo, ¿te acuerdas? Llegué a casa y esa misma tarde escribí la historia de lo que vi y que subo el video a Youtube con el link para un freelance que hago para el *Chronica News*. Yo había escrito mucho, sobre todo de los migrantes y los derechos y la manga del muerto, ya sabes, para apoyar la ley de inmigración; pero nunca nada espectacular. Bueno, mi texto no es espectacular, sólo los datos esenciales y alguna reflexión final; lo inédito e increíble es el video. Mira.

Y señala hacia la pantalla de la portátil. Yo sigo sin entender y la miro y miro la pantalla.

—Mira los números —me dice con un foquin brillo en los ojos—: lleva 1.7 millones de visitas en menos de cuatro días. ¿Lo puedes creer? Facebook, Twitter. Todo se volvió loco con mi video. Fue hashtag mundial. Unos a favor, otros en contra. Ayer pasaron un programa especial en CBS sobre la reforma migratoria y los derechos civiles, y el video como marco de fondo. La noche de ayer CNN me contactó para ver si podía darles una colaboración por haber grabado el video. Quieren una entrevista exclusiva contigo. El debate se ha puesto caliente, very hot, morro. Todos quieren saber quién eres y de dónde vienes. Puedes ser una gran ayuda para millones de personas de aquí. ¿Lo puedes creer? ¿Lo puedes entender? ¿Entiendes la magnitud de lo que te digo? ¡Ya eres famoso! ¡Eres un héroe! ¿Te puedo entrevistar?

Yo no entiendo ni madres; no entiendo nada de lo que dice la puta ñora. Sólo siento que se me sube la loquera y me levanto emputadísimo del taburete, como si me hubieran puesto chile en la cola. Se me van las palabras; se me quedan atravesadas en el cogote. Así que sólo alcanzo a gritarle con los ojos lacerados; empiltrafado de sentirme de pronto usado; traicionado, caguamado por lo que acabo de ver y escuchar.

—Fuck you! —le grito.

La carretera está foquin oscura como una culebra serpentina; alebrestada sólo por los cúmulos de los faros de los autos que van o vienen sobre el bosque de la periferia. Sus malditas luces me estampan los ojos como conejo, como un gato estúpido, aterido: un gatonejo imbécilmente lampareado. Las piedras me pican porque me salí sin zapatos de la foquin casa de la ñora. El dolor airoso se me cuela por el arco del pie hasta la espina y ahí se me amontonan las piedras como un pajar de agujas sobre mis nervios. A lo lejos veo la ciudad llena de sus farolas trementinas; dibujando los perfiles virulentos de los edificios con algunas luces prendidas de sus oficinas. Sus focos rojos, que hace un rato me parecían faros para mi despiste, ahora me parecen lúgubres ojales clavados en el firmamento nocturno. "Fuck you", sigo tronando encabronado en el aire como una lluvia de noches huracanadas, y voy andando, entripado, hacia su encuentro, como si el peregrinaje fuera un retorno sempiterno. "Pinche ñora pendeja —me digo—. Todos tratan de aprovecharse de ti, foquin pendejo", me repito. "Todos." Y sigo andando, a traspié, sobre el filo del aire.

———— ·—≡◆≡—· ————

[Como cuando me derrumbé en la autopista de rodillas después de cruzar el río Bravo, viendo cómo se alejaba el único auto tras el vaho caliente que sale de la carretera, y yo ya sin ropa, porque la calor me estaba brotando ahora de la entraña, de los poros hacia afuera, y la ropa la había ido dejando de lado, tirada en el paso, atrás de mí; me iba quedando en cueros, desnudo; llevando a cuestas mis ámpulas solares que ya eran más gordas que los capullos de maguey; más tunecinas que la chingada. Sin la esperanza de nada, me fui de bruces a morder el polvo crucificado; a hundirme hasta el cuello y esperar a que los buitres me comieran la carne y el sol me blanqueara los huesos en el desierto gringo. "A la chingada", me dije, porque sentí el peso abrasador de la muerte sobre mis hombros desnudos, sobre mi cuero de alabastro quemado. "A la chingada", repetí mientras estaba tostándome al lado de la carretera después de cruzar el río Grande; ahí, como una tortuga sin caparazón, con los brazos en cruz; silente, respirando cada vez menos aire y más polvo. "A la ching..."

Y abrí los ojos y ya estaba en una troca, como en otra dimensión, llena de paisas que me miraban.

—Milagro, ta vivo el güey —gritó uno que me apuntaba con una pequeña garrafa de agua sobre mis labios amoratados, hinchados de tanta sed.

—No, morro, no la tomes toda como desesperado —y me la jalaba de mis manos trembleques, desgarradas por la desesperación—.

Te puedes morir si te tomas toda el agua de un jalón; de a traguitos, así, poco a poco.

—Ay, cabrón, te salvaste de milagro —dice otro.

—Que te va a doler el pellejo harto, te va a doler, pero estás vivo y eso es obra de Dios y de nuestra Virgencita de Guadalupe, madre de Dios.

—Y de nosotros, que pasamos en el momento justo, morro —dijo otro.

—Y te vimos ahí, despatarrado.

—Y nos detuvimos, y te picamos con una varita para ver si estabas vivo, y sí, moviste una mano como culebra, y te subimos aquí, a nuestra troca.

—Ay, qué foquin milagro el tuyo, morro. Si supieras cuántos huesos andan ahí afuera desperdigados de vatos como tú que se pierden y jamás regresan...

—Eres como un resucitado. Un muerto reconvenido a vivir de nuevo.

—Un milagro allagado lleno de cardos.

Y ya me habían puesto un calzón de manta para cubrir mis desnudeces. La piel me ardía como si no la llevara puesta.

—Paisa —me dijo el de la cantimplora—, te podemos llevar y arrumbarte cercas de un puesto gringo, y sí, ahí te van a curar las heridas los cabrones, pero luego te van a mandar de vuelta a la tumba de donde salistes. O te puedes jalar con nosotros y ahí vemos qué pasa contigo y nos echamos la mano juntos. Tú decides, morro: o mueres aquí con nosotros, o mueres allá.]

Después de salir de la casa de la reportera el sol no me abrasa sino que me abrazan la noche y la carretera que declina los autos en ambos sentidos. Me siento ultrajado, traicionado por la ñora; pululado por todas partes con ese dolor de saber que alguien te tiende la mano y luego te clava el puñal. Ese puñal es mucho más doloroso que aquél que no conoces y que te lastima, porque la traición siempre viene de cercas, jamás de lejos; la traición es el peor círculo del infierno, ése que se cierra como la soga al cuello del condenado y no se abre sino hasta que la lengua sale de fuera y no hay más vida que asfixiar.

La carretera sigue por ahí. Yo bajando, alterado, con las piedras tronándome los callos. Voy pensando en la chivata, en Aireen llegando del work. "¿Aún me dará tiempo de sonsacarme y llegar a tiempo para esperarla en la parada del bus?" No lo sé, sino que tal vez debería mirar las estrellas para saber si la dirección y el time son los correctos. Pero el destino nunca está en el cielo, allá arriba, empedorrado.

"Fuck", me digo cuando veo venir una patrulla de caminos. Pasan veloces a mi lado y yo todavía los miro de frente, a los ojos.

Oigo cómo chirrían sus llantas y se frenan veinte o treinta metros después.

"Puta madre, ya me vieron, y ahora sí me van a atorar." Nunca corras, me decían; pero ahora ni madres: córrele, puto, o amanecerás en chirona.

En vez de seguir por la carretera me interno de putazo hacia un montón de árboles de la colina como una foquin gacela que huye de los leones.

No me van a atrapar tan fácil, putos.

Me tendrán que descolgar a reatazos de los árboles más altos.

Sin zapatos, ahora las piedras me calcinan más las plantas de los pies; siento la humedad de la hierba y todas sus espinas. Los árboles comienzan a ser más tupidos; a formarse como soldados negros en una supina noche oscura, sin luna; árboles de dos en bola.

Paso un pequeño arroyo que baja y me enlodo los pies. Veo atrás la luz azul y roja de la patrulla que se estrella contra los árboles y dos lámparas portátiles alumbrando hacia mi dirección, buscándome.

Me escabullo hacia un promontorio lleno de rocas. Subo por un costado. La respiración la tengo agitadísima. Respira lento. Pausado, como si no pasara nada. Como si estuvieras disfrutando el aire. "Piensa de nuevo en Aireen."

Ya he llegado a la parte alta y comienzo a descender detrás de las rocas hacia una hondonada. Ahora las luces de la patrulla ya no se distinguen con claridad; pareciera que los árboles han puesto una muralla de ramajes y espesura; como si yo fuera un árbol más al que hay que proteger.

Sigo por un sendero que parece ser utilizado por bicicletas de montaña.

Trasiego varios cientos de metros caudalosos. Ahora llevo las piedras incrustadas entre mis dedos, como pequeños filones que hacen chispas.

De pronto veo en el cielo el ojo rojo de un helicóptero que se va acercando desde la ciudad y momentos después pasa por encima de mí con sus aspas y turbinas a todo volumen y se dirige hacia donde está la parte más oscura del bosque. Lleva un faro que alumbra desde arriba como un gran hoyo de cerradura lumínica para abrir la noche.

"Pinches ojetes, hasta con helicóptero me vienen a putear."

Echo a correr sobre el sendero para alejarme lo más pronto posible de ahí y luego me deslizo sobre una pendiente pronunciada. Las ramas me pegan por todas partes.

Sigo bajando y rodando por la pendiente hasta que caigo en un pequeño foso de tierra y hierbas. El guamazo me ha hecho perder un poco de aire, pero salgo espinadamente apresurado; con mi corona de cardenales en la choya.

Ruedo otro tramo más y me hundo hacia la izquierda. Ya no veo ni escucho las turbinas del helicóptero. Me levanto y echo a correr hacia las antípodas de mis perseguidores. Debo llegar cuanto antes a la ciudad; ahí es más fácil perderse.

[Alguna vez el Chief me lo dijo:

—Putarraco, si viene la migra por acá un foquin día, quiero que se vuelva ojo de hormiga y se esconda en cualquier grieta de la librería. Allí arriba hay un tapanco al que nadie sube. Lo utilizo para almacenar chingadera y media. Ahí se me larga y se me enrosca como víbora y no me hace ningún foquin ruido, porque si nos cachan, a usted y a mí nos lleva la tiznada. ¿Entendido, putarraco ilegal?

Y ahí se le ocurrió la idea de que podía cuidarle la librería por las noches.]

Paso un ramillete de árboles y ahí se abre la intersección de entrada hacia la ciudad, donde hay una gasolinera Esso. Debe ser la madrugada, ahora sí, porque el rocío se ha vuelto neblinoso, como elástico, y llena de telarañas el aire. Las patas las llevo cubiertas de lodo, piedras y rajadas; soy un patarrajada de verdad.

No vienen autos en ninguno de los dos sentidos. Cruzo hecho la cochinilla hasta el otro lado del freeway y doblo hacia la izquierda para evitar la gasolinera, donde hay varios autos esperando y un 7 Eleven abierto.

Llego hasta el desnivel de un puente grafiteado. Paso por debajo y empiezo a entrar a la periferia.

Las farolas se distribuyen en una cuadrícula mapeada.

Los pies me arden, pero qué putas me importa. A la distancia pasan dos o tres camejanes nocturnos; ésos que son chispas de noche, que sólo en las noches alumbran su presencia. En la ciudad los vagos somos invisibles y por eso podemos perdernos. Después pasa a mi lado un camagüey vestido de gabardina; ni me ve ni me oye; lleva prisa, parece; acelera el paso y se pierde atrás de mí.

Dos pirulos están en una esquina con los pies doblados sobre las bardas. Fuman carrujos de mota. Paso a su lado y me ventanean.

—Ora, cambujo, tris tras, bara bara.

Paso de largo y diviso a lo lejos la plaza comercial. Ya no debo estar lejos; un par de kilómetros y llego. Desdoblo hacia el otro lado y evito cruzar por el parking porque me pueden ver los de seguridad y me van a corretear.

Sigo de frente y me penetro hasta la tercera calle a la derecha. Ahora sí, a enfilar hacia el centro de la ciudad.

Los edificios altos son como lápices que dibujan el cielo. Sus cristales me reflejan mientras paso a su lado. Algunos tienen fuentes que prenden de colores el agua. Siguen funcionando, sí; las fuentes de esos edificios elegantes funcionan cuarenta y ocho horas al día; son como su sangre que burbujea a sus pies.

Hoy es una noche solitaria, casi no hay gentes. Hay coches que pasan y se van o se vienen, raudos, hacia los cruceros y se pierden en todas sus partes.

Las tripas me gruñen. Traigo la panza de farol. Entro a un 7 Eleven como rata asustada. El chingado dependiente me mira con sus ojos de tubo dispuesto a tubularme a la menor provocación. Tomo una coke, una lata de atún, unas galletas y unas papas. Saco un billete de veinte del lugar secreto en mi cincho, y pago: 13.30. Me quedan 47.70 dólares. Los guardo en mi cincho y salgo. No tengo ánimo para esperar a llegar a ningún lado, así que destapo la Coca-Cola y le doy tragos largos. Abro el atún y las galletas y a galletazos dentello hasta acabarme todo el atún antes de llegar al primer semáforo; las papas las abro mientras voy caminando hacia la librería. Termino la Coca-Cola para enjuagarme la boca. La aplasto y me la guardo en la bolsa del deportivo que me prestó la ñora.

[*Allá en México recogía latas para venderlas en el fierro viejo. A cinco varos el kilo, que debían ser un montón, porque las foquin latas no pesan mucho. Así que debía ser un costal para que pudieran pesar algo y sacar por lo menos unos treinta varos y así poder tragar más o menos al día. Ahí fue donde le cosí una bolsita secreta a mi cincho; con un pedazo de cuero y una navaja le hice un hueco y le puse un broche. Porque mis bienes siempre han sido lo que llevo puesto. Yo soy mi casa y nada más. Y el cincho es lo único que no me quito nunca, ni siquiera cuando me dio la insolación.*

—*Me jalo con ustedes* —*le dije al paisa cuando ya estuve más repuesto. Y así me fui hacia la talacha, a herrumbrarme las manos con el foquin algodón. A despepitar en una granja chica, porque las grandes tenían maquinaria para hacer el trabajo de más de diez caballos o cien hombres o mil perros. Aquí era una granja tan pequeña que sólo necesitaba menos de diez morros para el trabajo. Pertenecía a unos veteranos de no sé qué, pero tenían muchas arrugas en la cara. Y ellos hablaban en inglés y yo no entendía ni un carajo. A mí me tenían que hablar a señas.*

—*Yo soy Pepe* —*me dijo el ñor de la troca, el de la cantimplora, el que me invitó a jalarme con ellos*—, *pero nunca me digas Pepito, porque te meto el pito.*

Y soltaron la carcajada todos los paisas alrededor de la hora de la comida. La mayoría eran desconocidos que se conocieron porque venían del mismo pueblo de Tetela. Y como la distancia hermana las mismas costumbres, eran como familia. Sí, así, chupando y comiendo del mismo plato, casi.

—*El trabajo no es tan culero porque pagan en billuyos verdes. Pero eso sí, paisa* —*continuó el Pepe*—, *tienes que ahorrar hasta el último centavo para que te pueda servir cuando regreses allá, o cuando lo mandes pal otro lado; porque aquí las cosas son caras, y así como ganas, así mismo lo gastas. Y sólo ahorrando te puede servir de algo.*

Yo, por ejemplo, lo mando pa mi ñora y mis ñoritos; pa pagar la casa y la comida, porque allá no tenemos nada, ni siquiera pedazos de aire para hacernos nada, vaya. Aquí ta buena la pinche vaina, pero apenas sin gastar. Y si quieres meterte gas para sentir que la vida no se te desinfla así nomás porque sí, pues nos vamos a veces a la ciudad pa inflarnos la tripa con cerveza en alguna cantina; pero con cuidado, porque si te pilla la foquin migra gringa te pone de patitas en la calle hasta el otro laredo. Y ahí nos echamos unos chupirules y retachamos beodos, pa continuar con la friega diaria. Salvo el Ramonete, que siempre lleva una anforita para mantenerse entonado frente a la calor que nos pega cuando descorchamos las plantas de algodón, que luego sus espinas son como gatos, y te madrean los dedos y apenas y sientes caricias, ¿o no, Ramonete?

Un ñor ya entrado en canas me miró por encima de las plantas que estábamos pizcando y sólo nos pintó huevos, luego sacó su ánfora y le dio un chupetón corto, como a una novia que no se quiere gastar al primer hervor.]

Llego al callejoncito de la librería y doblo hacia la puerta de servicio. De inmediato algo no me da buena espina. Se ve luz por el filo de la puerta. Miro que ya no está el chingado libro de poemas que puse como cuña para cerrarla. Sin hacer ruido intento empujarla y nada. Está más dura que su chingada madre. "Fuck. Fuck. Fuck."

Pego la oreja pero no oigo nada. Intento empujarla de nuevo pero no se mueve ni un milímetro. "Me lleva la chingada", pienso. Algo no está bien. Salgo como una cambuja sombra del callejón y me acerco con sigilo hacia la esquina. No hay nadie. Ni un puto auto estacionado enfrente. La librería permanece encintada de amarillo. Me asomo por uno de sus cristales y veo que la luz de la bodeguita está encendida hasta el fondo. Parece que no hay nadie pero ya se dieron cuenta de la puerta y tal vez dejaron la luz así para velar la oscuridad.

"¿Y ahora qué chingados voy a hacer?"

Las patas me duelen hartísimo, como si ya no trajera pezuñas. No tengo ganas de trepar otra vez por la cañería hasta el techo de la bookstore.

La calle está vacía, no hay autos que pasen. Los semáforos siguen pintándose de amarillo. Me escurro hacia el otro lado de la calle y llego al edificio de la chivata. Subo los escalones de piedra y en un huequito, antes de entrar al edificio, me dejo caer como un perro con la espalda en la pared. Ahora sí siento frío, así que me hago bolita. "En cuanto amanezca me pinto de ahí", pienso.

La librería se ve al otro lado. Todavía tiene los tablones de madera puestos en sus cristales rotos. Si todo iba muy bien, ¿por qué se chingó todo? No me alcanza la cabeza para entender; para acortar la distancia entre lo que era bueno y lo que es malo.

"¿Dónde se chingó todo?"

Si yo era feliz viendo a la chivata pasar solamente, verla tomar el bus y regresar en el bus. Verla así, de lejos, sin poderla alcanzar, como no se puede alcanzar la luz por más que se corra detrás de ella. Yo era feliz, y era también feliz acomodando libros, y, ahora que lo pienso, también creí ser feliz algunas veces en que pensé que entendía algunos books cuando les arrastraba la mirada por todas sus palabras, así, en bonche, apretujadas; era feliz en el merequetengue de subirlos al tapanco y devolverlos a la mañana siguiente intactos, como si nunca hubieran sido abiertos.

Era feliz en las fiestas del Chief, los domingos, entrampado entre sus chelas tequileras y sus albures.

➵ ⚜ ➴

[—*Pinche pajarraco cateto, pásese a esta silla y le cuento un chiste. ¿Sabe por qué el pito es todo un caballero? ¿No lo sabe, pajarraco veleidoso? Pues porque se para pa que las damas se sienten, hiuj, hiuj, hiuj. ¡Saluuuuú!]*

"¿Dónde estará el chingado Chief?"

Empiezo a cerrar los oclayos, así, como persianas amortajadas. En cuanto amanezca me pinto de aquí. No sé, tal vez debo irme más hacia el norte, a Chicago o a Nueva York, lejos, hasta darle la vuelta al foquin mundo para huir de todos mis demonios; de toda esta mala suerte que me arrastra no sé adónde. Irme hasta el Polo Norte, quizás. Aunque una vez leí que uno podrá irse hasta la chingada, pero siempre llevará sus putos problemas arrastrando entre las patas, en la cola, entre el seso y el pecho.

[Una tarde, cuando ya habíamos recibido nuestra paga en la granja de pizca, nos lanzamos como sapos hacia la ciudad para ver jugar a la Selección de futbol de México contra la de USA en una cantina. El Pepe, el Ramonete, el Jíbaro, el Piolín, el Arenuco, la Toña Peluches —que era Toño, pero como le salían tantos pelos en los huevos y no se le veía la verija, todos le decían la Toña Peluches—, y nos montamos en la troca del Pepe y jalamos por la estatal.

Y ahí íbamos, ellos por el chínguere y el foquin futbol, y yo por las cocas, porque el chingado alcohol me daba punzadas en la cabeza como si fueran martillazos dropabónicos.

Llegamos al tugurio latinfloor cerca de la 87 y ahí nos descolgamos de la troca.

Era una cantina rascuache, atemperada por un par de luces neón que decían: "Open bola de cabrones".

Una bandera de USA y otra de México alfombraban la entrada. Afuera había más luz que adentro. Mesas y sillas de madera y una pantalla para ver el partido. No se veía sucio el lugar aunque olía a cerveza y a sudor. Atendía un vetarro anquilosado, lleno de tatuajes en el brazo que se le escurrían por las arrugas.

Nos sentamos donde encontramos lugar, porque había un chorro de paisas; al fin, para pistear cualquier resquicio es el paraíso, y más con la Selección de México contra la de USA.

El Pepe pidió la primera ronda, oscura, de barril, para celebrar y cachondear la vida mientras comenzaba el juego.

Yo recordaba cuando me habían llevado por primera vez a la granja. Me bajaron entre tres de la troca y me metieron a un cuarto en unas barracas hasta el fondo, cerca de un cobertizo.

Me pusieron compresas de agua fría en la espalda, en los hombros, en las piernas, en la cabeza, y así me mantuvieron crucificado en una cama de tablones. Un vato me inyectaba antibiótico cada que despertaba, según para que no se me fueran a gangrenar las heridas.

—Porque el sol —decía mientras preparaba la foquin aguja que me banderillaba en el trasero—, así como da vida, también la quita.

Y me compraron sueros para beber y para ponerme en el brazo, ahí, en el muladar que a mí me parecía el reino más grande sobre la Tierra.

Un par de semanas después ya podía ponerme de pie. Las cicatrices de la espalda estaban menos llamativas. Ahora sólo eran pedazos arrugados de cuero sobre mi espalda; eran como gotas de miel que me escurrían de la nuca a la rabadilla. Un canijo me ponía sábila y otro morro echaba limón en unas conchas de nácar para, según:

—Borrarte las cicatrices, paisa, porque si no te vas a quedar todo alagartijado, con escamas en vez de poros; porque te sancochaste hasta la médula, cabrón morrillo.

A la quinta semana ya estaba como si todo hubiera sido un sueño. Me paraba y podía ir de un lado al otro sin necesidad de la muleta, que era un palo de escoba. Así que empecé a trabajar con ellos, como si yo fuera parte de la familia. Primero arreando cables y después jalando tinajas, hasta que a las dos semanas entré a la despeladura de la flor del algodón.

En la cantina ya llevábamos varias rondas. Yo eructando mis coca-colas; ellos echándome carrilla por ser tan maricón por no beber beer, y yo apechugando entre risa y risa, viéndolos cómo torcían los ojos a cada trago.

El partido comenzó después de ponernos de pie para escuchar los dos himnos, el mexicano y el gringo.

—¡Viva México, cabrones! —se oyó del otro lado de la cantina, en una mesa también abarrotada de paisas.

Y sí, el partido comienza sin aspavientos, modelado para ser aburrido hasta que, en un tiro libre directo de los mexicanos, el balón pega en el travesaño, rebota hacia un defensa gringo que no puede despejar y, chíngale, un vato azteca le pega un trallazo y, máquinas, a la red.

—¡Gooooool! —gritamos todos.

—¡Gooooool! —grita el foquin locutor.

Se euforiza toda la banda.

—A huevo. A huevo —grita el Pepe.

El Ramonete sigue bebiendo.

—A huevo. Uno cero —dice el Piolín—. Es la venganza del chile. ¡Saluchas!

—Otra ronda más.

Y otra.

Llega el medio tiempo.

—Una más, porque estamos felices y contentos —trina el Jíbaro.

Comienza la segunda mitad del partido y el orden parece que puede más que el caos. Un gringo pasa hacia la banda derecha, afianza un pelotazo y lo pasa hacia el otro extremo.

—Ellos no personalizan, no se hacen los héroes. Quieren resultados —dice el Ramonete.

El gringo pega un centro y va hacia el área chica; salta el portero, pero la cabeza del gringo alcanza primero el balón y, puta madre, al fondo de la red.

—¡Gol, putos! —grita un morro gringo atrás de nosotros—. ¡Viva USA!

—No hay pedo, todavía hay tiempo —dice la Toña Peluches.

Dos minutos después, otro gringo se la pasa al 10 y éste enfila hacia el centro. Toca hacia la banda izquierda a un medio de contención, y éste retacha hacia el mismo 10, quien da un taconazo para dejársela servida a un defensa que viene como ferrocarril y chuta como patada de mula.

El balón hace una ese; silba, parece un foquin cohete.

El portero mexicano brinca, se tiende sobre su costado como un batracio, pero le faltan fuerzas en sus patas de rana y el balón va a incrustarse en el ángulo izquierdo, así sin más, como una foquin bola de fuego; como un maldito meteorito.

—Puta madre —dice el Piolín.

—No pasa nada —insiste la Toña Peluches—. Todavía hay tiempo.

Nos quedan unos diez minutos de juego, todavía.

—La voltereta —dice el locutor de la tele.

—México juega como nunca y pierde como siempre —repite el Ramonete.

—¡Vamos, muchachos! ¡Ánimo! Dos uno no es nada.

Ahí se descompone todo. El equipo verde deja de ver el horizonte y se desdibuja en manchas acalambradas.

—Pinches ratones putos —grita el paisa de la mesa contigua.

No hay ataque ni defensa. El equipo mexicano trata de apretar pero le roban el balón a media cancha y un vato gringo echa la carrera solo contra el portero.

—A la verga —trina el Pepe.

El gringo hace un quiebre de cintura, catemático, descoyuntado, y saca de balance al portero mexicano, quien se dobla todo raquítico, y el gringo ya va a chutar hacia la red vacía cuando la mano del portero le da un putazo en los huevos.

—A huevo —dice el Ramonete, que tiene los ojos más rojos que los conejos—, si no es a la buena, a la mala. Al fin, los huevos son el punto más débil de hasta el más fuerte hijo de la chingada.

El gringo se va de bruces y cae sobre el césped todo magullado. No son muy adeptos a hacer escándalo, a meterle jiribilla al histrionismo; pero éste se revuelca como si le hubieran hecho un tatuaje en las pelotas.

El árbitro pita y llega corriendo frente al portero mexicano. Le indica que se levante. Se levanta y de inmediato le saca la tarjeta roja. Expulsado.

—¡Culerooooooo! —gritamos la mayoría de los paisas.

—Ojete, hijo de puta.

—Ni modo —dice el locutor—, penalty.

—A la verga —repite el Pepe.

Yo me levanto con ganas de miar y me voy al baño. Entro y empiezo a orinar haciendo eses con el líquido dentro del retrete; incluso trato de destruir un churro que flota como un submarino atómico en el fondo de la taza; casi lo voy partiendo por mitad cuando oigo la escandalera.

—Puta madre —gritan.

—¡Fuck! ¡Foquin!

—¡A la chingada!

Escucho tronar a mis espaldas y, como una ola, se empieza a armar una madriza monumental desde la entrada hasta la foquin salida.

—¡La migra, putos!

—¡Córranle, pendejas cucarachas! —oigo como si fuera una foquin estampida, y yo ahí, con mi pájaro de fuera, jugando.]

—Chivato —oigo entre sueños. Me cubro la cara con los brazos. No quiero despertar; no quiero abrir los ojos; los párpados los traigo pegados con cemento—. Anda, despierta que se me hace tarde, you know!

Me desamodorro de volada al reconocer su voz y abro los ojos.

La chivata, hermosamente despierta, está acuclillada junto a mí. Lleva una taza de cerámica y un pequeño platito.

—Ten; no es mucho pero... —se queda callada.

Yo no sé qué hacer. Me siento asustado. Traigo lagañas largas como gusanos de tomperil en los ojos que me cuelgan como lianas. Me repego hacia la pared del edificio, como si enfrente tuviera un ejército enemigo. Me quito las lagañas con las dos manos.

—Come on, chivato, que se me hace tarde; toma esto.

La chivata me mira con sus enormes ojos pardos, de miel, verdosos, amarillos, azules, casi azules, grises y negros. Su nariz es perfecta. Lleva el pelo recogido como siempre, con una dona morada. Su tatuaje le sobresale detrás de la oreja. Ahora lleva unos aretitos de dormilonas dorados. La boca está con un leve brillo, afilada con el esmeril de una genética única.

Tomo el plato y la taza con el pulso temblándome.

—No quise despertarte, chivato, pero ya voy de salida, you know, el work.

Miro alrededor de la chivata tratando de destrabarme de su magnetismo. El cielo apenas empieza a volverse azul. Deben ser alrededor de las seis de la mañana o antes.

—¿Y tus zapatos? —me dice al ponerse de pie. Me recojo de hombros—. Ay, chivato, cada vez vas de mal en peor —y sonríe para mí, por primera vez, con esa sonrisa que sospecho se me quedará tatuada para siempre en la retina, porque uno sabe cuando pasan cosas enormes en el momento preciso en el que suceden. Y su sonrisa es el cataclismo más hermoso que he visto—. Voy y vengo —dice mientras comienza a bajar las escaleras enfundada en un mallón deportivo negro, una sudadera gris y unos tenis.

—La amo —¿lo dije o lo pensé?

—¿What qué? —se detiene a medio camino.

—Gracias —digo sin querer, bajando la voz hasta casi ser un susurro apergaminado; un murmullo, fuck, de un gracias. Ella ya no dice nada; termina de bajar las escaleras, y escucho cómo se va alejando a paso veloz cuando los pocos autos que pasan comienzan a pitarle. En ese momento me agarra el frío con mayor intensidad por todo el cuerpo. El rocío de la madrugada ha empapelado la piedra de las escaleras; de la piedra grisácea, de mi cabello, sobre mi piel, en mis pies desnudos llenos de ampollas. Miro mi ropa a la luz rosa-azulada del amanecer: estoy todo lleno de hojas y raspones. Tengo yerbas por todas partes, cardenales en las manos, tierra entre los dedos de los pies. El pelo lo siento cenizo; grasiento entre los folículos como espinas alrededor de mi frente.

"Foquin pendejo, ¿qué fue lo que le dije a Aireen? ¡Aireen! ¡Chivata!"

Huelo el aroma de la taza: es café negro. Sin saberlo, yo también comienzo a sonreír. ¡Aireen, hermosa Aireen! Sobre el plato hay una tortilla y debajo un pedazo de carne y un poco de arroz blanco con chícharos. Un tenedor de peltre. El amor hace de mendrugos banquetes. Le doy un sorbito al café y siento un volver a vivir; me calienta la tripa. Pongo la taza a un lado y comienzo con la carne y el arroz. En verdad no sabía cuánta hambre me podía caber en el cuerpo.

Estoy hambriento.

Termino en tres patadas la carne y el arroz envuelto en la tortilla. El café me lo embuchaco más despacio, como si fuera el último gramo de agua sobre la Tierra.

La calle aún sigue desierta. Pocos son los vatos que pasan, doblando el cuerpo hacia adelante para caminar más de prisa. Los camejanes han desaparecido; ahora sólo hay camagüeyes que van a sus trabajos. Los pirulos se han evaporado hacia las escules.

El café lo voy desperlando poco a poco. Miro hacia la librería y noto que la luz de la bodeguita ya no está prendida.

"¡Qué raro! ¡Qué foquin raro!"

Termino el café cuando el sol ya empieza a pegarle de macanazos a la punta de los edificios más altos. Pongo la taza sobre el plato con el tenedor. No sé si sea mi última cena, pero sí es la mejor que he tenido. Me arrellano sobre la piedra para contemplar cómo la gente empieza a salir de sus madrigueras para ganar la papa.

Poco a poco la calle se va llenando de pisadas. Las avenidas comienzan a circular. Aún traigo los ojos pesados. No he dormido bien los últimos días; para destaparlos y que no se me cierren, me reviso los pies. Tengo grandes ámpulas reventadas. Unos jirones de pellejo rallado con tierra se asoman encima de mis callos. Los arranco de un tirón.

Pufff. Arde.

Y yo que me había prometido no meterme en el caño estando de este lado del mundo.

⊶━✦━━↦↦

[—¡Córrele, pendejo, que no te agarren! —me grita el Pepe mientras veo cómo lo empiezan a atorar los watchmen de la Border Patrol y lo jalan para afuera del baño.

Yo estoy enfrente del retrete, con el pájaro de fuera, y sólo hay una pequeña ventanita como respiradero. Sin terminar de orinar me lo guardo mojándome las manos y el pantalón. Subo a la taza y con una mano puteo el cristal.

¡¡Crash!!

Lo bueno es que soy flaco. Apoyo el pie en la división de los sanitarios y me desenrosco para pasar por la abertura de la ventana. Siento como dientes de tiburón los cristales rotos que sobresalen en el marco y me van arañando la ropa.

Ya casi estoy a medio cuerpo. Casi la libro. Un poco más y listo. Ahí siento que alguien me jala las patas desde dentro, pero no veo nada, así que tiro patadas a diestra y siniestra. Soy como una rata a la que le prensaron la cola. En mi desesperación pego contra todo sin medir el dolor de mis espinillas; pero son más los que me jalan que mis fuerzas anafilácticas.

Me descorchan de la ventana de un jalón seco y doy contra la taza, que se rompe y toda la mierda se esparce por el suelo. Los watchmen de la Border Patrol son rancheros armados hasta los dientes con rifles y chacos; con cadenas y tonfas. Llevan radios de onda corta y van vestidos como militares. Tienen escuadras en el cincho. Algunos usan visión nocturna para cazar ilegales como conejos y robots para los túneles. La mayoría usan sombreros de ala ancha, tipo tejano, con cordel de cuero estriado. Los más putos llevan cascos de kevlar y máscaras antigases y chalecos antibalas; van vestidos como si fueran a luchar al espacio contra los marcianos.

—Fuck you, son of a bicht, illegal beaner.

Y me descuentan ahí mismo. Con un culatazo me sacan el aire. Me doblo hasta caer encima de la mierda desparramada. Los orines se me pegan en la ropa. La mierda me colorea la jeta. Me arrastran de las patas hasta la entrada de la cantina. Ahí ya están mis paisas puteados y atados de manos con cintas de plástico.

El Pepe trae sangre arriba de la ceja. El Piolín y el Jíbaro escurren mole del hocico. La Toña Peluches tiene desgarrada la camisa de cuadros y ya se le ven chipotes en el pómulo y en la sien. También están varios paisas más, los de la mesa del fondo. Y los de en medio. Todos puteados y con la mirada perdida en el suelo. Seremos como veinte. Me tumban junto al Pepe y me intentan poner las esposas, pero como llevo mierda agarrada de las manos, no me las colocan bien.

Les doy asco.

El watchmen sólo las pasa por mis muñecas y tira tratando de no tocarme para que no lo vaya a enmierdar. Sus guantes profesionales deben estar inmaculados.

Un vato del otro extremo se levanta y echa a correr por la 87 para tratar de internarse en la espesura del llano. Corre con las manos atadas a la espalda; parece una lombriz danzarina. Dos watchmen echan a correr tras él y a los pocos minutos se oyen disparos. El Pepe sólo cierra los ojos y agacha aún más la cabeza. La sangre ahora le escurre por la nariz y gotea hacia el suelo haciendo volcanes diminutos sobre la tierra suelta. No tenemos palabras.

Un watchmen se acerca al vetarro que atendía la cantina y le entrega un fajo de billetes. Yo no entiendo ni madres de lo que se dicen en inglés, pero imagino que es por los daños causados en su ratonera.

Llegan tres trocas civiles y nos arrean a putazos como ganado. A empujones nos suben y nos echan sobre el suelo como una camada de pescados.

Cuando empecé a trabajar en la granja me decía el Pepe:

—Nosotros somos los que les limpiamos la cagada del culo y ni así nos tratan bien. Pero no todos, sólo algunos, y esos vatos putos gringos quieren que perdamos lo último de nuestra dignidad, pero algún día... algún día... —y se quedaba mirando las hojas de algodón. Y yo me le quedaba mirando alelado, y cuando se daba cuenta me gritaba—: Ora, morrillo, no se me quede mirando con cara de pendejo y desabochine esa vaina, que si nos atrasamos no habrá marmaja esta semana.

Y ahí nos quedábamos trabajando por horas, con la cintura doblada, los guantes para pelar algodón y unas gorras que nos tapaban la nuca bajo el bochornoso sol.]

En cambio aquí, en la ciudad, el sol es menos calamitoso. Aquí parece que el sol es filtrado por los cristales de los edificios altos. Me arreo más hacia el edificio de la chivata cuando veo que ya hay bastante gente en la calle. La sangre de mis pies ya está seca. Cojo los platos de la chivata y los abrazo como si fueran parte de ella; no sé, creo que en el universo hay pocas cosas que nos hablen de las personas. Cierro de nuevo los ojos para fugarme otra vez.

"¿Qué hubiera querido ser si hubiera podido ser otra foquin cosa?"

Adentro de mi cabeza las cosas funcionan mejor que allá afuera.

Aquí adentro es más fácil vivir.

Allá afuera es un desmadre.

["*Pinche chamaco bruto* —me decía la tía que no era mi tía sino mi madrina—, *siempre tan malandro. Póngase a barrer y a trapear para que se gane la comida y no se quede nomás mirando cómo pasan las moscas.*"

"*Si no están los cagaderos bien limpios no habrá cena, que nomás se la pasa como ido.*"

"*Si su madre viviera, engendro del demonio, se volvería a morir nomás de verlo ahí como retrasado; vaya, ni siquiera sabe hablar bien.*"

"*Sí, doctor, parece retrasado, aunque a veces gruñe.*"

"*No sé, doctor, ¿no será mala cabeza como su madre, que Dios tenga en su santa gloria? Porque, por como era, ay, Dios bendito, debe estar en el fondo del infierno.*"

"*Mire, doctor, por más que le ordeno que haga algo a este cabeza dura, cada día se pone más necio. ¿No habrá alguna inyección para que me obedezca?*"

"*Ni a palos entiende este cabresto. La otra vez le di con el cable de la luz y ni así se movió. Parece una mula. Ni para adelante ni para atrás.*"

"*Sí, doctor, la otra vez me robó una medallita que era de su madre pero que me dejó a mí. Porque era lo justo: mire que mantener a un mocoso no es poca cosa ni sale barato; era justo que a mí me la diera, ¿no cree?*"

"*Pero no sé qué hizo con esa medallita, policía, y mire que lo agarré a palazos y ni pío dijo.*"

"*Nada, es peor que una mula; diría que sí, prefiero que se lo lleven a la cárcel a tenerlo cercas, porque un día me va a matar de algún coraje. Luego les pega a las paredes cuando se encorajina; ¿qué tal que un día me pega a mí?*"

"*No, ya no puedo más, y mire todo lo que he hecho por él.*"]

—¿Otra vez dormido, chivato?

Abro los ojos y ahí está Aireen. Los platos los tengo abrazados; ya tienen mi temperatura.

—A ver si te quedan.

Me pone delante unos tenis. Tengo miedo de tomarlos. Ya fue mucho lo que ella ha hecho por mí y no quiero cansarla, no debo cansarla, porque creo que uno cansa demasiado rápido a las personas.

—¡Vamos, chivato, tómalos; se los pedí a mi patrón!

—What?

—Al dueño de Candy. Le dije que un friend fue asaltado y que si no tenía algo que le sobrara, y me dio esto. Él es muy bueno conmigo.

Tomo los tenis, los miro. Son chidos; tienen las suelas medio gastadas, pero parecen de los que salen en los anuncios gigantes de Nike. Me los voy a poner cuando la chivata grita arrebatándomelos.

—¡No te los vas a calzar con esos pies todos mugrosos! Come on.

Me toma del brazo y me ayuda a ponerme de pie. Los platos casi resbalan de mis manos, pero tengo suficientes reflejos para cogerlos de nuevo en el aire.

El piso me duele.

Siento todavía algunas bolsas de ampollas que están a punto de reventar bajo el peso de mi propio fuego.

Abre la puerta de su edificio y me lleva del brazo.

Parezco el combatiente herido de alguna guerra solitaria que supura metralla. Y sí, aquí todo parece que está en contra de mí; en una war para exterminarme hasta con insecticida y raidolitos.

—Un día me abriste la puerta —me dice de pronto la chivata al momento de empujarla para cerrarla—. ¿Te acuerdas?

Las rodillas me castañean. Ella me sostiene con fuerza. Me siento una marioneta y sus dedos son los hilos que me mantienen de pie.

Llegamos a una puerta corrediza cerca de la escalera y la abre. Es el cuarto de servicio del edificio. Pasamos y me lleva hasta un fregadero atrás de dos máquinas lavadoras destartaladas. Toma un cubo y comienza a llenarlo con agua.

—I'm sorry, chivato —me dice—; el gas está muy caro y el administrador no prende el calentador general sino hasta pasadas las diez, y right now el agua está fría.

Acerca un banco y me sienta. Toma un traste con jabón en polvo y lo pone en el suelo; después me quita los platos y los acomoda en el fregadero.

Baja la cubeta con agua y me la pone delante.

—Come on —me ordena.

Me levanto el pantalón hasta las rodillas y meto el pie derecho; el agua, que está fría, la siento cálida. La sangre seca comienza a disolverse junto con la tierra y las hojas. Meto el otro pie y el ardor de mis heridas comienza a cesar.

La chivata toma un poco de jabón en polvo y lo vierte sobre el cubo. Se arremanga la sudadera, se acuclilla y empieza a agitar el agua hasta sacar burbujitas.

Miro su cabellera perfumada de arreboles.

El tattoo detrás de su oreja es hermoso; piamontado en líneas y curvas precisas.

Uno de sus dedos roza mi tobillo. Siento un escalofrío trepidándome desde las tripas hasta el corazón. Tartamudeo todo traqueteado. Me da pena que me vea tan así, no sé, todo tan roto por dentro y por fuera, y sin quererlo, sin poderme detener, una foquin lágrima gorda se me escapa, así, rodando por una ladera.

No quiero que ella me vea así. Pero levanta la mirada en ese momento y me ve. Siento cómo me taladran sus ojos hasta el alma. Intento sonreír para evitar lo que estoy sintiendo en este instante, pero no puedo, y más foquin lágrimas escurren, silenciosas, por mis mejillas hasta chocar con mi boca. Son saladas, son lágrimas ermitañas que jamás habían salido de casa.

El corazón lo traigo hecho un guiñapo.

Ella no dice nada, sólo me mira a los ojos y yo, sumergido en ese balde de agua, me siento un náufrago.

La chivata mete sus manos hasta el fondo de la cubeta, toma mi pie y comienza a lavarlo sin quitarme la mirada de encima.

Sus manos empiezan a cerrar una a una todas mis heridas mientras sus hermosísimos ojos me abren heridas nuevas.

Mi corazón, ya lo sé, ha dejado de pertenecerme desde hace mucho; desde el primer instante en que la vi.

Aireen pasa sus dedos por mis ámpulas; por mis dedos llagados. Me agarra el sentimiento de un niño y empiezo a respirar entrecortado.

La nariz ya la traigo congestionada. Trago saliva a mares. Mis ojos siguen exprimiendo tachuelas que se me clavan, saladas, por la comisura de los labios.

En todas las foquin novelas que leía en el tapanco o en el parque Wells, el amor comenzaba de otra manera, siempre de manera racional, como un rompecabezas armado por el escritor para que fuera una construcción ficticia y por demás verídica, donde al primer hervor los amantes terminan a besos. Por eso vi que la literatura no se parece en nada a la foquin vida; como aquí, en este momento hirviente, mientras Aireen desvanece mis dolores, el pecho se me abre por mitad para recibir sus palabras en mi entraña cuando me dice:

—Creo que tú y yo seremos good friends, you know.

Y a mí no me importa si sólo somos amigos. Yo, que estaba tan lejos de ella, al otro lado del mundo; al otro lado de la calle, en las antípodas de cualquier encuentro con la mujer más hermosa de la Tierra; siendo invisible hasta para el aire, tenerla como amiga es más que suficiente.

Yo no necesito más.

Sólo con mirarla siento que el mundo marcha mejor.

Le sonrío, con una sonrisa pura, natural; llena de todo mi agradecimiento y toda su bondad; porque ella me hace ser algo menos gacho de lo que soy.

—What's your name, chivato? —me pregunta al tiempo que me empieza a lavar el otro pie; sus manos son fuego. Miro sus dientes blanquísimos, alineados como la idealización del marfil más perfecto y exuberante.

Yo sonrío aún más; las lágrimas no paran de deshojarse de mis pestañas.

Desde que yo recuerdo, siempre me llamaban como se les pegaba la gana; casi nadie me había preguntado mi nombre ni lo necesitaban saber: yo soy para el mundo el chamaco pendejo; el chivato putarraco, vato, morro, morriño, puto, cameján, pirulo, moreno, indio patarrajada, warrior morrocutudo, muchacho, chavo de mierda, joven, beaner ilegal; todos los nombres encimados a la circunstancia. Aquí quiero decirle que me llamo Liborio, Liborio, Liborio, pero de repente siento vergüenza.

—No me recuerdo el nombre —le digo cabizberejo recogiéndome de hombros y anegado de foquin lágrimas.

—I'm Aireen, your new friend —y sonríe.

Y yo alicaído, tirado, así, llano, otra vez con pulcritud. Y ella se da cuenta, porque sonríe aún más mientras se incorpora.

—Ay, chivato, un día tendrás un name que te llenará de orgullo el alma.

Sale dando grandes zancadas del cuarto y secándose las manos con el borde de la sudadera.

La miro alejarse.

Mis ojos permanecen húmedos como si los cántaros se me hubieran roto por dentro.

—⊷⊶—

[*El Pepe me dijo arriba de la troca de los watchmen cuando salimos de la estatal 87 y doblamos sobre un camino de terracería rumbo al desierto:*

—*Ya no vamos a regresar de ningún lado, paisa. Aquí nos vamos a quedar. No nos llevan a la prisión. Estos cabrones hijos de puta nos van a matar en el maldito desierto.*

Dio un resoplido fuerte, lleno de gargajos sanguinolentos, y escupió haciendo un ruido cavernatoso.

—*Pero a la verga, que ya estamos muertos desde antes, ¡qué no! A mí no me van a chingar sin patalear.*

Con la nariz aún apelmazada de sangre, el Pepe me pateó con un pie para tomar impulso y lanzarse a mordidas sobre el watchmen más cercano como un perro rabioso. Con su impulso me lanzó fuera de la camioneta.

¡Zuuum! ¡Ploc!

Al caer, las cintas de plástico se me zafaron de las muñecas.

El aire se me vació del cuerpo.

El polvo no me dejó ver lo que siguió, pero imagino que el Pepe fue descontado de un culatazo en la mollera porque las trocas siguieron avanzando unos treinta o cuarenta metros dando tumbos por la terracería.

En ese momento frenó la última troca, y ahí me dije otra vez, todo lleno de polvo y mierda:

—*Corre, culero.*]

Aireen regresa con una toalla.

Yo ya he sacado los pies de la cubeta y estoy escurriendo. Las ampollas se han vuelto pellejos blancos y arrugados. Me extiende la toalla y yo comienzo a secarme las patas.

Desenreda unas medias deportivas azules con franjas rosas y me las pone frente a los ojos.

—I'm sorry —dice—. Son las únicas que tenía.

Yo no digo nada; me pongo las medias y me calzo los tenis que me extiende, y, de repente, así, siento como si no caminara sobre la tierra, sino que estuviera flotando en el atarragado espacio. Volando a ras del suelo.

Imagino que esto es el paraíso ingrávido.

—Te quedan good; un poco big, pero te servirán para right now —sonríe la chivata. Luego me da la espalda y comienza a recoger todo, la cubeta, el jabón, la toalla, los platos, y me dice—: Deja ver si puedo conseguirte un lugar donde puedas quedarte esta noche. Porque no tienes un lugar donde quedarte, ¿verdad?

—Sí tengo dónde quedarme —le digo sin pensarlo, como brincando para ponernos a salvo ella y yo; sobre todo yo, para no echar a perder todo lo que llevo ganado con ella, porque ella ya ha hecho demasiado por mí y todo tiene un límite.

Clavo la mirada al suelo y mis ojos se vuelven tecuinos.

Aireen da media vuelta y se me acerca cautelosa.

Con la mano derecha levanta mi barbilla y me dice:

—Come on, chivato, es difícil encontrar friend por estos días. No hay que echarlo a perder antes de comenzar. Yes? Somos friends, amigos, ¿o no? ¿Tienes o no tienes dónde quedarte?

Y me mira a los ojos; directo a los ojos como un meteoro, así, supernovada que me incendia las tripas cuando toca la fibra más desnuda de mi alma.

El estómago me punza.

Siento de pronto un escalofrío que me recorre de la cola al ombligo varias veces de ida y de regreso. No sé describirlo, es algo que no tiene palabras y no hay diccionario para hallarlas. Me siento acuchanado entre la espada y sus hermosos ojos.

Sus dedos en mi barbilla son un tridente de fuego.

Alguna vez leí en la librería del Chief que el amor es tan difícil de hallar que cuando se encuentra no debe soltársele nunca, porque tal vez jamás aparezca de nuevo.

—Sí tengo adónde ir —le digo tan bajo que tengo que repetírmelo varias veces para que la chivata y yo nos demos cuenta de la pendejada que estoy diciendo—. Sí tengo adónde ir —repito.

— •— ▪▪◆▪▪ —•—

[*Hay unas ramas a corta distancia. Apenas puedo verlas. La noche no tiene luna y hay estrellas peliagudas trasudando diamantina en lo alto. En el horizonte se ven las montañas de rocas perfiladas con una tenue luz azul marino. Sin las cintas de plástico alrededor de mis muñecas puedo viborear entre las rocas del desierto y los matorrales. Las trocas andan dando vueltas como trompos. Los watchmen están emputados. Veo cómo bajan con sus rifles y comienzan a apuntar hacia todas partes. Disparan dos o tres cargas hacia distintas direcciones. Luego uno apunta a algo que se mueve del otro lado.*

Le pega un riflazo.

Va hacia lo que yo creo es un animal muerto.

—Come here! —grita el cazador.

Los demás se acercan y wachean lo que acaba de agujerar. Yo no sé qué sea y, mientras toman otra vez sus rifles para descargar sus balas sobre lo que yace tirado y apenas se mueve, me escabullo por un par de matorrales hasta que encuentro un agujero de algún chingado animal. No es muy grande, así que me meto torciendo todos mis huesos en todas direcciones. Con la mano derecha comienzo a echarme tierra encima para tapar el agujero conmigo dentro. Tomo un respiro y lo pongo como cereza de mi tumba improvisada; de ese útero de tierra donde espero no lleguen a abortarme los putos gringos caza migrantes.

Todo está oscuro.

No sé si sea un calambre, pero de pronto siento un cosquilleo en mi tobillo. Algo que me camina por la pantorrilla y comienza a reptarme por la pierna. Luego se detiene. Afuera las pisadas de los watchmen andan rondando de un lado para otro como si quisieran aplanar todas las rocas del desierto. Adentro del agujero los calambres que siento son fríos y se arrastran por mi cuerpo. Ya son varios. Ahora siento cómo una pelusa se me restriega en la oreja. Tengo ganas de salir corriendo. Pero, si lo hago, saldré de un agujero para entrar en otro.]

¿Por qué foquin lo hago? ¿Por qué chingados le digo que sí tengo adónde ir? No lo sé, quizá porque creo que no la merezco; que no la merezco ni a ella ni a su amistad; que la epifanía laudatoria de la felicidad es sólo para los dioses, y que los foquin mortales debemos triturarnos bajo nuestros propios dientes; sin tinglados llamativos, perecer en las entrañas del sufrimiento cotidiano, atravesado, entololochado; sin una puta pizca de esperanza. Pero tal vez también se lo digo porque en el fondo yo sólo soy un pendejo. Y un pendejo no piensa más allá de su cabeza.

—Bueno, allá tú, chivato.

Aunque las esperanzas siempre están ahí, lejos, y muy pocos consiguen lo que desean, al tenerla cerca me hace querer aspirar más aire para botarlo en forma de suspiros.

Aireen prorrumpe de manera amistosa.

—God, ahora sí. Me tengo que ir. A veces creo que el mundo no es tan malo como parece, ¿no crees, chivato?

La miro cómo sale por la puerta del cuarto de servicio llevándose todos los trastes que ha juntado.

Sin pensarlo, así, trompicado, doy un brinco hacia la puerta con mis supertenis y, apendejado como una mosca frente al cristal de una ventana en busca de su libertad, la sigo volando como un perro faldero.

Saliendo de las escaleras del último piso del edificio de Aireen puede verse parte de la ciudad y más allá la colina donde vive la ñora pelona Dobleú. Hacia abajo se ve la calle, los árboles y la parada del bus. Más lejos se mira el techo de la librería y las otras construcciones. Aguzando la mirada hacia el horizonte se ve el domo de la plaza comercial y hacia el lado contrario el estadio de béisbol. Un poco más cercas observo los árboles del parque Wells. Hay edificios altos que tapan la vista hacia el poniente; tienen cristales reflejantes que espejean el cielo y las nubes a su paso como foquin edificios con lentes polarizados. La azotea del edificio donde vive Aireen tiene varios cuartos atiborrados de triques. Por un lado están los tanques de agua formados en fila india y llenos de tuberías galvanizadas; por el otro lado hay tablones apilados y unos lavaderos viejos y destartalados como si hubieran sido construidos antes de las cavernas; tienen manchas de óxido y los tubos de cobre son verdes y negros. Hacia el fondo está otro cuarto cerrado con un candado grueso. En su puerta gris se puede leer "High Voltage". Por unas grietas que hay en el perímetro de la barda de la azotea nacen unas plantas de espinas muy gruesas y puntiagudas. Perros macaguamos.

["Perros macaguamos —les decía mi tía allá del otro lado—. Aunque algunos les llaman 'espinas del diablo'. Dan roña si te tocan la mano, ¿ves? ¿Qué sientes? ¿Verdad que sientes mucha comezón? Y no chille, que el dolor es para las viejas. Para las almas mujerujas y no para los machos, ¿me entiende, escuincle pendejo?"]

Hacia la izquierda hay unas pequeñas jardineras donde están sembradas unas plantas de plástico requemadas por el sol. Mister Hundred va adelante. Es un hombre de unos sesenta años, de pelo entrecano, arrugado como mis huevos; tiene los ojos grises y lleva un chaleco beige que hace juego con sus zapatos de lona; camina con las piernas pandeadas a la altura de las rodillas. Atrás de él va la chivata y yo voy atrás de ellos.

—Y no se te ocurra meterte ahí donde está el transformador eléctrico porque quedarás más frito que un pescado frito, ¿eh?

Aireen voltea a verme. Sonríe.

Yo sigo sintiéndome en las nubes, literal, como si caminara sobre algodones.

Aireen no se ha ido a trabajar por mi culpa. En vez de irse al work fue directo con el administrador del edificio:

—Mister Hundred, mi primo acaba de llegar y busca dónde quedarse.

—¿Y por qué no se queda con tu abuelo y contigo?

—Él quiere ser independiente, ¿verdad, primo? —me mira. Yo asiento con mi cara de perro—. Y además le podría dar un trabajo de lo que sea. Él sabe trabajar.

—Tu cara me parece conocida, muchacho. No serás un pirulo malandrín de esos que pululan por la calle, ¿verdad?

—Cómo cree, mister Hundred. Le puede dar hospedaje en uno de los cuartos de la azotea y a cambio puede ayudarle a limpiar los pasillos del edificio o lo que haga falta.

—No sé, señorita Aireen. Su abuelo y usted son buenas personas, pero no sé. Este chivato tiene cara como de malandrín.

—Vamos, no se va a arrepentir. Diga que sí antes de que encuentre otro lado y se le vaya esta gran oportunidad de las manos.

—¿Y qué sabes hacer, muchacho?

Aireen y el señor Hundred me miran al mismo tiempo. No sé si me cambia el color de los cachetes. Me siento dislocado por sus miradas. Trato de aclararme la garganta.

—Sé leer, señor.

El señor Hundred se echa una carcajada sopera.

—Bueno, menos mal. Eso sí es ganancia. ¿Pero sabe usted fregar pisos? ¿Levantar cochambre? —se dirige a Aireen.

—Sí —contesta la chivata sin quitarme sus hermosos ojos de encima—. También es honrado... y muy valiente.

El señor Hundred se rasca la cabeza.

—No lo sé, señorita... hum... Pero no habrá paga. Sólo le prestaré el cuarto a cambio de trabajo de mantenimiento en el edificio, ¿entendido? Si quiere plata que salga a trabajar a la calle.

----◄═◆═►----

[No sé cuánto tiempo ha pasado. Pareciera que me estoy convirtiendo en reptil. Siento escamas en los brazos, las piernas y atrás del cuello. No me muevo para no molestar a nadie. Ya no oigo pisadas por ningún lado de los watchmen. Sólo el viento que se arquea a empellones por el suelo, rebotando, como chimuelo. Hace rato escuché el motor de las trocas encenderse y rugir hasta enredarse al horizonte silencioso.

Estoy tan cansado. No sé si los demás siguen vivos o no. No he oído ninguna otra descarga; ningún estruendo fulminante como hacen los rifles. Ningún ¡piumm!, ¡ratatatatá!, ¡bang!

Pobre Pepe: su esposa y sus hijos no tendrán tumba donde llorarle. No habrá reposo para sus almas. Siempre con la esperanza de verlo aparecer a él o a sus dólares cada quince días. No habrá lápida que triture sus huesos.

—Sí, paisa —me dijo un día—, éstos son mis retoños y ésta es mi mujer. Somos de Tetela, allá en Puebla. Un lugar hermoso al lado de una presa. Bueno, el agua de la presa huele a podrido por tanto lirio acuático como hay, y el agua está verde como la chingada,

pero qué no diera por estar allá, abarruntándome de su cariño, co-
torreando con la family, pero ni modos, primero la panza y luego la
añoranza. Si un día vas por allá, preguntas por el Pepe. Todo mundo
me conoce por allá; allí tienes tu casa y nos echamos unas birrias bien
helodias, aunque no bebas ni en defensa propia, paisa.

Y guardó en su cartera la foto arrugada y llena de dedos de su
familia.]

—Y aquí está el cuarto —continúa mister Hundred abriendo
de par en par la puerta de madera apolillada, empiojada—.
Como ves, está desordenado, pero podrás ponerle orden. Mira,
ahí hay una cama. No tiene colchón pero puedes ponerle esos
cojines mientras juntas dinero para algo más decente. Todos
los fierros los puedes apilar y ponerlos de ese lado. La ventana
no tiene cristales pero con unos plásticos y cartones puede
quedar. Temprano hay que barrer todas las escaleras y luego
pasarles el trapo junto a los barandales. Ya te iré explicando
—hace una pausa. Se rasca la cabeza—. Mientras, tu prima
te puede ayudar a escombrar este desastre. Así podrán hacerlo
en menos tiempo —mister Hundred pasa la mirada una vez
más alrededor de la hecatombe y luego me arroja las llaves del
candado del cuarto entilichado—. Espero que no seas un pirulo malandrín, muchacho —da la vuelta y sale del cuarto
hacia la entrada, abre y se pierde escaleras abajo.

—Creo que le caíste bien, "primo" —prorrumpe risueña
Aireen al tiempo que exhala sus labios acaracolados alrededor
del aire, en círculos concéntricos que estallan sobre mis tím-
panos como pétalos de alarconias sobre el pavimento; esas florecitas que se elevan como dientes de león pero que si las toca
el agua o el sol se vuelven transparentes, ingrávidas—. ¿Podrás con este desastre, "primo"? —y vuelve a reír, así, telúrica.

[Si el infierno está bajo la tierra su temperatura debe ser un puto invierno; un congelador abséntico. Los brazos y piernas ya los tengo entumidos. El esfuerzo de enrollarme en mi propio cascabel me ha dislocado en ese agujero; la sangre me llega a la dermis apenas en oleadas raquíticas de bajamar. Siento de nuevo la pelusa caminar de mi oreja hacia mi garganta. Me hace cosquillas. Los brazos los tengo tan apretados que no puedo liberar uno para rascarme con furia. En ese momento escucho un eco sordo, asordinado por el montón de tierra, rocas y arena que me he puesto encima como si mi propia tumba fuera mi salvación.

¡Piuum!

Pienso en el Pepe y en su familia; pero pienso más en él y su paso hacia el otro lado. ¿Será difícil?

Es fácil morir, creo, pero ¿es difícil dar ese salto hacia el abismo?
¡Piuum!

Carajo. Otra descarga.

El eco de las balas rebota sobre las piedras que llevo encima y ahí muere, tiritando, en medio del desierto. Pienso que, a partir de ese segundo, los muertos ya han olvidado todo, incluso que están muertos.]

Aireen se marcha así, riendo, atada a su propia cintura. Yo comienzo a juntar todos los tubos y los acomodo en una esquina amecatados con unos lazos que desprendí de unas maderas. Encontré un cajón con revistas viejas, de la misma editorial con la que el Chief fríe los sesos a las señoras emperifolladas: *Reader's Digest*. Las acomodo sobre unos tablones. Hay bastante polvo.

Jamás he sido limpio.

Leí en ese mismo libro que se llevó la ñora Dobleú que la miseria jamás es limpia; que los pobres, además de pobres, somos miserables y sucios. Que sólo el arte puede volver la suciedad bella, y que los artistas más culeros son aquéllos que de la tragedia, de la miseria, del abandono, hacen una foquin obra de arte, como los putos fotógrafos que meten las manos ante la desgracia con tal de tomar una buena foto que les dé el foquin premio Pulitzer; pero aquí, en la foquin vida diaria, aquí, en esta foquin tierra, los pobres somos gachos, envidiosos, vándalos y raras veces solidarios. Los pobres nos comemos entre la mierda a nosotros mismos, dice el pensador gabacho. Y no hay esperanza de redención. Pero hoy no sé, este foquin polvo parece que lo quiero matar a chingadazos. Sujeto la cama y la acomodo hacia una de las ventanas sin cristales. Pongo debajo todos los triques y algunos tubos. Sobre la cama coloco los cartones y en un dos por tres el cuarto parece habitable. Salgo afuera y me robo un bote y unas flores de plástico. Luego me tumbo sobre el catre para probarlo. Las tablas son duras y se me clavan en las costillas. Coloco las manos atrás de mi cabeza y me quedo mirando el foco pelón del cuarto. No lo sé, carajo; sí, pienso, el mundo no es tan malo como parece después de todo, o yo qué carajos sé.

Cierro los ojos y pienso en Aireen.

•—ו≍◆≍ו—•

[Entre las sombras siento cómo la culebra se desliza por mis cachetes. Sus escamas lijosas me tallan la mandíbula y se escurre por un hueco hacia afuera del agujero donde estoy. Otra culebra me repta por la pantorrilla y sube para seguir a su compañera. Otra más la tengo atorada en la espalda. Serpentea hacia mi izquierda y pasa por encima de mi nuca. Su cola me resbala por la oreja y se diluye entre las grietas. Alrededor de mi panza está otra más. Pareciera que el olor a mierda que llevo las dulcifica para no picarme; para no pellizcarme con sus colmillos mi alma, mi cuerpo entelerido. Despacito libero mi mano derecha y empiezo a quitarme la tierra. Se me ha entumido

todo el cuerpo. Como si la tierra estuviera a punto de parir, me impulso en una bocanada y logro zafar mi brazo izquierdo. Hago fuerza, sí, así, y me descorcho hacia afuera tensando mis músculos. Sí, soy un foquin feto a punto de ser parido desde las entrañas del infierno. Un resucitado de la tumba. Los montones de tierra y rocas están más oscuros. Las víboras salen detrás de mí, en manada, enredadas en pelotas; anilladas entre ellas. La noche enjuta las estrellas, que palidecen arribita, como colando el chicozapote de agujeros blancos. Imagino que pronto va a amanecer porque veo una onda azul o verde que cruza nebulando el espacio sideral. Las hormigas de mis tumecidas piernas poco a poco van desapareciendo. Muevo los dedos de pies y manos. Lento, el calor me va volviendo al cuerpo. Exhalo como si fuera el último aliento de mi vida y un segundo después inhalo, así, atlimeyado, para llenar mis pulmones de foquin vida.]

Voy bajando las escaleras del edificio rojo. Me quedé dormitando sobre las tablas del catre y aún tengo sus rayas holandesas horadando mi espalda. Traigo los foquin ojos amodorrados, abotagados de pelos parados. Afuera del edificio pululan las mismas cosas; pareciera que el tiempo se ha petrificado y aún en movimiento estamos indecorosos vueltos simples adornos. Enfrente la librería está tal cual, apagada, maltrecha, atetada al borde de la calle. Quisiera entrar y volarme unos cuantos libros para pasar el rato. No creí que un día los extrañaría. El Chief es pendejo pero no imbécil; avaro pero al mismo tiempo displicentemente listo. ¿Dónde andará ahora?

—————

[—Ora, putarraco edoctum, veo que ya está entrando al redil y por lo menos sabe dónde están acomodados los foquin libros. Si vende más books pueque hasta le dé un aumento de sueldo, hiuj, hiuj, hiuj.
    Puto.]

Me quedo mirando un rato las mismas calles. Se me ocurrió bajar del cuarto de azotea para esperar a Aireen en el bus stop; pero luego pensé que ella se iba a molestar conmigo pues es tan fuerte por dentro que no necesita héroes que la defiendan por fuera. Además bajé a la calle porque la panza me chilla de hambre y ya no quiero seguir miserándole la papa. Miro la bola de camejanes que salpican el ambiente y chulean a las morriñas que pasan con sus shores cortitos, sus piernotazotas; piropeándoles sus fantasías enredadas de pelos y baba.

Faltan varias horas para que ella regrese. Así me lo dijo:

—No tardo; come back por la noche, "primo".

Así que puedo largarme un rato para intentar conseguir algo de money, como dijo mister Hundred, y no ser un paria malandrín. Me lanzo hacia la izquierda para avizorar algo que pueda servirme de punto de apoyo para levantar mi propio peso. Yo sé que hacia la periferia anidan algunos gringos que contratan rápido a los compas latinos para trabajar en obra negra, y otros más, para cargar bultos.

— ·≡·≡· —

[*Así me había dicho hacía mucho tiempo un enculado que había llegado a la librería para pedir un libro de aventuras y sexo:*

—Porque quiero dárselo a una chulada que me pantufla el alma; ya sabes, morro, algo que me la gane sin necesidad de gastar en tantas flores y que me la ponga bien caliente.

—¿Y por qué no mejor la lleva al cine, señor?

—No, prieto, la quiero conquistar sin tocarla. Además, el cine sale muy caro, y como yo estoy casado, pues mejor sin flores y sin chocolates, ya sabes, pa evitar el despilfarro.

—No sea codo, señor.

—*No soy codo, sino precavido. Si me dice al final del día que no, pues sólo habré gastado un puñado de dólares y nada más.*

—*¿Y si le dice que sí?*

—*Pues habré gastado lo mismo, y ya chingué, ¡qué no! Juaaz.*

Antes de despedirse con su libro de sexo lleno de anitos y verguitas pintadas en un Kamasutra edición rústica de 7.50, me cerró un ojo.

—*Me caíste harto bien, prieto. Yo soy capataz de obra y a veces necesito mano de obra barata. Cuando tú necesites work, allá me encuentras, en camellón street. Eso sí, la paga no es buena y el trabajo es para morir. Pero bueno, tal vez algún día no tengas fuerza para trabajar de intelectual como aquí y necesites una lápida de cemento para irte a morir allá afuera como nosotros, los pinches burros como yo. ¡Juaz!]*

Llego a la 92 y enfilo hacia la carretera conocida como el camellón de los workers latinos. La zona roja donde todos se hacen de la vista gorda y los migrantes se venden al mejor postor. No hay casi nadie porque ya es tarde, ya deben de ser más de las doce del día porque mi sombra atarantada está justo debajo de mis pies. Apenas un hombre viejo de barba cana está sentado sobre un huacal de madera junto a un bidón alargado; un par de morros más adelante están bajando unas cartoneras de una troca de tres toneladas. Me miran de soslayo mientras siguen arreando su respiración como búfalos desbocados.

—Llegaste tarde, chavo. Todos ya se fueron —me dice el anciano sin quitar la vista de la carretera. Los autos pasan y se van. El sol se ergastula bajo las piedras, levantando polvo ardiente; astillas de pleamar insolentado—. ¡Sólo a quien madruga Dios lo ayuda! ¡Eso que ni qué! —continúa como ido, sin mover más que los labios. Tiene la piel tostada y las orejas grandes y con pelos blancos y ensortijados en las entradas. El sombrero es tejano y lleva huaraches de llanta.

—¿Usted también llegó tarde?

El anciano no se inmuta. Parece que no me oyó. Los morros siguen descargando la troca y apilan las cartoneras en tarimas de madera que un operador remolca hacia el interior de una bodega escuálida.

—Los viejos sólo servimos como depósito de gusanos. Y nunca llegamos ni tarde ni llegamos temprano. Ni siquiera llegamos, vaya; ni siquiera la muerte me ha querido llevar, pero aquí sigo, esperando sin esperar nada —rezonga de pronto el anciano, como traído del más allá. Veo que sólo tiene dos o tres dientes como estalactitas que le cuelgan de las encías.

—¿Y vendrá alguien por aquí?

—Puede que sí, puede que no. A veces se descuelgan para trabajo nocturno y buscan chinampinas baratas para que les plomeen el cemento en los puentes o en las carreteras, pero que yo sepa, a últimas fechas, de algún trabajo, no. Ya casi nadie trabaja de noche porque se debe pagar el doble y la crisis está enfargada. Allá en mis adorados tiempos, cuando tenía más fuerza que esos dos jumentos juntos —señala con los ojos a los morros cargadores—, ¡qué me duraba el mar para echármelo en un buche! Pero todo por servir se acaba, y así como se nos va la vida, todo acaba por no servir.

El viejo se calla mientras sigue pelando los ojos arrugados hacia el horizonte.

—Oiga, ¿usted está borracho?

El viejo me mira por primera vez. Sus ojos están tan arrugados que las cejas le caen oblicuadas como enredaderas blancas hasta los pómulos. Hace una mueca y retorna la mirada hacia la carretera.

—Ya se fueron todos —y se queda como petrificado bajo las brasas del aire.

Después de horas de estar atado a la calor parece que nadie va a venir a contratar. El viejo sigue apelmazado sobre el huacal mirando el fondo del horizonte. Yo me fui a alagartijar bajo un anuncio destartalado de Exxon que escupía un poco de sombra. Tengo hambre, sed y hambre. Los morros hace mucho rato acabaron de descargar la troca y ya se hicieron pinole entre las grietas. El sol es tan fuerte que disuelve hasta lo que estoy pensando en un rumor dilatado.

—Oiga —le digo con la lengua de corbata—, ¿qué hora tiene?

A las seis de la tarde decido regresarme a mi cantón provitorio, a mi cuarto de azotea. No he conseguido nada de trabajo ni nada de nada, salvo tostarme un poco más las glándulas sudoríparas. Es cierto, por ahí no pasarían ni siquiera las culebras bizantinas, como me había dicho el anciano.

—Si quieres chambiar, vente a más tardar a las seis de la mañana. Eso sí, tráete un par de billetes para pagar la cuota.

—¿Cuál cuota?

—¿Cómo que cuál cuota? ¡La cuota para tener derecho de hacer bisnes por aquí, boy! ¿Qué no has aprendido nada?

—¿Y a quién se la voy a pagar?

—¿Pues a quién ha de ser? Al cobrador del mero mero.

—¿Y ése quién es?

—Pos yo mesmo, chango marango.

—¿Y si no pago?

—Pues no trabajas y punto.

Aireen toca a mi puerta. Yo estaba husmeando las revistas viejas del cuartito. Había encontrado una revista *Life* de 1964. Traía una secuencia de fotos de Kennedy al ser asesinado en Dallas. Sí, al cabrón ese que le partieron el coco por mitad. Por increíble que parezca, sin conocerlo de vista, ya lo conocía de oídas; en una foquin novela había leído sobre su vida y sobre su muerte, pero jamás es lo mismo ver palabras momificadas que ver la foto donde le perforan la choya de un putazo. Las fotografías estaban borrosas y mal enfocadas, pero se percibían sus sesos en el aire y en la cajuela de su nave.

—Está abierta la door —grito, pero Aireen vuelve a tocar y yo salto como dídimo resorterado hacia el picaporte.

┄┄━◆━┄┄

[En cambio, la mayoría de los libros que había leído en la librería sólo salpicaban basura cenagosa sobre la retina; llenos de palabras dípteras como agujas sin filo.

—Oiga, Chief, hace rato vino el foquin loco ese quesque es escritor; el de la nave espacial sin frenos. Me preguntó si teníamos algo del Pi 3.1416 Téllez. Algo sobre una novela de tablets y redes sociales que se llama Conection Feisbuck. Que si se la podemos conseguir.

—¿Ya no le gusta la narconovela?

—Pues ahora no nos pidió nada de los nahuatlacas.

—Ese pajarraco dentrito cambia de gustos como de calzones. Al rato hasta le va a gustar Coelho. Hiuj, hiuj, hiuj.

—¿Y ése es malo, Chief?

—¡Ay, pajarraco putalón, si supieras! Y por eso no me extrañaría que le gustara a ese bicho, con toda la mierda que se mete por los ojos.

—Pero es lo que más vendemos, Chief.

—¿Y qué? El foquin escusado es primordial para la vida porque todos cagamos una vez al día, pero no por eso lo ponemos de pedestal en medio de la sala ni le rendimos pleitesía, ¿o no?

—No le entiendo, Chief. Usted caga más veces al día.

—Ay, Dios mío, ¡líbrame de este coruco pendejo! Cómo vas a entender si eres un foquin putarraco analfabestiálico. Lo que te estoy diciendo es una metáfora del capitalismo.

—*Puto.*

—*¿Qué dices, putito mariguano?*

—*Que puto el capitalismo ese, patrón. Como le llamó la otra vez: puto neoliberalismo, ¿no?*

—*No te pases de listo, foquin putarraco telérico.*

—*Yo jamás, Chief. ¡Cómo lo va a creer!]*

—¡Qué cambiado has dejado este cuarto! —dice Aireen al momento de pasar al cuartito. Lleva un trapo anudado a la cabeza y una bandeja en las manos. La luz del foco pelón la inunda. Yo iba a esperarla en la parada del bus cuando regresé de no conseguir nada de plata y sí mucho calor, pero mejor decidí no hacerlo aunque me estuviera mordiendo las uñas todo este rato. Mejor me puse a leer esas revistas viejas que encontré. Ahorita deben ser las diez o las once de la noche. Aireen pone la bandeja con un vaso de leche y un poco de guisado en unos tablones que acondicioné como mesa de centro. Sobre ella coloqué el bote con algunas flores de plástico que había arrancado de los macetones de afuera. El cuchitril luce como una pequeña madriguera bien aseada. La cama está cubierta con los periódicos y revistas y no se ve polvo por ningún lado. Los tablones restantes los puse fuera de la vista, ocultos bajo la cama.

—¿Le gusta? —pregunto a modo de respuesta, con la mirada enclavada en mis druídicos latidos.

Aireen pasea la vista por la habitación y se detiene en las flores. Las mira. En ese momento pienso que tal vez irá a decir algo como lo que leí en un cuento de un putañero escritor oxidado: "La ventaja de las flores de plástico —le dijo Popeye a su Popeya mientras sostenía su mano enamorada— es que nunca mueren, como jamás morirá, oh, mamada mía, lo que hoy siento por ti forever." Pero Aireen no dice eso. Sólo mira las flores de plástico y sonríe. Da un rodeo por la derecha y se sienta en las tablas de la cama. Yo no sé hacia dónde moverme, así que no me muevo; sólo engarzo mis manos para que dejen de temblarme.

—Aquí se siente mucha paz —dice de pronto Aireen. Recarga las manos sobre la cama y arquea el cuello hacia atrás mientras cierra los ojos. Los dos quedamos en silencio. No se oye nada; el silencio se ha convertido en espuma que fluye por el aire.

Sólo a veces, a veces muy de vez en cuando, como una rareza emética, el ruido de algún auto trepa hasta nosotros. Aireen comienza a girar la cabeza como si le doliera el cuello; como si bailara al son de una música invisible. En ese momento Aireen abre los ojos y su mirada me saca de sus labios; de su sonrisa exógena; de sus perfectas y bien engrapadas cejas. Deja de sonreír de pronto y yo testereo el aire que me rodea con un temblor malquistado; un tirito enchufado a mi espinazo desde la rabadilla hasta el coco. Me encojo y me desfirulo con un rubor que me empieza a punzar en los cachetes como si me perforaran sus ojos las mejillas.

—¿Cuántos años tienes, chivato?

Yo sigo apendejado, como un voyerista descubierto espiando detrás de un agujero. Me recojo de hombros como un estornino apuñalado; como una lombriz empanizada de sal.

—No lo sé.

Aireen se echa un clavado en mis pupilas y empieza a bucear a lo largo y ancho de mis viscosidades.

—What! ¿Cómo que no lo sabes, chivato? ¡Haz memoria!

Hago memoria. Intento traer el pasado remoto al presente. Aireen se echa hacia adelante sin dejar de mirarme.

Espera mi respuesta. Las manos ahora me sudan tanto que podría exprimirme una a una todas las gotas de mis dedos.

—No sé… Según mi tía que no era mi tía, sino que era mi madrina, yo debo tener entre dieciséis o diecisiete años, pero no lo sé. Yo creo que tengo diecisiete, pero no lo sé. Tal vez hasta tenga más o quizás menos.

Aireen entrecierra los ojos como las personas cuando están pensando en cosas profundas; cuando la reflexión se apersona en las entrañas del cacumen; en ese territorio donde una idea se puede estirar hasta el infinito y desgaja, con su serendipia, toda la materia del universo.

—¿Entonces qué día cumples años? —dice aún con los ojos buceadores, de plato engargolado.

De inmediato quito avergonzado la mirada de sus ojos. Me siento chinche. No sé sostener la mirada de nadie cuando las cosas que me duelen se conectan por la retina como un puente conecta dos tierras lejanas. Lento, como una súplica de perdón, con un avergonzamiento escarlatino, le contesto con mi acento jorobado mirando hacia sus pies hermosos:

—Yo jamás he cumplido años antes.

— ◆ —

[—*Tía…*

—*Chingaos, ya le dije que no me diga tía; apenas soy su madrina y ya me arrepentí de serlo. Malhaya el día en que contraté a su madre como chacha de la casa. Para puras desgracias y tragedias en esta vida de roña.*

—*Madrina, ¿sabe qué día nací?*

—*Eso qué importa. Total, jamás vas a pasar del corredor.*

—*Madrina… ¿cómo era mi madre?*

—*Tu madre no tenía madre. Por eso pagó caro tantos cascos ligeros, verdá de Dios.*

—*¿Y ella me vio cuando nací? ¿Me cargó? ¿Supo cómo era yo?*

—*No, escuincle de porra. Porque ella ya estaba muerta y tuvieron que abrirla en dos para sacarte de su panza, así, como en la pescadería abren a los pescados para sacarles la hueva. Y si no hubiera sido*

por mí, habrías ido a parar a un bote de basura o al hospicio, o qué
sé yo.

—Madrina…

—¿Qué?

—¿Y cómo era su puta madre?]

Aireen regresa al cuarto con un pedazo de pan rebanado y
untado con leche azucarada, y su celular para sacarnos una
foto, dice. Hace rato brincó de la cama y salió disparada hacia
el departamento de su abuelo mientras yo acababa el guisado
y la leche para que dejaran de gruñirme las tripas.

—What! —repitió dando una zancada gimnástica y se fue.
Yo quedé al garete cacaruto; asimborzado cuando ella pasó a
mi lado. Jamás creí que eso fuera importante para otros; o que
a alguien le importara el paso de los años, celebrarlos, fijarlos
en la memoria, tomarles foto y luego dejarlos ir—. Un cumpleaños sin vela no es cumpleaños —dice Aireen, risueña,
mientras intenta encender una cerilla y ponerla en medio del
pedazo de pan. Sus dedos son finos y las uñas las tiene esmal-
tadas con un color anacarado bronce—. Ahora sí, apaga la luz
right now, que debes soplarle antes de las doce de la noche
para que cumplas años dos veces: hoy y mañana.

Me estiro hacia la pared y bajo el contacto de la luz. La
noche entra explosiva al cuarto por todas sus heridas abiertas
mientras la cerilla prendida, ahí, expósita, me inflama por todas partes. Porque su luz tenue, temblorosa, que se está consumiendo sobre el pan, les da un brillo hipocorístico a los ojos de
Aireen; sus hermosos ojos de estoperoles risueños; sus ojos
de chivata de cantera de alabastro. El claroscuro se vuelve real;
nuestros perfiles morenos, imagino, son rembrandtditizados
como obras de arte; por lo menos el de Aireen, que sobresale
de entre todas las cosas en esta noche que deseo sea eterna

para conservarla insómnica por el resto del tiempo, donde cualquier insomnio puede llenarse con retazos de instantes perenes.

—Right now! —grita mientras toma una fotografía con su móvil. El flash parpadea y se extingue rebotando adentro de nuestras pupilas.

Soplo tan fuerte que el cerillo se dobla y el humo se esparce sobre el pan con leche azucarada y ahí, como una llamarada de obsidiana, quedamos a oscuras.

—Vuelve a soplar now, que ya son las doce de la noche.

Yo soplo sobre otra cerilla que ha encendido hace unos instantes mientras me toma la siguiente foto. El flash de su móvil reincide y se apaga junto a la cerilla.

El humo pálido de las cerillas comienza a tocarnos el interior de las narices.

—Bien —me dice Aireen a oscuras—, ahora ya tienes diecinueve años y ya somos de la misma edad —y suelta una risita descocada que sólo oigo ondear, paulatina, de ida y de regreso como una banda elástica.

—¿Diecinueve? —le pregunto de inmediato, como una revelación geórgica, sin dilación, para comprobar que he oído bien su edad; su hermosa edad donde ella es reina y princesa de su imperio.

—Yes —contesta—, pero si quieres más años, not problem, podemos encender otra cerilla y en un instante tendrás veinte.

Sin saber cómo, sin entender su principio, una risa esdrújula se apodera de mí; me recorre desde la panza hasta los cachetes, y sin esperarlo me oigo por primera vez, como si fuera otro, un marrano tal vez, desdoblado, reír a buches como si el mecanismo de la risa fuera autónomo y yo el maquinista irrefrenable.

—Urrrrr grajahja —sueno como un puerco marrano—, urrrgjajaja —es un ataque de hormigas rijosas que me pululan la garganta—, urrrr grjajajhajaaii —no puedo contenerme; soy un amasijo de nervios que echo por la boca en forma de risa gruñijosa. Intento explicarle a la chivata tartamudeando—: Yo-yo yo preguntaa grrauuajja pooor tuu e-edá jajjaurgurgurg.

Aireen, al oír mis marranadas tartamúdicas, supongo, también comienza a reír junto conmigo, epidémica pero limpia, transparentosa, en un portento de colibrí encantado, y en segundos los dos somos un manojo de risas estrepitosas, disonantes, con esa cacofonía que replican las paredes del cuartito donde nos hemos contagiado.

Y reímos.

Reímos duro, fuerte, como un butrón perfecto; agujereando las paredes para robarnos tesoros inimaginables.

Consumiendo más oxígeno estridente, ése que sólo puede salir a borbotones por el cogote.

—¿Prendo la luz? —le digo en una pausa, cuando la boca del estómago ya comienza a dolerme y tengo lágrimas chisporotas empapándome mis pestañas de aguacero.

—To-todavía no, pri-pri-pri-mo.

Y sin pensarlo, al oírla tartamudear como supongo tartamudean las borregas al parir, vuelvo a cargar mi risa, desopilante, y la despanzurro hacia todas partes. Me duele la tripa pero no puedo parar el ataque de risa; estoy incontinente, y río y gruño; gruño y río al mismo tiempo como Calcante.

[—Ría, putarraco ansiolítico, que luego le digo cosas graciosas y usted se queda como bruto, apendejado, con cara de marrano triste.

—¿Y por qué voy a reír, Chief, si usted ni me paga lo suficiente?

—No sea pendejo, putito, si no le estoy cobrando por hacerlo reír. Sólo es para que quite esa foquin jeta de palo carretonero y no me espante a los foquin clientes.

—Ta güeno, Chief, reiré con sus pendejadas.]

Apenas hipamos. Estamos exhaustos. El cuarto permanece oscuro. Oigo cómo su respiración va apaciguándose lenta, desflorida agelasta, como gotas frigias que se adormecen al contacto de las hojas de roble veneciano.

Su cuerpo ha dejado de testerear la risa.

—Ven, vamos afuera.

Se levanta de la cama y sale hacia la azotea.

La luz mercurial de la ciudad nos pega de rebote.

Aireen pone un pie en uno de los postigos de madera que debieron ser de la Era Cuaternaria y trepa hacia lo más alto de la azotea del edificio, por encima de los lavaderos. La sigo engatado apoyándome en un pretil. No digo nada. Pareciera que las palabras se nos quedaron en el cuarto junto a los estertores de la risa.

Arriba el viento nos sopla en el rostro, discreto, por entre los edificios más altos que iluminan sus oficinas a lo lejos. Casi no hay autos que transiten a esa hora. Los semáforos están en ámbar. Aireen dobla hacia una de las esquinas del edificio y se sienta en el borde del techo. Yo la sigo y me siento junto a ella. Nuestros pies cuelgan hacia el vacío. Abajo, muy abajo, se ven los árboles de las calles. Se ven las jardineras. Los autos aparcados. Algunos camagüeyes que van o vienen. Los anuncios que se apagan o se prenden. Se ve el techo de un camión recolector que lleva encendida su luz amarilla. De este lado del edificio puedo mirar mejor el parque Wells. Se ve oscuro en algunas zonas, pero se puede ver, diminuta, la fuente principal. Más allá se ve el estadio de béisbol con poca iluminación.

Y, más cerca, veo los ojos de Aireen que se abren y se cierran, acompasados, mirando la ciudad.

—¿Por qué me defendiste ese día como warrior? —suelta al cabo de unos minutos de silencio incorruptible.

Su pregunta me hace voltear a verla. Sus ojos aún los tiene clavados en un punto suspendido allá a lo lejos, en ese horizonte yanqui. Me recojo de hombros y luego retorno a ver a un cameján que ruletea con un patín del diablo por la banqueta de allá abajo.

—Cualquiera lo hubiera hecho —le digo sin darle mayor importancia.

Volvemos a quedar en silencio. Miro un poco más arriba y veo algunas nubes almidonándose con algún tipo de luz blanca de la ciudad. El viento se ha vuelto estático, tal vez encallado en nuestra invisibilidad.

—No cualquiera. Lo hiciste tú.

Yo no digo nada. ¿Qué puedo decir? Aireen comienza a mover suave las piernas, como si estuviera en un columpio.

—Siento mucho lo de tu librería —dice al cabo de otro rato.

—¿Qué?

—Que perdieras así tu trabajo.

Intento girar la cabeza para ver la librería, pero está del otro lado. No había pensado en eso. La doña, el Chief, los doñitos. Los puercos editores. Los foquin distribuidores. Los clientes regulares, irregulares, ocasionales, despistados. Los libros. Los libros de todas las envergaduras. La foquin poesía que era como trabalenguas; como acertijos donde yo casi nunca le atinaba ni aunque leyera todos los diccionarios del mundo.

⊷ ══◆══ ⊶

[—*"Al calor de la muerte / ¿sucumbe también el frío?"* ¿Qué coños quiere decir eso, Chief?*

—*Quiere decir, nada más ni nada menos, prieto evanescente, que usted es un pendejo común y corriente, putarraco frígido.]*

O también en el teatro y las novelas piñatas, aquéllas que con un palo se desvirgan. O los barcos en fotografías de libros grandes y gruesos. O como el libro de las ciudades americanas enmarcadas en noches iluminadas por un chingadal de lucecitas de color farol rey: New York y Brooklyn, Dallas, Houston, San Francisco, Chicago, Los Angeles, todas como ciudades marcianas y no como las de mi pueblo, iluminadas a pura vela perpetua.

También se me vienen a la mollera todos los libros con dibujos que hojeé en el tapanco.

‹‹‹···›››

[—¿Por qué no respeta los libros con dibujos si es lo que más se vende, Chief?

Porque el Chief mismo los compraba sólo para calmar la sed de las bestias y ganar, por supuesto, algo de plata con la masacre de las propias víctimas, decía.

—*Si quieren joder con monigotes, putaqueño turulato, pues que se jodan con monigotes todos los adverbiosos, ¡a mí qué! Total, para la foquin incultura están pajarracos como tú, ¿o no, putito estratosférico?]*

—Ya encontraré otro trabajo —le digo a Aireen.]

Aireen cierra los ojos y exhala ruidosa entronizando su pecho hacia el firmamento. Apoya sus manos a los costados y se recuesta sobre el perfil del techo con la mirada hacia el cielo nocturno.

—¿Te gustaba?

—¿Quién?

—¿Cómo quién? Tu trabajo. Porque las veces que te miré siempre estabas leyendo libros o acomodándolos en las vitrinas. Ese trabajo debió ser un trabajo muy pesado, ¿no? —suelta una risita sarcástica; ironizada por el marfil de sus dientes.

—¿Y tú en qué trabajas? —le contrapregunto de inmediato para no seguir pensando pendejada y media junto a ella y desviar el tema hacia lo importante: su respiración junto a mí.

Pero Aireen, en vez de contestarme rápido, echa otra carcajada impronta que sale a velocidad luz hacia el otro lado de la galaxia; súbita, por entre esas nubes grises y negras que parecen fantasmas blancos.

Cuando deja de reír con una risa que me parece distinta a la de hace un momento; o la de allá abajo en el cuarto; porque ahora su risa se tienta como una risa melancólica, tal vez, o qué sé yo, me pregunta:

—¿No te da miedo?

—¡Qué?

—¿La altura, chivato?

Me inclino hacia adelante y miro abajo. Mis pies están acuaflotando a unos veintitantos metros del suelo junto a los suyos, que sigue meciendo como mecen sus alas las mariposas.

—¿Debería darme miedo?

Aireen se medio incorpora apoyándose en un codo y clava sus ojos en los míos.

—¿Y yo? ¿Te doy miedo?

Ahí, ensorbado, trago saliva, o mejor dicho, se me seca la foquin garganta. Me quedo atomizado como un foquin grumo crudo. Creo que asperjo temblores a la noche. No sé si Aireen se da cuenta o no, pero dice de pronto, al ponerse de pie de un brinco sin ningún temor a caer al precipicio:

—Es broma, "primo" —y ríe—. Ven, vamos... Ya es tarde.

Me extiende la mano para ayudarme a levantar.

Por primera vez toco su mano con la mía. En un instante la palpo en todas sus huellas digitales, en todas sus falanges y en todas sus uñas de bronce; la siento laberíntica. Me pongo de pie sin soltarla. Los edificios bullen a nuestro alrededor. El viento comienza a ponerse en marcha. Estamos al borde del techo; en su perfil, parados. Un paso en falso sobre el aire y podríamos caer como dos aerolitos allá abajo, sobre el concreto, pavimentando con nuestros huesos la calle, las jardineras, los árboles, la ciudad entera. Pero no caemos. Aireen me ve a los ojos. Si la eternidad tuviera la extensión de ese instante, el universo cabría en la punta de un átomo. Sus ojos, sólo ellos, hacen una parábola que incendia los míos. Todo en la ciudad parece detenido: los autos, los semáforos, las personas que van o vienen, los perros, los gatos, las polillas bajo los reflectores, el camoteo de los rinocerontes, las jirafas y los aviones. El bullicio de las flores y el cuchicheo de las hojas de árboles enamorados. Los escondrijos de las estrellas que se difuminan en Andrómeda. De pronto Aireen me suelta y todo se pone en movimiento de nuevo; da media vuelta y comienza a descender por donde subimos.

—¿Y tú a qué le tienes miedo? —le grito también por primera vez.

Aireen despacha otra carcajada parecida a nuestra primera risa y brinca del postigo hacia el suelo.

—Hasta mañana, chivato. Que tengas dulces sueños… Feliz cumpleaños —se aleja invertebrando la noche hacia las escaleras, donde desaparece, tumultuosa, en un santiamén.

Sigue siendo domingo, ¿lo sé?

No quiero levantarme.

No puedo levantarme.

Desde hace casi una semana no he dormido bien, o he dormido muy mal. Desde la putiza paleozoica.

Las tablas de la cama las traigo incrustadas en el lomo como una cruz.

Intuyo que ya es muy de día porque a través de mis párpados puedo ver un poco de claridad arrojada por lo traslúcido de ellos.

Después de que Aireen se fue en la madrugada dejándome como un papalote crucificado en el aire de la azotea, caí como muerto, así, llano sobre los maderos y sus clavos. Ni siquiera quité las revistas cuando aterricé sobre la cama. Estaba tan cansado; tan homéricamente agotado, que por un momento pude ser un foquin Catulo odiando y amando al mismo tiempo, con frenesí, como los suicidas locos que se empecinan en adorar las espinas y no las flores.

⊷ ⋙✦⋘ ⊶

[*El Chief me extendió un libraco a principios del invierno, así, de la nada.*

—¿Y éste dónde lo acomodo, patrón?

—En su cabeza, cacatúa hueca.

—¿Y a son de qué? ¿Me lo va a cobrar después? ¿A lo chino?

—Hiuj, hiuj, hiuj, paquidermo emplumado. ¿Ya vio el título?

Leí: Poesía española del Siglo de Oro.

—¿Y esto para qué, Chief? ¿Se está burlando de mí, si sabe que nomás no?

—Es que hice una apuesta con el argentino sobre vos, boludo —me dijo fingiendo un acento de amoniaco de plata.

—¿A mi favor?

—¿Cómo va usté a creer, retruécano empedernido? Claro que no, aposté en su contra, hiuj, hiuj, hiuj.

—Chingue a su madre, patrón.

—*No se enoje, carcamán trapezoidal. Aposté con el foquin Che reputanecio a que usted tiene toda la cabeza hueca y que no le iba a entender ni un foquin carajo a este mamotreto. Así ganamos los dos: usted en incultura y yo una foquin plata sólida.*

—*Vaya y rechingue a su madre, patrón.*]

Cruzo las manos por detrás de la cabeza como almohadones de carne. El sueño poco a poco se me va espantando como si mi coco tuviera una fuga; una clepsidra diamantina a la que se le va acabando el agua.

Unos minutos después descuelgo los pies para aterirlos al suelo. Es cierto, la luz está en su punto azuloso más ponchador. Pero creo que es más tarde de lo que parece. Desciendo de los maderos. Es domingo. Y me elevo sobre el suelo con las rodillas tiesas. Me duele todo el cuerpo, por la risa, por el frío, por los tablones y por el sueño. Miro el pan de mi cumpleaños que yace sobre el platito con las puntas de las cerillas quemadas. Alargo la mano y lo tomo. El hambre me inverecundia las lombrices, no sé, uno siempre anda con hambre por dentro y mucha sed por fuera. Le doy una tarascada, así, como catastrando todas sus dimensiones hasta que todos los bocados terminan traqueteados en el fondo de mi barriga.

Diez minutos después estoy frente a la puerta de Aireen con los platos. Ya los limpié con un trapo para no entregarlos sucios. Ella me abre. Lleva una sudadera gris, unos mallones de teca áulica y zapatitos de algodonera fría.

—¿Los lavaste?

—Sólo les sacudí las migajas —le digo.

—Ponlos en la cocina.

Me hace pasar. Yo la sigo y cierro la puerta. Los ventanales están abiertos. La mesita de centro tiene otro mantel de chaquira puesto. La computadora está apagada, los floreros siguen llenos de plumas y un pequeño televisor o radio se escucha en una de las habitaciones del fondo.

—¿Tienes hambre? —me dice mientras acomodo los trastes en el fregadero.

—Hace rato me comí el pan con azúcar.

—Eso no es comida. ¡Sírvete de ahí! —dice señalando una olla de aluminio encima de una estufa blanca mientras sale hacia el pasillo de las recámaras.

Tomo un traste de los que había traído y sirvo un poco de estofado. Las lombrices me vuelven a brincar. Cojo una cuchara, pongo el plato en la mesa de la cocina y me siento en una silla de madera y grecas anaranjadas. Miro que alrededor está un refrigerador oxidado en la parte de los goznes. Hay ollitas colgadas en las paredes y pequeñas repisas con adornos viejos.

Aireen regresa cuando ya estoy por terminar el plato.

—¿Estuvo rico? —me pregunta. Yo asiento con la cabeza y la cuchara embuchacada entre mis fauces—. ¿Verdad que ya me podría casar? —y ríe con sus dientes blancos.

Trago y le sonrío con pedacitos de guisado escondidos entre las encías.

—La otra vez vine aquí para darle las gracias por la sopa de pollo pero había un viejito ahí sentado. Ahora no lo…

—¿Fuiste tú el que vino el jueves? —me interrumpe—. Mi abuelo me contó que alguien vino a buscarme pero no me supo decir quién. Pensé que había sido otra persona.

—Vine después de verla en el parque.

—Fue el jueves. A quien viste sentado ahí es a mi abuelo —baja la voz de repente—. Desde hace meses no se ha sentido muy bien. Ahora está descansando en su habitación.

—¿Qué tiene? —le digo también con voz baja.

—No sabemos. Le duelen los huesos. Dice el médico que es por los años.

—¿Se va a recuperar?

—Claro que se va a recuperar.

—Está un poco loco, ¿verdad? —lo digo aún más bajo para que no me vaya a escuchar ni de chiripa el abuelo de Aireen.

—Como todos los artistas —responde de inmediato.

—¿Cómo? ¿Qué hace?

—Ahora ya no hace nada. Pero esos cuadros que ves colgados en las paredes, él los hizo. Fue pintor hace muchos años, pero ahora ya no ve bien. Dijo un día: "Hasta aquí llegué". Y guardó sus pinceles y se dedicó a mirar a través de esa ventana cómo se van los días. Ya no quiere salir a ningún lado. Si no fuera por los del servicio social, mi abuelo sólo platicaría conmigo.

Miro las pinturas que cuelgan de las paredes. Me parecen horribles.

—Parece que su abuelo estaba enojado cuando las pintó, ¿verdad?

Aireen gira su vista hacia donde estoy observando un cuadro con salpicaduras como gargajos de colores. Suelta una risa de chivata loca, volumétrica, expansiva, que entroniza sus hermosos labios.

—Waaaajaaa!

—What! —la miro desconcertado.

—Lo siento. Es que me da risa. Yo también pensaba lo mismo hasta que me explicó que esas manchas eran arte; arte abstracto.

—¿Aireeeeen? —se oye de repente la voz de su abuelo retumbar desde el fondo del pasillo—. ¿Estás bien?

—Sí, abuelo. Estoy bien —grita con dirección hacia el pasillo; luego se dirige hacia mí en voz baja—: Yo sí creo que estaba enojado cuando pintaba sus manchas aunque él me diga que no.

—¿Y si lo sacamos a pasear? —le digo improvisando, así, febril.

—Es más fácil sacar a pasear a una piedra que a él. Los del servicio social le han dicho que vayamos todos a la calle y no quiere. Dice que la calle es un vertedero de superficies incoloras.

—Me lo puedo echar al hombro como un marrano y lo podemos sacar a pasear aunque no quiera.

—Ya lo intentamos, pero se agarró con dientes y uñas del barandal y lo tuvimos que traer de regreso. Fue un escándalo en todo el edificio.

—Lo podemos noquear.

—¿Cómo?

—Así, con los puños. Un macaguamazo en la chirimoya y listo, se pone a dormir anestesiado y lo llevamos al parque para que disfrute de la vida; que mire los árboles, o las ardillas, que hay muchas.

—Jaaa —ríe otra vez estentórea, calámbrica, por todos los recovecos de la cocina hasta la entrada de todas las puertas del departamento.

—What! —le digo cabizambo.

—Ay, chivato. Eres bien gracioso.

—Aireen, ¿qué pasa? ¡Cuenta el chiste! —grita de nuevo el viejo.

—Nada, abuelo. Oye, ¿quieres salir a pasear a la calle?

—¿Para qué? Si lo mismo que hay afuera lo traigo adentro de la cabeza.

—Pero necesitas respirar aire limpio.

—Allá afuera hay puro smog. Prefiero mis propias contaminaciones aquí dentro.

—¿Ves? —me dice entornando los ojos y poniendo su mano encima de la mía—. Mi abuelo no va a abandonar nunca esta casa —y pone los ojos más tristes que yo hubiera visto jamás en toda mi vida, así, apachichados como una Coatlicue enredada en sus propias faldas de víboras plañideras.

[Jitanjáfora palurda. Jitanjáfora de pie. Jitanjáfora obnubilada, ¿por qué los cuentachiles escribidores no inventaban nada nuevo bajo el sol? ¿Sólo las palabras que vienen enlatadas en el diccionario?

Así el Chief había ganado unos dólares por la apuesta sobre mi ignorancia con el hijo de puta argentino. A pesar de mi renuencia, quise demostrarme a mí mismo que sí podía entenderles a unos vatos necios llamados Góngora y otro foquin güey llamado Quevedo. Y ni madres, por la vista me entraba lo que por las orejas me salía. No pude entenderles ni media greña aunque ya había leído todo el diccionario y todo el libro de Poesía española del Siglo de Oro, donde sólo había sentido el plomo. Sí, así, leí una letra del diccionario cada tercer día para ser menos burro de lo que parecía. Pero la poesía atrabancada, con su cogulla de pies a cabeza, se me escapaba de todos modos; de todas las maneras posibles porque todos parecían decir lo mismo pero de distinta manera: "Cómo sufren y se acongojan / plañideras musas / de todo lo que les duele / a los maricones poetas". O así lo veía.

El Chief me preguntó a mediados del invierno frente a su compa argentino al que luego invitaba a sus parrilladas en su casa del suburbio:

—¿Sabe qué es una jitanjáfora, putarraco rascuache?

—Mis huevos, patrón.

—¿Le ha entendido algo al mamotreto ese?

—Sí.

—A ver… Explíqueme qué es una cogulla, ignaro pajarraco.

—No sé.

—¿Ves, compa? El pajarraco tiene plumas en la cabeza —se dirigió al argentino, que había migrado a Estados Unidos desde la Patagonia en la época de los Picapiedra—. Me debes harta plata, boludo.

El gaucho rastacuero, un poco apopado y gordo, sacó un bonche de billetes que no le entregó, sino que sólo le dijo, mostrándoselos en la jeta al Chief:

—*Sos un firulete, hijo e puta cañabobo. Doble o nada para el partido de fútbol de la Copa Libertadores, ¿eh? ¿Qué decís?*]

Aireen se levanta y quita su mano de encima de la mía. El calor me ha fundido en un caldero acorazonado. Da una vuelta por la cocina acomodando enseres, paliando el espacio para encerrar latas detrás de una alacenita de madera chorreada, guarecer en cajones cuchillos, tenedores, ollas, jícaras, metates, ojivas nucleares, polvo de estrellas, soles y lunas, pedazos de invierno, de primavera, horas difuntas, hormigas.

Después de un rato trajinando, Aireen se sienta de nuevo frente a mí. Mira por encima de mi hombro, atrás, donde la ventana de la cocina se abre y deja ver la muralla de casas de los vecinos. Se queda como ida, como un pájaro encerrado en una jaula que desea con toda su alma salir a piar a las ramas de enfrente. Quién pudiera saber lo que pasa por su cabeza en este momento.

⊷⊷⊷

[*Cuando comencé a leer libritos que ya no tenían dibujos, me gustaba saber qué pensaban las gentes que vivían ahí, apelmazadas entre sus páginas sin necesidad de abrir la boca. Era uno como un foquin fisgón de todo cuanto sucedía en sus interiores. Pero luego me di cuenta que eso de la literatura no tenía nada que ver con la vida diaria. Por lo menos no podía evitar pensar que nadie sabía qué estaba pensando cuando me tendía a contemplar las ardillas, o los árboles. A veces intentaba saber qué pensaban los de junto, mi Chief o los clientes de la librería, o la ñora, o el argentino, los camejanes, las pirulas, los vatos y las morriñas, la chivata del 7 Eleven; los catetos y las hipotenusas. Por eso se me hacían tan falsas las palabras en los libros, tan falsos sus pensamientos, todos lineales, sin el barullo de todo lo que nos pasa cuando andamos a pie por las calles, caminando, adentro de nosotros mismos; se me hacían falsos sus vericuetos, donde todo estaba tan ordenado que nada se salía del margen, ni de palabra ni de hechos; pero yo qué carajos sabía de eso.]*

Ahora intento saber qué piensa Aireen como si fuera un agarruñado telepático, un telequinético friki y pudiera meterme en sus pensamientos; pero no se puede: la vida real nada más da plumazos difuminados de las personas y no trazos precisos como en los libros que sólo sirven para entretener. ¿Qué estará pensando Aireen mientras mira por encima de mi hombro hacia la ventana? Sus iris están tan estáticos que podrían congelar las moléculas del tiempo.

—¿Te gusta el pescado? —dice de pronto, recuperando su mirada hacia mí.

—¿El que tiene espinas? —contesto en un acto reflejo.

—No, menso, el que nació con huesos —responde también a botepronto. Luego continúa—: Acompáñame al Mall Center.

Vamos bajando las escaleras y yo me adelanto de un brinco para abrirle la puerta de salida de su edificio rojo.

—No es necesario —dice enfadada—. No soy inválida, chivato.

Yo lo sé, pero no digo nada. Sólo espero que ella pase y luego dejo que la puerta se cierre tras de mí. Ella lleva una bolsa de tela para las compras que sacó del horno de la estufa donde la tenía guardada. Arriba, en el departamento, se acomodó el cabello, fue con su abuelo a decirle que iba a salir a las compras y así salimos. Yo atrás y adelante de ella, como un moscardón que revolotea a su alrededor.

Bajamos las escaleras de piedra y cruzamos hacia la esquina de la librería. Ya no se ven las cintas amarillas de caution, sino que, además, el cristal de la vitrina ya ha sido repuesto. Ya no tiene la madera de hace unos días, por donde entraron a despanzurrarla. No se ve nada de movimiento adentro. Pareciera como si fuera un buque fantasma que se arreglara solo, como un animal herido que se lengüetea las heridas para que sanen. La librería queda atrás y pasamos por el callejoncito de la vuelta. La puerta permanece cerrada.

—¿Sabes? —me dice cuando ya hemos cruzado el callejón—. No creo que haya sido venganza.

—¿Qué venganza?

—Sí, venganza de la otra vez hacia ti y la book, cuando te tundiste a los camejanes y pirulos por defenderme.

—¿Cómo?

—I dont'n know, sólo es una corazonada.

—¿Por qué lo dice?

—No sé, los pirulos aguantan vara, y si fuera de venganza irían sobre ti y no sobre tus cosas o tu work.

Tengo ganas de preguntarle en este momento sobre el camagüey que me puteó sin decirme agua va y me dejó todo maraqueado en la parada del bus. Pero mejor sigo caminando en silencio.

—El dueño de la book se ve que es bien cábula, ¿verdad?

—A veces... ¿Por qué?

Aireen no contesta. Infiero que se refiere a que el Chief siempre anda mirándole las nalgas a toda la chaviza que pasa por delante de la book. Entonces, ahí, como buey atravesado, me doy cuenta de que varios camejanes y camagüeyes miran a Aireen de arriba abajo mientras andamos, pero como estoy a su lado pasan de largo y rastrojan su gañanez dentro de sus pantalones erectos.

[—Mira ese culo que viene por ahí. Fuck, si le pudiera hincar el diente, putarraco dérmico.

—¿Y su ñora, Chief?

—¿Ella qué, pendejo? Una cosa es el amor y otra cosa es el deseo. Para coger no se necesitan los besos, ¡que no! Pero usted qué va a saber de esto si anda enculado con la vecinita.]

Por fin llegamos al foquin Mall Center. Es una plaza comercial con cuatro mil quinientas treinta y dos lámparas de led; de foquin tiendas de todo tipo; de ropa lacustre para caballos hipodérmicos; de tiendas de calzado deportivo, en infinitivo, autárquico; de líneas blancas, negras, grises, rosas iridiscentes, daltónicas; de reposterías epigástricas, de gourmet, italianas, chinas, francesas; de tiendas de automóviles deportivos, de Pontiac, Mercedes, foquin BMW; de la putérrima Western Union y Adolac; de UPS y FedEx carcamándose los hombros para quitarse los empaquetados clientes; de agencia de viajes para el aeropuerto internacional: Traveller Guick; de aerolíneas United, de alacaídas American, de Lufthansa o Air France, de Aeroméxico y Mexicana. Hay dos letreros gigantes de bancos: el City Bank of America y el Chester Bank Inc. Sobre el lado del estacionamiento están el puto McDonald's y el Border Onion, que huelen a grasa y a papas fritas apenas cruzamos su espacio viral. Los domingos hay muchos autos que llegan y se van. Más hacia el meridiano se ven dos grandes anuncios de los teatros en 3D y las culebrillas de focos anunciativos que chispiran con ritmo psicotrónico en su perímetro. Aireen y yo pasamos por un puente ancho cubierto de una pérgola de madera color chocolate; macetas y luminarias empotradas en el suelo y en sus vigas hasta llegar a las puertas automáticas centrales. Éstas se abren a nuestro paso y entramos a una estación espacial en otra galaxia, más allá de Taurus o del asteroide B-612. Varias tiendas de Cartier, Gucci, Tiffany, Louis Vuitton y Lazlwiu se perfilan delante de una fuente de agua multicolor y rodeada de vegetación natural. Aparece una cascada de cristal, y debajo de ella pueden verse dos grandes monitores submarinos que proyectan imágenes de peces y corales, de delfines y ballenas, de rocas y diamantes. Hacia la izquierda está una escalera eléctrica de tres niveles, y sobre la derecha se va hacia los tres ascensores de cristal que llegan hasta el techo como huevos transparentes. Un poco más hacia el fondo hay un Starbucks integrado a un Barnes and Noble, algo de Hawaii Cup y dos o tres bares de lujo al aire libre, rodeados de palmeras y piedras blancas en sus jardineras: el Ollin Bear's, The Alone Dream y el Forever Young, donde se escucha música prehistórica de los foquin años noventa. En varias partes hay bancas para sentarse ocupadas por parejas tatemadas por el cansancio o, más erúpticamente, por el amor, y se besan, y se abrazan. También hay butacas donde algunos leen cosas en papel o cosas lumínicas en sus teléfonos celulares. Aireen se dirige directo hacia la entrada del Super Center, más allá de las mesas hipoalergénicas donde muchas familias gringas están sentadas amarradas a sus alimentos, trogloditeando con sus afilados dientes todo lo que se puede comer. Colgando sobre estas mesas hay una gran pantalla donde pasan anuncios de inconmensurables multinacionales: Coke, Apple, Google, Ford. Pasamos por debajo y, después de muchos metros, Aireen toma un carrito con bordes anaranjados y entramos al Super Center.

—¿Lo llevo? —le digo para que me deje llevarle el carrito como se lo llevaba a la ñora del Chief cuando me necesitaba para correveicompra.

—Es muy raro —dice después de andar unos metros—. Casi siempre vengo sola —y suelta el carrito para que yo lo empuje.

La supertienda tiene de todo, infinitesimal, verídico: desde alas de murciélago hasta tapones para detener remolinos oceánicos; desde trompas de elefantes hasta dientes de dinosaurios. Vende desde muebles reptílicos hasta ropa en todos los cortes y en todas las telas. Juguetes y farmacias. Medicamentos y bistecs. Pollos enlatados y pollos empaquetados. Pan caliente y pan frío. Venden tortillas y chiles. Frutas de todos los sabores. Embutidos de marrano, de puerco, de cochino, de cerdo. Tres millones de productos para todas las necesidades. Uno podría vivir doscientos años entre los pasillos de lácteos y verduras. Venden alcohol en todas sus presentaciones, con todos sus grados y en todas sus champañas, vinos, tequilas, vodkas. Venden desde llantas para automóviles hasta maquinaria para rascar hoyos en los jardines colgantes de Babilonia. Herramientas para construir las pirámides, o talar todas las flores de piedra que coronan las venus precámbricas. Eso sí, con asepsia, la luz blanca ilumina metódicamente todo lo vendible. Primero pasamos por el área donde está todo lo electrónico, pantallas de todos los tamaños, ordenadores, radios, homes teatros, móviles, videojuegos. Ahí los gringos se enseñorean con tanta tecnología puesta a la mano. Se les ve en sus caras, en sus sueños, cómo lo desean; cómo mueren en vida por tener una pantalla del tamaño del Coloso de Rodas para sentir que están vivos y que su vida no es un desperdicio.

><

[—Chief, si a usted no le gusta el fucho ni ve televisión, ¿por qué aceptó la apuesta con el gilipolla argentino?

—Porque no me importa el foquin motivo de la apuesta sino la apuesta en sí misma. Y a esa flatulencia andante le he sacado tanta

plata que un día le va a dar un infarto, porque siempre apuesta por los
foquin perdedores, como usted, pitoniso ahuevado, ¡hiuj, hiuj, hiuj!]

Aireen toma un paquete de filetes de mojarra y mira la etique-
ta del precio. Yo intento calcular cuánto llevamos con la hoga-
za de pan y un bote mirruña de mayonesa, pero apenas me
enseñaron el ábaco con el padre Terán. Aunque fui aprendiendo poco a poco en la librería, cuando el Chief me dejaba solo
y tenía que hacer sumas para cobrar o restas para descobrar.

—Hummm —dice para sí Aireen—. Mejor llevamos éste
—y lo cambia por un paquete de róbalo que tiene menos filetes y, yo creo, es más barato. Lo echa en el carrito y vamos a
las verduras. Escoge una lechuga y un pepino. Luego toma
una bolsa transparente y embodega seis o siete zanahorias—.
Podemos hacer una crema riquísima. Necesitamos mantequi-
lla y queso. Te gusta la crema, ¿verdad?

Asiento con la cabeza mientras arrastro el carrito.

Caminamos hacia los refrigeradores gigantes que tienen
cremas, mantequillas, yogurts, quesos con agujeros, con hon-
gos verdes y azules, queso restirón, camembert, froyla, gouda,
añejo, parmesano. Aireen abre la puerta de cristal y toma un
envase de un cuarto de crema transgénica y cien gramos de
queso apreteritado. Los acomoda en el carrito.

—Hummm… ¿Qué más? Ah, sí, espérame aquí. No te
muevas.

Sin decir otra cosa más echa a andar rápido por el pasillo.
Yo no sé qué hacer, así que echo a caminar hacia donde ella
va. La sigo un poco retrasado hacia el área de farmacia. Veo
que Aireen se acerca al mostrador. Yo me coloco un par de
metros detrás. Aireen le pide al encargado:

—Clopidogrel de 100 —el dependiente la mira y luego
se dirige a un anaquel donde hay muchos medicamentos.

Revisa dos o tres y regresa con una caja pequeña de líneas verdes y la deja encima del mostrador.

—¿Algo más?

—Oxitorrina de 500.

El dependiente se retira y en ese momento veo cómo Aireen abre la caja de Clopidogrel, saca un blister con pastillas, deja otro en la caja y se guarda el que sacó en la parte delantera del mallón. Gira la cabeza y ve que la estoy observando. Se me queda mirando a los ojos como una eternidad imperceptible. Antes de desimantar nuestras pupilas, veo que intenta sonreírme, pero creo que una súbita vergüenza la invade, porque sus mejillas palidecen en los alrededores dejando una voluta tornasolada en el centro de sus hermosos cachetes.

Llega el dependiente.

—Ese medicamento está agotado, señorita. ¿Algo más en que pueda servirle?

Aireen niega con la cabeza.

El encargado pasa la caja del medicamento por el lector óptico.

—Quinientos veintinueve dólares.

Ella se queda pensando. No sé en qué. Por fin, después de unos segundos de inflexible incertidumbre, intenta tomar la iniciativa de nuevo y asumir el control de la situación. Con voz temblorosa y en tono muy bajo, le dice al encargado:

—Regreso... porque... eh... mmmh... Disculpe... —da vuelta y veo que sus ojos se han cristalizado en un par de gotas pipioleras. Pasa rápido junto a mí hacia el pasillo de electrodomésticos, dejando al encargado contrariado, con la caja saqueada entre sus manos.

Aireen camina tan rápido que casi no me da tiempo de alcanzarla sino hasta que ya estamos a punto de llegar a la línea de cajas.

—Aireen —le digo por primera vez. Suena rara mi voz con su nombre. Dejo el carrito con todo lo que llevábamos delante del cruce de las cajas registradoras—. ¡Aireeeen! —repito más fuerte.

—¡Déjame! —grita acelerando el paso y abriéndose camino por entre la fila de camagüeyes, chivatas, palurdos y pirulas gringas que están esperando pagar.

Un mono trendy pone su brazo delante de mí, cerrándome el paso.

—¿Qué le haces a la dama? —dice pelando los dientes. Aireen ya está doblando hacia la salida y la pierdo de vista. Veo cómo me miran varias señoras y cómo entrefruncen sus cejas amarillas, negras, azules, violetas.

—¡La está molestando ese indio! —grita una cacatúa obesa normcore.

—Deberían echar fuera del país a todos los prietos buenos para nada —grita otra alharaca trapisonda engallinada.

Yo retrocedo con las manos en alto para no buscar más bronca y me intento escabullir por otra de las cajas. Hay tanta gente que me es difícil ser intrépido. Por fin me libero del aglomerado cúmulo de carne colérica y paso por la caja 22. Camino rápido, con el corazón en vilo y la respiración humeante. Doy vuelta hacia donde está la salida de puertas automáticas y me topo de frente con un guardia fornido que está manoteando con Aireen.

—¡Vamos a esperar al encargado de farmacia! —saliva sulfuroso de bilis el security, tratando de evitar que Aireen cruce la salida.

Ahí, sin pensarlo, así, con la misma rapidez de un pestañeo, le lanzo un foquin escopetazo pletórico hacia su quijada y el uniformado se desploma como si una tijera gigante le hubiera cortado de volada todos los hilos que lo sostienen de pie. Se derrumba fulminado por mi descontón tenebregoso. Cojo del brazo a Aireen y la jalo con fuerza hacia la salida.

—¡Corre!

Vamos echando chispas, pepitas de orégano, exhalaciones volcánicas, diatribas emplumadas. Imagino que, a esa velocidad, en un chico rato nos va a dar dolor de caballo, ése que oprime el pecho y hace relinchar el hígado. Aireen corre casi junto a mí, a veces se atrasa y otras se separa o se junta. Yo brinco por encima de una jardinera con cactáceas mientras ella gira hacia un lado y esquiva unos macetones con un plié de patada voladora y endereza el camino. No giro la vista hacia atrás, pero oigo mucho ruido y muchos gritos que se van sumando. Aireen y yo parecemos cohetes a chorro que rompen la velocidad del sonido y no dejan más que murmullos entre sus alas. Veo adelante que otro fulano de seguridad se prepara para atraparnos en nuestra huida con sus manazas atrincadas. Aireen también lo ve y desacelera para que el encontronazo no sea tan fuerte; en cambio, yo pego más rápido la carrera, y un par de metros antes de llegar a sus atléticos brazos me dejo caer y patino por debajo de él y le zampo un putazo en los huevos con la izquierda. El descoyuntado carcamán se dobla hacia el suelo al mismo tiempo que Aireen brinca por encima de él. Tantas corretizas me han dado un sexto sentido para mirar alrededor como si tuviera un radar positrónico integrado a la chirimoya. Pasamos por debajo de las escaleras mecánicas y veo la fuente de pescaditos virtuales. Atrás nos siguen los gritos que se van sumando hasta hacerse ensordecedores. Paso por uno de los soportes de una de las pantallas de agua. Los gritos crecen. Se multiplican. Aireen toma ventaja y en un dos por tres ya está en la salida del puente apergolado. Alguna vez leí: divide y vencerás, no sé a qué se refiere eso, si a ellos divididos o a nosotros, así que para que Aireen tenga una oportunidad de escapar empiezo a dividir; giro hacia el otro lado de ella. Siento cómo las voces también giran conmigo a mis espaldas y continúan con la carrera pegadas a mis talones. Los llevo hasta el otro extremo del pasillo, donde están los ascensores que van al estacionamiento subterráneo. Paso por enfrente y cojo la escalera de mármol índigo. Desciendo a zancadas de dos o tres escalones por vez. Ahora sí, la respiración me está estrangulando. El corazón me papalotea. Llego al primer nivel y salgo hacia una hilera de coches estacionados. Zigzago entre ellos para cruzar del otro lado y, con un resorte de mis patas equinas, brinco hasta el primer descanso y logro treparme hasta un borde del estacionamiento que da hacia el exterior. Continúo traslapándome como morusa para que no me chinguen. Salgo por arriba hacia las afueras del estacionamiento de la plaza. Las voces palpitan atrás de mí, en mi espalda mojada de sudor. Vuelvo a correr hasta llegar a la malla ciclónica que divide la plaza comercial del mundo exterior y ahí me cuelgo con fuerza y la brinco arañándome las manos y los muslos. Me dejo caer del otro lado y vuelvo a correr hasta cruzar la calle principal, donde transitan automóviles en ambas direcciones. Al llegar al otro lado de la calle el aire me falta a toneladas; ahí me detengo y pongo mis manos sobre mis rodillas para tratar de controlar mi respiración y que me entre más oxígeno a los pulmones; giro la cabeza hacia atrás para ver a mis perseguidores y saber cuánto tiempo tengo para reponerme y volver a huir, pero mi sorpresa se agiganta, se atropella en un barullo descomunal. Veo, así, con mis propios ojos, que no hay nadie del otro lado de la malla ciclónica. Nadie me está persiguiendo. En algún lado tuve que perderlos. Entonces me entra una angustia taladrativa hasta la médula de mis foquin huesos: ¿y Aireen?

⊷━◼▨◼━⊶

[—*Chief, si usted es ateo, ¿por qué cree en la Virgen de Guadalupe?*
    —*Ah, pelmazo cálamo, ¿cómo foquin sabe que soy ateo y cómo foquin sabe que creo en la Virgen de Guadalupe?*

—*Porque lleva los domingos a su ñora a la iglesia, ¿no?*

—*Ir a la iglesia no significa creer en Dios, putarraco herético.*

—*¿Entonces no cree en la Virgen de Guadalupe?*

—*No sólo creo, sino que también confío en ella.*

—*¿Entonces por qué siempre se anda cagando en Dios?*

—*Porque la Virgen no tiene la culpa de los pecados del Padre ni del Hijo ni del Espíritu Santo, putarraco iconoclasta.]*

Después de atenuar mi respiración a un grado menos superlativo, me acerco con cautela del otro lado de la banqueta hacia la entrada principal del puente y la pérgola achocolatada por donde vi por última vez a Aireen. Desde donde estoy no puedo oclayar movimientos fuera de lo usual en el Mall Center. Autos que van o vienen; que entran por los accesos de plumas levadizas; camagüeyes y pirulitos traqueteando las puertas automáticas con sus andanzas. Nerds entrando o saliendo de una Apple Store. Hipsters vagabundos presumiendo sus zapatos Ferragamo o sus lentes cuadrados de Clark Kent Lacoste. Geeks anidadores de tecnologías fricativas. Muchos, muchísimos pegados a sus whatsapp; a sus redes intrauterinas, como les llamaba el Chief a Facebook y a Twitter.

⊷⊶⊷

[—*Patrón, me quiero comprar un celular que sea inteligente, ¿cuál me recomienda?*

—*No sea pendejo, pajarraco virtual; cómprese mejor un libro y póngase a leer. ¡Teléfonos inteligentes a mí! ¡Jua, hiuj, hiuj, hiuj! ¿Para qué lo quiere, putito?*

—*Pues para hablar.*

—*¿Y a quién chingados le va a hablar si usted está más solo en este mundo que su rechingada madre? ¡Póngase a barrer la calle y luego píquese la cola!]*

Aireen no se mira por ningún lado. Un guardia apostado en la caseta de acceso vuelve su mirada hacia el área donde me encuentro. Me escondo de inmediato acuclillado detrás de un auto y espero, como fugitivo, que sus mostrencos ojos se enderecen para otro lado.

—Chivato.

Giro la cabeza y me encuentro a centímetros de la cara de Aireen. Siento su aliento hirviendo traspasar mis sudores. Ella también escurre, húmeda, cristalazos por la frente. Miro sus ojos tan cerca que puedo ver su iris lleno de grecas verdes, amarillas, cafés rodeadas de un gris azulado, casi mar, casi cielo, casi agua.

Pestañeo incandescente:

—¿Estás bien? —le pregunto para ver si ella no es una alucinación mía en medio de toda la foquin corretiza.

Aireen retrocede y puedo verle los labios, resecos, que se muerde con la punta de los dientes. Tiembla; lo sé porque sus pestañas están tremolando.

—Lo siento. Yo nunca… —y, sin esperarlo, Aireen me abraza así, fuerte, como un tifón; como un tsunami nuclear. Sus brazos me rodean y clava su cabeza en mi cuello. El olor de su cabello me humedece todos los ganglios. Cruzo mis brazos alrededor de ella y la percibo toda. La eternidad se detiene y, apocalíptico, siento a mi alrededor cómo todas las cosas del universo pasan a una velocidad extraordinaria, menos ella y yo. Siento cómo la luz crepuscular cambia de tonalidad el humus del universo; cómo la Tierra gira como un trompo y amanece y anochece, y anochece y amanece en un tris tras, de vuelta, rotundo. Todo lo siento acelerado a nuestro alrededor salvo Aireen y yo, que estamos abrazados, ahí, acuclillados, fuera del tiempo, escondidos tras los autos en medio del foquin mundo.

Aireen retira su cabeza de mi pecho y veo sus ojos abotagados como dos puertas que se escurren hasta el fondo. Me descuelgo por ellos para intentar calmarnos de los nervios que nos crepitan por todas partes. De ella no sé, sólo lo intuyo porque siento su pecho tembelequear sinuoso. De mí sí lo sé: tiemblo por su cercanía, por su abrazo que me envuelve llano y sus ojos que me miran.

¿Cuándo fue la última vez que me abrazaron? ¿El abrazo del molusco era un abrazo? ¿El abrazo del abuelo de Aireen para que no se fuera de lado era un abrazo? ¿El abrazo de los watchmen para sacarme de la mierda del baño? ¿El abrazo de la negra para que no me picaran las avispas? ¿El abrazo de mi madrina a la hora de sujetarme para que me estuviera quieto y poder darme de palos en las nalgas como Dios manda? ¿El abrazo del señor Abacuc? ¿El abrazo de tantos vatos que me quisieron dar cuando me los estaba puteando y ya no sabían ni cómo defenderse de tanto guamazo que les sorrajaba? ¿El abrazo del Chief para que no se cayera de borracho?

Y sí, o yo qué carajos sé, tiemblo.

Los ojos de Aireen pestañean de nuevo y hacen aire que me levanta más sofoco.

Acerco mis labios para besarla.

—No, chivato, así no —gira de inmediato la cabeza y mi beso va a estrellarse a la comisura de sus labios como un deseo lanzado dentro de una botella que se pierde en el océano, sin una sola palabra, ahí, hundiéndose hasta el fondo; ahogado, me separo de Aireen con la garganta perforada mientras siento que todo me da vueltas. La miro e intento levantar una mano hacia ella para asirme de algo sólido que me sostenga, pero las piernas se me han vuelto de cristal. Un cosquilleo hipodérmico en los cachetes me anuncia la debacle y así, cuan prieto soy, caigo noqueado a sus pies.

—La fiebre no cede —escucho entre sueños.

Las voces se convierten en rumor de olas.

[—*¿Conoces el mar, putito enfrijolado?*

—*Es azul.*

—*Más que azul es un temblor de tierra agazapado en su propia espuma blanca.*

—*Chief, ¿por qué usted no fue poeta?*

—*¿Por qué lo dices, cocuyo aullador?*

—*Porque a veces no le entiendo ni madres cuando habla.*]

Entreabro los ojos. Sólo alcanzo a ver un borroso resplandor a través de un agujero blanco. Estoy empapado y tengo frío. Alguien acerca algo húmedo a mi boca y de pronto escurre líquido que trago con fruición hacia mi garganta desecada.

Luego me vuelvo a dejar ir.

[*"Mamá, ¿dónde estás? ¿Estás muerta? ¿Por qué yo te recuerdo viva? ¿Por qué recuerdo tus ojos pardos y aquel trapo de quetzales azules? ¿Somos una memoria que traemos arrastrando desde siglos antes de nacer? Mamá, ¿por qué tengo la impresión de que todo lo*

*que me contó mi madrina es mentira? ¿Eh? ¿Por qué te sueño a veces,
y sé que tienes una trenza de estambre con la que mis dedos juegan?
¿De quién son esos estambres azules, rosas, naranjas y morados que
cuelgan de tu pelo?"]*

Despierto aparsimoniado. Los ojos me bailan hasta que logro
controlarlos. Pestañeo varias veces para acostumbrarme a la
oscuridad y que retorne a mí la conciencia, la razón, el lugar
donde uno puede decidir por sí solo. Todo permanece oscuro.
Una pequeña ventana deja traslucir, débil, la luz de afuera. Las
cortinas son transparentes y se plomiza la noche tras los cristales.
No sé dónde estoy. Mis ojos parecen dos boñigas aplastadas
por el peso de las sombras. La cabeza ha dejado de dolerme y
sólo me deambula una leve punzada por las sienes que poco a
poco va menguando. Giro la cabeza para destrabar los músculos
del cuello; el colchón de la cama es tan blando que me ha
magullado todos los huesos del cuerpo. Me incorporo con trabajo y me siento en la cama apoyándome con mis brazos
enclenques. Mis garras arañan el suelo. Lo palpo. Parece de madera. La oscuridad poco a poco va cediendo hasta que mis ojos
pueden agarrarse de algunos objetos a mi alrededor: una mesa
con un reloj de florescencia azul tenue, un tocador, un buró,
un armario y una puerta.

Apoyo bien los pies en el piso y me incorporo empujándome de la cama. Un camisón largo me cubre hasta las rodillas.
¿Y mi foquin cincho? ¡Chingada madre, mi cincho! ¿Dónde
está mi cincho? Camino a tientas, descalzo. No quiero prender la luz para que nadie sepa que estoy vivo. Reviso en los
alrededores en busca de mi cinturón con mi escondite secreto.
No hay nada. No aparece por ningún lado. Llego a la puerta
y le doy vuelta al picaporte con mucho cuidado. Tal vez afuera.
El pestillo se afloja; con lentitud abro y salgo.

[—¿Y a usted por qué no le gusta el cine, Chief?

—Porque en el foquin cine todas las puertas chirrían cuando se intentan abrir con sigilo.

—Pero eso también pasa en las novelas, ¿no?

—Pinche pajarraco culeico, ¿ha estado leyendo y llenando otra vez de foquin dedos los libros para vender?]

Afuera hay una lámpara empotrada en la pared que medio alumbra con luz amarilla un pasillo largo. Varias puertas de madera, todas cerradas, se alinean una tras otra. No reconozco el lugar. Hasta el fondo se ve una corredera Eliason de doble hoja. Camino de puntas, llego hasta ahí y la empujo. Un amplio salón con duela se abre; hacia el fondo un spot incandescente alumbra una canasta de básquetbol. A los lados hay unas gradas que parecen desvencijadas. Por encima de ellas se sitúan tres o cuatro ventanales, dos de los cuales tienen cristales rotos. No se ve ningún alma por ningún lado. Entro a lo que parece ser un gimnasio o un salón de usos múltiples, porque veo unos pizarrones y dos escritorios con papeles encimados, canchanchanados, como piruletas de ladrillo. Sobre un lado que no había visto en la primera ojeada hay un escenario pequeño con un piano vertical encima. Nunca he visto uno de verdad, sólo en fotografías: cuando llegó una morra a la book preguntando por partituras para piano de música mexicana para su hija y yo saqué un tumbaburros para buscar compositores lacustres, antipódicos, de la patria nahuatlaca.

La foquin música siempre me ha calmado los chapulines que traigo dentro; es como un adormecimiento oblicuo de mi alma; de ondas oleaginosas que se impregnan en el martillo, en el yunque, en el estribo, para dejar de pertenecerme a mí mismo; música que chirría melódica en las patas de mi espíritu para que deje de brincar y permanezca, soñoliento, fijo a la superficie de la carne.

Subo al estrado y me acerco al foquin instrumento. Pongo mis yemas sobre su madera y lo perfilo con el dedo índice. Su caoba es perfecta a pesar de que tiene algunos arañones que resaltan todas sus batallas, todas sus guerras. Me siento en su banco de esmalte negro, justo enfrente del lugar donde deben estar las teclas que no están. Imagino que se guarecen debajo de ese capuchón de madera. Ese piano, en medio de la nada, del vacío perpetuo, afelpado por el silencio, me inspira. Acerco mis manos hacia su cuerpo. No intento quitar la tapadera de las teclas: no sabría qué hacer, sino tal vez destruir los sonidos a putazo limpio. Cierro los ojos para sentir nada más la madera con mis callos, con las yemas rugosas de mis dedos estriados.

—¿Te gusta? —escucho una voz infantil proveniente de algún sitio del gimnasio.

—¿Quién anda ahí? —pregunto sobresaltado. Los pelos de la nuca se me engallinan como picos de erizo.

—A mí me gustaría aprender a tocarlo. Es muy bonito cuando lo tocan.

—¿Quién eres?

—¿Quién eres tú? —me responde.

—Muéstrate o te doy una paliza —insisto.

—Si me das una paliza te acuso con los señores de Derechos Humanos.

—No me importa —le digo mirando hacia todas direcciones, tratando de ubicar la procedencia de esa voz diminuta.

—Te pueden meter a la cárcel —replica.

—Vamos, sal de donde estés.

—No.

—¿Por qué no?

—Porque me vas a dar una paliza.

—No es cierto. No te voy a dar nada.

—¿Entonces por qué me lo dijiste?

—Porque me asustaste. Es una broma.

—¿Seguro que es broma?

—Sí, seguro.

—¿Cómo te llamas? —pregunta.

—¿Prometes que no te vas a reír? —me levanto del banco y camino hacia uno de los telones y lo levanto. No hay nadie.

—Lo prometo.

—¿Y prometes que vas a salir de donde estás? —bajo del escenario y miro debajo. Nada tampoco.

—Eso no puedo prometerlo porque aún no te conozco.

—Está bien. Me llamo Liborio. Y ya me conoces. Ahora te toca a ti.

—¿Te llamas Liborio?

—Así es. ¿Y tú?

—¿Por qué pensaste que me iba a reír?

—Porque la gente siempre se ríe de mi nombre.

—¿Te da vergüenza tu nombre?

—¿Vas a salir sí o no?

De un hueco de las gradas, cerca de unos cajones que contienen pelotas y aros, aparece una niña morena y de cabello ocrecido. Tiene unos listones en una trenza que le rodea por encima de la frente. Va vestida con un camisón blanco bordado con flores de colores sobre su pecho. Avanza en una silla de ruedas roja con perfiles amarillados.

—¡Pensé que eras niño! —le digo sorprendido.

—No, soy niña.

—¿Y qué haces aquí?

—Lo mismo que tú, botarate. Estoy esperando a que los demás acaben de cenar para irme a dormir.

—Yo no estoy esperando que acabe de cenar nadie. Yo estaba tirado ahí hace rato y… ¿Cuántos años tienes?

—¿Por qué? ¿Y tú?

—¿Por qué siempre respondes con una pregunta?

—Tú acabas de hacer lo mismo ahorita.

—Bien. Tú ganas. Tengo diecinueve.

—¿Diecinueve? Te ves más chico.

—¿Y tú?

—Ocho, pero ya casi cumplo nueve.

—Tú suenas más adulta de lo que eres.

Se acerca hasta casi darme con la silla en mis espinillas. Extiende la mano y dice:

—Soy Naomi —miro su mano y le extiendo la mía—. Tienes las manos muy rasposas. ¿También eres albañil?

—Oye, ¿dónde estoy? —la interrumpo.

Naomi frunce el entrecejo. Arruga la boca y puedo ver que está chimuela.

—Pues aquí, ¿no?

—Sí, ya sé que aquí, pero ¿qué lugar es éste?

—¿No lo sabes?

—No.

—Estás en la Casa del Puente.

—¿Casa del Puente? ¿Y cómo foquin llegué aquí?

—Al señor Shine no le gustan las malas palabras.

Miro a la mocosa que me mira con sus ojos de ratón.

—Fuck. Fuck. Fuck —le digo como tarabilla, rápido y cada vez más fuerte—. Fuck. Fuck. Fuck.

—Veo que ya despertaste.

Vuelvo la mirada hacia la puerta Eliason. Ahí viene caminando hacia nosotros el vejete que me dio el pañuelo y los dólares para comprar pomadas y vendoletes cuando me madreó el camagüey en el bus stop. Lo reconozco de inmediato por su barba cana. ¿Cómo se llamaba? De pronto, ahí, ahíto, siento una foquin vergüenza, no sé por qué, pero alguna brasa escala, una a una, todas mis escamas como una caída de fichas de dominó. Retacho la mirada hacia Naomi y veo que está sonriendo.

—Las palabras no son malas, Naomi —prorrumpe el vejete a pocos metros de la niña—. Es la intención lo que las hace dañinas. ¿Te fijaste la velocidad con la que este joven puede decir cuatro letras? Si lo inscribimos en un concurso podría hasta romper algún récord mundial. ¿Te gustaría?

—¡Sí! —grita Naomi con algarabía chimuela—. Récord mundial de malas palabras.

El vejete saca un paquetito de su pantalón y se lo entrega a Naomi.

—Veo que ya conociste a nuestro gentil invitado de esta noche.

—Sí. Se llama Liborio —luego me mira—. Liborio, él es el señor Shine.

—Abacuc Shine —dice sin mirarme—. Pero mejor platicamos mañana, Naomi; ya es hora de ir a dormir.

—¿Cómo llegué aquí? —interrumpo su charla.

El señor Abacuc coge la silla de ruedas de Naomi y comienza a andar hacia la puerta por donde llegó. Los sigo a corta distancia.

—Te trajo Leo... Leo Zubirat —dice antes de empujar la puerta Eliason y salir del gimnasio. Yo me quedo de a seis, así, dromedado, con las calígulas a flor de piel. Empujo la puerta.

—¿Quién foquin demonios es Leo Zubirat?

—¿Ves, Naomi? —dice sosegado el señor Abacuc Shine—. Este muchacho podría romper cualquier récord del mundo. Oh, sí.

—••✠✦✠••—

[—A ver qué le parece, putarraco jitanjafórico: "En el techo / nace mi pecho / que echo a tu lecho / por despecho". ¿Eh?, ¿qué tal?

—*Ay, Chief, con tanto foquin mamotreto que ha leído usted en su foquin vida y escribe esas mamadas.*

—*Puto.*]

El comedero es alargado y de madera. Imagino que caben sentados unos doce o quince camejanes, o dieciocho pirulos o treinta y dos pirulitos a su alrededor. Las bancas también son de madera maciza y pesada. En los muros de esa amplia habitación están, por orden de aparición, un televisor viejo instalado en un soporte negro y que da hacia la mesa, dos ventanas, dos puertas, unos cuadros con diplomas colgados de las paredes, todos ellos a nombre del señor Abacuc Shine. Una de las puertas está abierta y da a la cocina. La otra da a un baño con un lavamanos. Un foco pelón cuelga de un cable negro y se balancea por un chiflón de aire que entra por algún lado. Un enjambre de polillas lo utiliza para tatemarse las antenas y se estrella en círculos kamikazes.

—No es mucho pero de algo te servirá —dice el señor Abacuc al tiempo que pone delante de mí un platón con un poco de verduras, un cazo pequeño con sopa caliente y una cuchara.

Me quedo mirando la sopa como ido. Tiene cosas flotando encima, algo como pasto. Tengo hambre, pero no sé, no puedo. El señor Abacuc se sienta enfrente de mí y apoya los codos sobre la mesa.

—Naomi es una chica extraordinaria —dice al ver que sigo alelado contemplando la comida. Salgo de mi introspección tetraedra—. De grande quiere ser abogada... o algo así.

Apoya las dos manos debajo de su mentón. La barba blanca se le va hacia adelante. Puedo ver que le falta uno o dos dientes frontales porque el bigote se le ha arremangado hacia arriba y deja ver un par de grumos de oscuridad hasta el paladar y la lengua.

—Y tú, ¿cómo sigues? —siento su mirada escudriñándome palmo a palmo.

—¿Y mi cinturón? —es lo único que se me ocurre responderle.

—¿Revisaste el armario del cuarto donde estabas? Ahí deben estar todas tus pertenencias; tu ropa, tus deportivos, tu cinturón, todas tus cosas… Aquí somos pobres pero honrados —y suelta una ligera carcajada parecida al túmulo de una paloma mensajera.

—¿Cuánto tiempo me jetié?

—Veamos… Ayer domingo te trajo Zubirat a eso de las cuatro o las cinco de la tarde y ahorita deben ser alrededor de las once de la noche; hagamos cuentas… —extiende sus manos arrugadas para contar con los dedos—: cuatro, cinco, seis, siete, ocho, nueve, diez, once. Siete horas más veinticuatro. Estuviste durmiendo casi treinta y una horas más o menos, oh, sí.

—¿Y por qué no me despertaron?

—Come la sopa, que fría sabe a diablos y no podemos gastar más en calentarla de nuevo.

Acerco el cazo y le meto la cuchara.

—¿Y vino solo ese Zubirat a tirarme aquí?

—Vino solo. Y tú parecías como borracho. Te tuvimos que cargar entre los dos para que no te fueras a romper de nuevo —hace una pausa larga mientras yo sigo revolviendo el pasto con la cuchara—. Te lo pregunto para ver qué podemos hacer: ¿te metes alguna droga, muchacho? —me le quedo mirando con cara de bruto—. ¿Crack, coca, mota, yuka, yedra, metanfetaminas, polvo de ángel, lágrimas de cocodrilo, heroína, potasata, LSD, fenilterrubina, morfina, opio, chemo, solvente, cristal, molcajete, belladona?

—¿Es usted médico o narco?

—Ni lo uno ni lo otro —y ríe un poco más fuerte, echándoles aire a sus bigotes—. Pero es bueno estar informado. Te lo pregunto porque no traías ni siquiera aliento alcohólico. ¿Tienes alguna enfermedad que deba conocer? Porque ni el doctor pudo saber la causa de tu fiebre.

⸻

[—*A ver, puto, escriba usted algo si se cree bien foquin verga, putaqueño termópilo.*
    —*¿Y yo por qué?*]

—Bueno —me dice en la habitación—, puedes quedarte el tiempo que quieras pero a cambio tienes que devolver el favor con trabajo. No para mí, sino para la comunidad.
    —Oiga, ¿usted es religioso? ¿Este lugar pertenece a alguna secta?
    —Sí —ríe—, a la secta de los más jodidos.
    El señor Abacuc cierra la puerta y oigo sus pasos alejarse más allá de la madera apolillada. Voy al ropero y sí, ahí está mi cincho colgado. Lo tomo y vuelvo a ponérmelo como si fuera la única cuerda salvavidas a la que puedo aferrarme para que me sostenga sobre el mundo.

Lo primero que veo al despertar es la cara de Naomi sobre mí. Luego me doy cuenta de que un enjambre de escuincles están rodeándome: unos sobre la cama y otros de pie.
    —Sí, te digo que es él —dice un pirulo flaco y panzón.
    —Pero el otro se ve más ponchado.
    —Éste se ve todo lombriciento.
    —Ñango.
    —Raquítico.
    —¿Será él?

Me incorporo aturdido y dos o tres morritos resbalan de las cobijas hacia el suelo.

—Ya se enojó —grita uno.

—¡Nos va a pegar! —grita otro.

En ese momento la chamuchinera pega la carrera gritando como locos y se escurren tras la puerta como sabandijas con cuernos.

—No les hagas caso —dice Naomi—. Todavía son muy chicos y no saben que hay leyes que nos protegen a los niños y a las niñas.

—¿Qué coños fue eso?

Naomi da una vuelta completa en su silla de ruedas levantando las rueditas delanteras.

—Son niños, ¿qué no ves, babas?

—¿Y tú qué haces aquí? —la increpo al tiempo que me descacaracho unas lagañas dormideras.

—Chismoseando como todos los demás.

—Pues váyase a chismosear a otra parte.

Naomi da vuelta sobre su eje en la silla de ruedas. Parece divertida detrás de mis chinguiñas. Lleva el mismo camisón de ayer y los mismos listones. El sol penetra a golpes por las cortinas traslúcidas. A la luz del día Naomi parece más niña que de noche, cuando podría pasar por niño. Su cabello es un tejido de estambre negro, endrinado al temple.

Veo cómo se asoman varias cabezas enanas por la puerta. Luego veo los ojos de los pirulos. Cojo rápido mi almohadón y lo arrojo sobre ellos. Los babosos gritan de nuevo y salen despavoridos como una plaga de hormigas saltarinas hacia el corredor.

—¿Qué se traen esos engendros?

Naomi rueda hasta la puerta, recoge la almohada y se la pone sobre las piernas.

—¿No lo sabes?

—No. ¿Qué?

—Eres como un héroe para ellos, como un gigante, y por eso te admiran. Claro, a menos que no seas tú el que salió en la tele…

—Pues no sé si salí. Pero no creo que el que me hayan hecho pinole unos camejanes a patadas sea para tanto y por eso me admiren unos pirulos caguengues.

—¿De qué pinole hablas?

—¿Tú de qué hablas?

—Yo hablo del video que salió en la tele donde tú le destrozas la mano a un boxeador. Y hasta lo pasaron en cámara lenta varias veces, así, ¡zuuum, paaafff!

⚊⚌⚊

[—*Mire, Chief, escribí un foquin párrafo para ganarle la apuesta de la semana pasada; ahí le va pa que no diga que soy un marica chilletas y que pierdo por default. Me costó un huevo escribirlo, pero chingue a su madre.*

—*A ver, escuchemos sus pendejadas, piojo mamarracho.*

— *"La vi ahí por primera vez, o yo qué carajos sé, girando azarada por entre los árboles de un paraíso pleistocénico. Pero ella, con la foquin dulzura que produce la ceguera, no me vio sino hasta que ya era muy tarde, entreverada en una noche pagana de un bus rojo, cuando los mostros brotamos de las alcantarillas alveolares de la ciudad; bajo ese jeroglífico que lanza madrazos ectoplásmicos a sólo unos cuantos, cuando entre las calles, entre las farolas, entre los jardines colgantes de las foquin estrellas, alguien, en silencio, se enamora."*

—*Eso no es tuyo; no pudiste haber escrito eso, pajarraco plagiario. ¿De dónde lo copiaste? ¿De qué libro? ¡Dímelo, puto!*

—*Es mío, patrón.*

—*¡Qué va a ser tuyo, si ni siquiera sabes escribir bien tu foquin nombre, y ni siquiera existen esas palabras que leíste! Además, tú eres*

un foquin reptil descerebrado que no podría inventar ni su propia
saliva; mucho menos usar ese foquin léxico. Así que ya perdiste la
apuesta, huevo de perro leproso.

—Es mío. Yo lo escribí.

—No es cierto, hijo de la chingada, foquin puto, y no me necees.
Por foquin mentiroso, esta semana no te voy a pagar ni un foquin dólar
y vas a trabajar el foquin doble, putarraco mitómano. Y ahora ¡lárgue-
se de mi vista que no quiero volver a verlo, puto engendro del diablo!]

—What! —exclamo por la sorpresa. De seguro el foquin molusco y sus luchadores apátridas subieron a Youtube el video
del foquin Crazy Loco y yo.

Pobre vato despiojado como un Quetzalcóatl desplumado.

Naomi gira otra vez como un foquin molinillo. Se detiene
de improviso.

—A miss Webeer no le gusta que mezclemos los idiomas.
Nos dice que o hablamos inglés o hablamos español. Tomamos clases con ella, y dice que si los embrollamos al rato no
vamos a saber qué estamos diciendo y en lugar de enriquecer
nuestras lenguas las empobrecemos.

—What! —repito.

—¿No lo sabías?

—¿Siempre hablas así, morrocuda?

—No soy morrocuda, Liborio; soy una niña y me llamo
Naomi —da la vuelta con el entrecejo arrugado y va hacia la
puerta. Unos foquin elfos le abren paso.

—Huy, ¿ya te enojaste? —le grito, pero sigue de largo y
veo cómo el montón de chamacos se van con ella como los
ratones de Hamelin—. ¡Devuélveme mi almohada!

Me recuesto de nuevo en esta cama tan suave. Nunca había
estado tanto tiempo de huevón, calentando corucos entre los
sarapes, debajo de mis alas, entre las liendres.

A punto de volver a cerrar los ojos, Naomi regresa con un bonche de niños y se me planta de lado.

—No estoy enojada contigo sino molesta, que es una gran diferencia, y toma tu cochina almohada —me da duro con el almohadón sobre la cabeza y sale de nuevo llevándose a los pirulos entre las ruedas.

⚜

[*El Chief se enojó conmigo por casi cuatro semanas. Y sólo me dirigía la palabra para putearme como un foquin círculo vicioso.*

"Limpie, barra, acomode, meta, saque, sacuda, lave, enjuague, trapee, traiga, lleve, friegue, talle, cargue, púdrase, limpie, barra, acomode, meta, saque, sacuda, lave, enjuague, trapee, traiga, lleve, friegue, talle, cargue, púdrase..."]

Me levanto de la cama ingrávida y me acicalo mi ropa como un foquin astronauta: la camisa, el deportivo de la señora Dobleú y los tenis que me dio Aireen. El camisón empijamado lo dejo doblado dentro del armario. Las puertas del corredor están abiertas y puedo ver que la mayoría son habitaciones con literas. Sus camas ya están tendidas con cobijas de cuadros grises. Paso de largo hacia la salida que está en el lado opuesto del gimnasio. Quiero largarme cuanto antes de ahí, como alguien que va huyendo de las fieras.

Llego al portón metálico y abro.

La calle se retuerce al amparo de los autos. La zona parece jodida por vetusta pero no por sucia. No hay tantos grafitis como en otras partes de la ciudad por donde he andado. Incluso hay unas jardineritas con plantas verdes que deben regar los del albergue. Me paro en el dintel y, sin esperármelo, huelo a comida. Siempre la foquin comida, la maldita comida que no me deja en paz ni a sol ni a sombra. El olor proviene del comedero que está del lado izquierdo de la entrada principal. Giro sobre mis talones y me meto de nuevo a las fauces del albergue por la foquin hambre que siempre abre surcos en medio del alma.

⋯ ⫘ ⋯

[—Chief, sí, copié eso que escribí de una revista.

El Chief se quitó los anteojos y con una sonrisa de alebrije endemoniado de oreja a oreja lanzó un puñetazo al mostrador que resonó en toda la librería.

—¡Bingo! ¡Lo sabía, putaquete pirata! ¡Cómo iba usted a escribir algo así! Tal vez sólo las foquin groserías son suyas, pero lo demás, ¡ja!

—Pues quería ganar la apuesta a como diera lugar, patrón.

—Y la perdió de todas maneras, pterodáctilo pedorro.

—Así es, Chief.

—Ahora tráigame la revista de donde se fusiló el texto.]

—Tú debes ser el nuevo —me dice una señora robusta en cuanto entro al comedero.

—Y usted debe ser la vieja, ¿no?

—¡Jajaja! —ríe—. Me gusta tu sentido del humor, muchacho. Casi todos aquí son muy serios. Pero ¿qué esperamos?, ¿estar en un lecho de rosas?

—Mi cama estaba muy aguada.

—¡Jajaja! —ríe de nuevo—. De seguro no te ha ido tan mal en la vida porque aún puedes reír. ¿Ya vas a desayunar?

—Sí, pero no tengo dinero.

—No te preocupes. Aquí hay muchos trastes sucios que lavar —ríe, se mete a la cocina y regresa con una bandeja y un bolillo encima.

—Sólo queda esto porque aquí se desayuna a las ocho de la mañana en punto.

—Oiga, pero huele a guisado.

—Sí, así es, pero eso es para la hora de la comida. Si quieres que te toque bocado, en punto de las dos de la tarde debes estar sentado y con las manos bien lavadas.

Tomo el bolillo de la bandeja y comienzo a roerlo.

—¡Está bien duro!

—Pues sí, es el pan que utilizamos para alimentar a las bestias.

—¿A las bestias?

—Sí, a los pollos y a las gallinas del corral que tenemos en el techo.

Sin hacer más caras, sigo ruñéndolo.

—¿Y dónde está todo el mundo?

—Esperando en el gimnasio a que dé la hora del almuerzo —y sale hacia la cocina a seguir moviendo las cazuelas.

Termino el bolillo a mordidas fáucicas. Falta poco para las dos y una miga de pan me ha despertado el sentido del tiempo.

Mi timing.

Entro al gym y de pronto todas las miradas se clavan en mí. Se hace el silencio. No estoy acostumbrado a tirar presencia por donde paso. Me siento incómodo. Camino hacia una de las gradas y me tumbo agazapado en su banca tratando de convertirme en un cero a la izquierda. Al perderme, vuelve la bullanga al gym y se pone en marcha el griterío.

Las gradas del gimnasio del albergue están ocupadas por morros y morras de todo tipo. Sólo tres personas parecen mayores ahí: un entrenador gigantón con silbato, una ñora sentada en uno de los escritorios y el señor Abacuc, que viene hacia mí. Los demás debemos andar entre los cuatro y los veinte años.

—Te gusta pelear con los puños, ¿verdad? —me pregunta mientras se sienta a mi lado. Todavía traigo un pedazo de bolillo entremetido en las encías.

Me encojo de hombros. No sé si el viejo busca bronca, pero yo no quiero pelear. Le podría mandar hasta el tuétano los pocos dientes que le quedan.

Unos pirulos están jugando a la pelota para tratar de encestarla en una canasta enana; se hacen pelotas y la bola se les escapa a todos y sale rodando, lenta, de la cancha. El entrenador panzón toca el silbato. Le entrega la pelota a uno de los pirulos y reinicia el partido.

—¿Sabías que el deporte es lo mejor para quitarse la rabia de encima? —dice mientras uno de los pirulitos por fin encesta una canasta y se tira sobre la duela, eufórico, para celebrar su milagro.

Naomi está del otro lado hasta delante de las gradas. Lleva unos banderines de colores todos maltrechos. Les grita a los pirulos. Se regocija. Gira en su silla y vuelve a gritar.

—¿Qué le pasó? —y señalo a Naomi con los ojos. El señor Abacuc enfoca a la niña.

—Una tragedia —contesta escueto.

El entrenador gigantón da un silbatazo, finaliza el partido y llama a gritos al siguiente equipo. Suda la gota gorda para tratar de formar por estaturas a unos pirulitos que más se entretienen en sacarse los mocos que en seguir las instrucciones del gandul.

El señor Abacuc se acaricia la barba blanca. Piensa. Parece doloroso. Una de las venas azules de su frente se le azuliza más mientras juega con un pedazo de papel entre sus manos. Mira a Naomi.

—Un día su padre perdió el control. Lo despidieron del trabajo en la planta. Fue a su casa. Con una 22 le pegó un tiro a su esposa, a su hija, y el último fue para él. Naomi no murió, pero quedó con la columna quebrada en dos… De esto ya hace muchos años.

Trago saliva. Miro la cara de Naomi. ¿Uno puede olvidar el pasado así, rápido, como si las cosas jamás hubieran pasado? Naomi sigue agitando las banderitas y dos o tres pirulitos se le cuelgan en las piernas como si fueran lianas de papel.

—¿Y tiene rencor?

—No lo sé, muchacho. Es una chica muy inteligente pero no sé; no sé si lleva guardado algo. Imagino que sí, aunque quisiera que no; mírala, se ve radiante, oh, sí.

—¿Usted por qué hace todo esto? —le pregunto mirando alrededor, donde los pirulos juegan, otros cuchichean en las gradas. Van, saltan, chocan y se ríen.

—¿Qué?

—Esto de andar dando caridad.

—A menudo me lo pregunto también. Sobre todo cuando ya no alcanza. Pero míralos, el mundo no es tan malo como parece y aún hay esperanza: ¿no crees que eso es un buen motivo?

—Pero si usted no cree en Dios, ¿por qué? ¿Por qué lo hace?

El señor Abacuc sonríe. Cierra los ojos lento y los vuelve a abrir.

—Es cierto, muchacho, no creo en Dios, pero eso no impide que pueda intentar ser bueno.

Pone una de sus manos en mi rodilla y se levanta con pesadez. Comienza a bajar las gradas como si tuviera una pata más corta que la otra. Se detiene y voltea.

—Ah, se me olvidaba… Te dejaron una nota; a eso venía a verte —me extiende el papel doblado con el que jugaba entre los dedos.

—¿Por qué no me la dio antes? —le grito entre tanto ruido de silbatos, ajetreo, gorgoritos de pirulos y moscas saltimbanquis.

—Porque soy viejo y luego se me olvidan las cosas.

Baja otro escalón y me voltea a ver con ojos comprensivos.

—Es muy fácil perder el control, muchacho; lo difícil es lo otro.

Luego continúa descendiendo hasta irse con la ñora del escritorio que tiene un pirulito a su lado que chilla quién sabe por qué cosa.

Desdoblo con rapidez el papel y comienzo a leer con el pulso cayéndoseme de las manos. De pronto la sangre se me coagula en el iris, en las mejillas, y siento un putazo en el estómago que me saca todo el aire del cuerpo: "No quiero volver a verte. Aireen".

⸺ ⬧ ⸺

[—Ya no tenemos esa revista, Chief. Usted la vendió a esa foquin encopetada que quería saber qué era un demiurgo.

—¿La del abrigo de rata?

—Esa mera.

—Pero la revista era de cocina mexicana.

—Pues no sé, pero usted le dijo que ahí venía la receta para preparar demiurgos al mojo de ajo.

—¿Te cae, cábula tramposo?]

Leo tres billones de veces el mensaje de Aireen en unos segundos y sus letras parecen cada vez más borrosas. Esas letras manuscritas en tinta azul que se suceden nerviosas, hechas a la carrera, sin tiempo, como escapando a toda velocidad hacia el hielo. Otra gota improvisada cae sobre el papel y lo encharca, como un mar, como un río de palabras revueltas. Aireen, ¿vestal del fuego sagrado donde cualquier intento de conquista será pagado con la propia vida en la hoguera plebeya? ¿Con el corazón al rojo vivo? Fuck, fuck, fuck. Y nada crece bajo la sombra del desconsuelo; sólo flores de agua, tal vez, que hace brillar las pupilas del mar. Fuck.

—¿Por qué lloras? —inclino la vista y me encuentro a Naomi interseccionada bajo las gradas—. ¿Es porque va perdiendo nuestro equipo?

—No lloro, escuincla de porra; es sudor.

—¿El sudor te pone los ojos rojos?

—Y morados si no te callas.

Naomi me extiende una banderilla de papel arrugado de color rojo.

—No sudes tanto y mejor apoya al equipo para que ganemos el campeonato mundial de básquetbol.

Levanto la cabeza. En la duela hay un racimo de los pirulos más pequeñitos. Apenas si pueden sostenerse ellos y la pelota les queda tan grande que parecen pelotas playeras frente a hormigas enclenques y panzonas.

—¿Apoyar a esas chingaderitas? —me enjugo los ojos con el dorso de la mano.

—Sí, que serán nuestros futuros campeones.

—¿Y por qué foquin los voy a apoyar?

—Porque todos somos del mismo equipo, ¿no?

—Pero míralos: se caen solos.

—No importa, algún día se levantarán.

Tomo el banderín de sus manos y comienzo a agitarlo despacio, acuoso, cancerbado, hasta que una súbita furia me trasuda los epitelios, me levanto del asiento y comienzo a gritarles endemoniado, con rabia, con rencor, con el dolor que me causa la foquin nota de Aireen y su presencia invisible que roza mis pestañas amartilladas de agua.

—¡Pinches pirulos caguenges, metan la foquin pelota en el foquin agujero de mierda para que sean campeones algún foquin día!

Todo el gimnasio se queda callado, en silencio. Los pirulitos me ven con cara de diablo. El entrenador gigantón del silbato deja caer su silbato sobre su pecho. La ñora del escritorio y el señor Abacuc se quedan perplejos.

Sin decir agua va, así, como campanas desbocadas tiradas por changos con ataques, los pirulitos comienzan a chillar todos al mismo tiempo, al unísono, como una foquin orquesta que toca a tutti grosso modo forte berridos de ángeles y demonios.

—Ya los hiciste chillar —dice Naomi a mis pies bajo las gradas.

Yo sigo temblando. Por muy verijón que parezca, me siento más pirruña que el pirulo más chillón de ahí abajo. La impotencia me domina y de un salto brinco hasta el suelo y echo a andar hacia la salida. En eso, el brazo del señor Abacuc me sujeta con una fuerza inaudita para un viejo.

—Si te vas, puede que no regreses jamás. Pero si te quedas, podrás hacer más cosas buenas que malas.

Empujo su brazo. Tengo ganas de correr; siento calambres en mis foquin patas por salir de ahí. Por liberarme de todo el foquin mundo y cargármelo de un putazo. Comienzo a caminar hacia la puerta de doble hoja; quiero romperla a patadas, pero algo me detiene.

Algo que no puedo explicarme.

Mi propia conciencia triunvirata me dice que no y no sé por qué.

Naomi rueda hasta donde estoy parado frente a la puerta resoplando tan duro que oigo los caballos de mis venas galopar por mi cabeza como una telaraña de coágulos encasquillados.

Naomi coge mi mano temblorosa.

—¡Quédate! —sólo dice eso.

Nada más.

Su mano es un rescoldo que no sé definir entre tanto incendio.

Sé que todos me miran porque los siento revolotear a mis espaldas como cuchillas afiladas. A los pirulitos chillones también los veo reflejados en el cristal redondo de la puerta Eliason.

—Entrenador Truddy, traiga el domi de las terapias, por favor —indica el señor Abacuc.

El gigantón del silbato va hacia el cajón de pelotas y aros. Revuelve hasta el fondo y saca un cojín cubierto de vinil rojo y negro muy gastado.

—Póngase en posición.

—¡Venga! —dice el gigantón sudando como marrano mientras se acomoda el domi sobre el pecho con un pie adelante y otro atrás.

El señor Abacuc grita:

—Pégale al domi con todas tus fuerzas, muchacho. Verás que te sentirás mejor después.

Naomi me aprieta la mano, como si con eso me infundiera valor, y luego me la suelta.

—¡Ve! —dice la niña—. Eso hacemos todos aquí cuando estamos enojados por algo.

En verdad estoy encabronado con todo el mundo. Dolido por todas partes; como si una gran trituradora me hubiera molido todos los cartílagos del cuerpo. Giro espumando azufre por la boca y avanzo lento un par de metros hacia el entrenador del silbato; luego me vuelvo luz, doy un brinco hipersónico y tiro un putazo meco con toda mi rabia hacia el centro del foquin cojín de vinilo, así, profanando el aire con todas mis células prietas.

¡Fuuuuuuuck!, zumba el viento a mi alrededor, haciendo vibrar todas sus moléculas por el fogonazo.

¡Craaaaack!, truena el domi en medio del silencio absoluto del gimnasio. Y no sólo truena, sino que salta un montón de polvo mientras el vinilo se rompe por mi puñetazo y mando de nalgas al entrenador Truddy como un árbol gigante talado en medio de la duela.

Todo el gimnasio estalla a gritos.

—¡Ya me lo mató! —grita la mujer del escritorio.

El señor Abacuc se acerca corriendo hacia el panzón despatarrado.

—¡Entrenador Truddy! ¿Está bien, entrenador Truddy?

El gigante no puede moverse. Está sin aire. Sólo se ve su pecho tratando a duras penas de inflar sus pulmones. Los ojos los trae saltones, como un marsupial lémur. Su cara pasa de morado a rojo y luego a azul. De inmediato me le acerco y lo cojo de los pies, le hago flexionar las rodillas para que el diafragma recupere su posición normal y pueda meter aire, como hice con tantos morros en las peleas callejeras para que pudieran tener la oportunidad de salir por piernas del ajetreado desmadre.

—Tiene razón —le digo al señor Abacuc mientras muelleo las patas del entrenador Truddy para inflarlo—. Ya me siento un poco mejor.

⊶ ⫘ ⊷

[*—Chief, ayer pasó el foquin distribuidor. Que si le puede dar un cheque que no le rebote porque si no, dice, va a tener que llevarse los libros nuevos a otra parte.*]

La oficina del señor Abacuc está cruzando la entrada hacia la derecha, casi enfrente del comedor. Ahí llevamos al entrenador Truddy. Lo acomodamos sobre un futón para que se recuperara en privado y no a la vista de todos los pirulos que comenzaron a rodearlo para saber si estaba vivo o muerto. La señora del escritorio cacarea de un lado para otro en español y en inglés:

—Madre mía, oh, God. Sweetheart, cariño, baby.

Naomi me jala del brazo.

—Es su esposo.

El gigantón poco a poco va recuperando su color rosa camarón. La señora le pone otro algodón con alcohol en las fosas nasales y el hombrón pega un respingo hacia atrás.

Entra la mujer robusta de la cocina llevando un plato y una cuchara.

—Un buen caldo de gallina siempre levanta hasta a los propios muertos —lo pone en una mesita junto al panzón.

—Gracias, doña Merche —responde el señor Abacuc.

La cocinera sale dando brincos hacia el comedor de enfrente.

—¿Cómo se siente, entrenador? —pregunta por enésima vez el señor Abacuc.

El gordinflón asiente con la cabeza. Su esposa está entretejiéndole las manos con las suyas.

Voltea a verme.

Sus ojos lagrimean espuma.

—Ese muchacho es un peligro para todos.

—Miss Webeer, la culpa es total y absolutamente mía —interrumpe el señor Abacuc—. Yo no… No pude preverlo…

—A ver si no le volteó los intestinos de revés a mi Truddy y le puso el estómago en otra parte.

—Llevaremos de inmediato al médico a su esposo, miss Webeer.

—Ya estoy bien —dice por fin el entrenador Truddy.

—¿Cómo vas a estar bien, cariño, si no podías ni respirar? Te pusiste de todos colores, oh, God. Estabas como muerto. ¡Y a mí casi me matas de un infarto!

—Nada más me sacó el aire. No es nada, mujer.

—¡Si al rato te da diarrea no te quejes!

Naomi se lleva la mano a la boca para cubrir una sonrisa que le brota por lo que acaba de decir miss Webeer.

Yo también sonrío.

—Y además es un cínico. Mire, señor Shine, se está burlando.

—Lo siento, yo… —le digo y agacho la cabeza. Naomi me mira y me sonríe por detrás de su mano.

—Miss Webeer. Ahorita está alterada por lo que acaba de pasar, pero recuerde que usted es una buena persona y estamos aquí para ayudar a los más necesitados, a los que menos tienen. La culpa no es del muchacho.

Miss Webeer se ruboriza. Me quita los ojos de encima y los deposita en su esposo, que ya está más repuesto. El sudor ha bajado y su color ahora sí es de un rosa saludable.

—Caramba, muchacho —se dirige a mí el entrenador con los ojos bien abiertos y respirando lento—. Durante mi servicio militar fui mecánico de plataforma del acorazado en el que me tocó navegar. Ahí hacíamos peleas entre los marinos y apostábamos a ver quién ganaba más dólares y cigarrillos. En toda mi vida, lo juro, jamás he visto un zurdazo como el que me acabas de dar.

—Yo tampoco, entrenador Truddy —añade el señor Abacuc sentándose en el perfil de su escritorio. Atrás de él cuelgan más reconocimientos a su nombre y algunas fotografías con mucha gente que yo no conozco. Todos sonríen a la lente.

—¿Te gusta el box, muchacho? —me pregunta el gigantón.

—Entrenador Truddy, ¿no estará pensando…? —interviene el señor Abacuc.

—No estaría por demás probar. ¿O usted qué opina, señor Shine?

[—Patrón, hablaron como cinco veces los del banco. ¿Qué les digo?
—Que estoy muerto. Diles eso, que morí ayer y que me enterraron
hoy por la mañana y que dejen de estar chingando esos putos merce-
narios maricones hijos del mono.]

—Mira, muchacho —me dice el entrenador Truddy en medio de la duela del gimnasio. Los demás morros y morras ya se fueron al comedor a comer. Yo tengo hambre, pero el entrenador tiene que irse al médico carrereado por su mujer y quiere empezar ya. "Debemos hacerlo para ayer, señor Shine"; así se lo dijo al señor Abacuc para ponerme a prueba en el torneo de exhibición para la caridad. "Y que reunamos fondos para los muchachos del albergue, y esto es para ya"—. Mira, muchacho —repite—, éstos se llaman músculos, y los tenemos que poner en forma. Aquí está el esternocleido-mastoideo, aquí el deltoides, luego el tríceps, bíceps. Atrás el recto mayor de espalda o gran dorsal. Aquí donde se te ven las costillas debe haber unos músculos que se llaman músculos oblicuos. Y adelante los músculos abdominales. Luego vienen los glúteos, y en las piernas el cuádriceps, constituido por cuatro músculos: abductor, aductor, recto mayor y sartorius. Además está el bíceps femoral, y más abajo el músculo de la pantorrilla y el tibial. Todo esto lo tenemos que volver de acero con abdominales, planchas, sentadillas y muchos ejercicios más. ¿Entendiste?

—Sí.

—¿Sí? A ver, ¿qué dije?

—Que debemos ponerme al tiro desde el pescuezo hasta el chamorro pasando por el conejo, las nachas y la panza.

—Bueno, entendiste la idea general, que es lo importante. Mañana quiero que empieces a correr diez minutos y cada día le vas aumentando dos minutos más. Trotas primero y luego haces sprints de unos diez o veinte metros, para ir trabajando tu sistema cardiovascular —se me queda mirando pensativo—. ¿Seguro que jamás entrenaste box…? ¿O algo parecido para dar trompadas así?

—Jamás, entrenador Truddy.

—Bueno, a ver qué pasa contigo. Mañana antes de las cinco. Eso sí, debes tomar mucha agua.

—¿Y todo esto como para qué?

—Porque una cosa es dar golpes y otra muy distinta recibirlos.

—¿Cómo?

—Pon duro el estómago. ¿Ya?

—Ya.

Me lanza un golpe sin decir agua va y yo por instinto me muevo hacia atrás y hacia la izquierda. Su golpe pasa rozando mi barriga. Falla y casi se va de bruces por su propio impulso.

—Déjate golpear, muchacho.

—¿Por qué?

—Para demostrar lo que acabo de decir.

—¿No es suficiente con las palabras para demostrarlo?

—No.

Me quedo quieto y aprieto la panza.

Su golpe en la punta del estómago me hace devolver el bolillo en medio de la duela.

—Y eso que no te lo di duro, muchacho —me dice mientras estoy doblado, sin aliento, tirado ahí—. Habrá algunos energúmenos que te querrán arrancar la cabeza de un solo tajo.

Despierto antes de que amanezca. El reloj de florescencia azul marca las 4:45. Me visto rápido y voy a la bodega de la cocina. Saco un costal de granos. Cojo un bote y lo lleno a ras. Camino hacia la escalera de caracol que da al techo y subo. En un corral de madera y alambrada hay varias gallinas. Aún duermen sobre un palo atravesado. Tomo la bandeja y vacío los granos. Luego lleno el bebedero con la manguera. Aprovecho el agua para regar las plantas que están sembradas en cajas de madera y que el albergue utiliza como huerta: albahaca, tomillo, cilantro, perejil, yerbabuena, epazote, manzanilla, ruda, orégano, hierba santa, quelite, árnica, algunas coles, rábanos, zanahorias, calabazas, jitomates cherrys, chile rojo, chile serrano, habanero, piquín, manzano, poblano, jalapeño. En algunas partes de tierra hay sembrada sábila y dos penquitas de agave azul. Un arbolito de aguacate y otro de limones enano están sembrados en forma individual. Más adelante hay un tubo de hidroponia para tallitos de berros, lechugas orejonas y unas cosas raras que se llaman "estrellas del día" y que parecen pasto para vacas.

—¿Por qué no hay rosas, claveles o violetas, señora Merche?

—Porque ésas no se pueden comer.

—Pero es alimento para la vista, ¿no?, según cantan los poetas.

—Ay, muchacho, es que los poetas no son de este mundo y no necesitan comer.

Termino de regar con poca agua todos los cubículos de madera del huerto instalado en la azotea, tal y como me había dicho la señora Merche, para ganarme el desayuno.

—Poca agua, porque mucha, pudre.

Bajo con el bote y lo dejo en la bodega. Enfilo hacia la puerta de entrada, la abro despacio para no molestar a nadie y salgo a la calle. Las farolas aún están despiertas. Empiezo a caminar hacia la izquierda. Todavía no hay nada abierto. Pasan dos o tres personas que seguramente van a trabajar en alguna de las fábricas de la periferia. Hace frío, así que comienzo a trotar lento para ir calentando las fibras del cuerpo, como me dijo el entrenador Truddy.

Llego al parque Wells y veo que hay algunos deschavetados que también se levantaron temprano para hacer ejercicio. Uno lleva bufanda, lentes y audífonos. Otros más están haciendo genuflexiones a la orilla del caminito de piedra. Los demás pasan corriendo a mi lado. En el centro se puede ver el carrito desvencijado de la negra y otros que duermen ahí. El aire está frío. Yo sólo llevo mi pantalón deportivo de la ñora Dobleú, una sudadera que me dio el señor Abacuc y los tenis voladores de Aireen.

¿Qué me dijo que hiciera primero?

Ah, sí.

Me doblo por mitad y siento mis huesos tronar en la cintura, a la mitad de mi cuerpo. Uno, dos, tres. Luego me incorporo y trato de estirar las patas. Abro las piernas en compás y siento cómo se me tironean las ingles.

Duele.

Hago un par de sentadillas donde me crujen las rodillas.

Es como si me faltara aceite.

Estiro los brazos hacia adelante y luego los trato de estirar hacia atrás.

Muevo la cabeza en varias direcciones para calentar el pescuezo.

Empiezo a caminar por el camino de los corredores. Luego acelero el paso y de repente estoy corriendo. Es una sensación extraña sentir que no me está persiguiendo nadie y esto lo hago por cuenta propia y no por una foquin corretiza para putearme.

Doy un par de vueltas al parque Wells. Siento la garganta seca y que me falta el aire a ratos; imagino que así debe ser al principio. Puro dolor.

Dolor puro.

—Y recuerda, muchacho: si no duele, no sirve —me dijo el entrenador Truddy antes de marcharse del brazo de su cacatúa.

El cielo empieza a ponerse azul. Antes de que me canse por completo, salgo del parque corriendo y voy directo al edificio de la chivata. Miro sus ladrillos rojos y siento como si se me estuviera escapando una parte de mi vida ahí.

Si yo era feliz con sólo mirarla ir por la calle, por el bus, por el parque, ¿por qué ahora me siento tan así?

Me detengo y miro hacia arriba. Hacia su ventana. Aireen debe estar dormida en este momento. El cielo se pone más claro a cada segundo y, antes de que aclare por completo, echo a correr a toda velocidad para que el dolor físico me haga olvidar el dolor monumental de saber que ella jamás querrá estar con alguien como yo.

Cuando regreso el cielo ya es azul, aunque todavía no puede verse el sol. El albergue ya está abierto de par en par. Afuera hay un camión que descarga cajas y bolsas. El señor Abacuc también lleva paquetes junto con la señora de la cocina. Los pirulos más grandes están en fila pasando las bolsas de mano en mano hasta el interior, donde están los medianos, que van acomodando todo. Son como hormigas que se pasan ramas entre las mandíbulas.

—¿Qué son? —le pregunto al señor Abacuc mientras le ayudo a cargar unas cajas hacia adentro.

—Donaciones para el invierno —me responde con la lengua de fuera.

Cargo otros paquetes grandes hasta que terminamos de descargar todo el contenido del camión.

—A ver —dice el señor Abacuc—. Alimentos, a la bodega de la cocina. Ropa y sarapes, a la bodega del fondo. Medicinas, a mi oficina.

—¿Ya llegó el entrenador Truddy? —le pregunto cuando ya hemos terminado de distribuir toda la paquetería.

—Siempre llega después del desayuno, muchacho.

—¿Y mientras qué hago?

—¡Acompáñame!

Caminamos hacia un cuarto lleno de tiliches. Hay archiveros, sillas apiladas. Bastante polvo. Envases de plástico metidos en yute. Hay unos lockers desvencijados. Cajas amontonadas. Unos instrumentos musicales sobre unos anaqueles. Algunos libros polvosos arrinconados. El señor Abacuc revuelve en unas cajas y por fin saca un saco cubierto de polvo.

—Aquí están. Espero que todavía sirvan y no se los haya comido la polilla —me lo pasa—. Es un costal de box; adentro deben estar unas guanteletas, unos guantes, una careta, una pera y creo que hasta unos protectores bucales.

Abre las agujetas y sí, ahí dentro está todo lo que dijo más una cuerda para brincar, un suspensorio y una concha para proteger los huevos.

—Dile a la señora Merche que te dé un poco de jabón en polvo; los lavas en el lavadero de arriba y los pones a secar en el tendedero. Luego bajas.

—¿Qué era aquí? —le pregunto al señor Abacuc.

Da la vuelta sobre sí mismo para mirar el cochinero de alrededor.

—Un cuarto que sólo sirve para llenarse de polvo y muchas cosas inservibles para olvidar, oh, sí.

La señora Merche me da el jabón y un cepillo de cerdas de nylon. Subo a la azotea para lavar el equipo. Volteo todo sobre el lavadero y comienzo por lo más pequeño. Veo un protector bucal. Lo lavo a conciencia, como si estuviera limpiando los tesoros de una tumba egipcia. Lo enjuago y luego lo miro por todos lados. "Esto debe ir en la boca." Me lo meto y, sí, compruebo que va en la boca pero que el dueño anterior debía tener los dientes muy chuecos, porque mis dientes no embonan en sus cavidades. Lo escupo y lo vuelvo a lavar. Paso a los guantes y veo que aún tienen manchas de sangre oscura. Los lavo con el cepillo hasta que sólo quedan algunos rayones que no puedo quitar. Luego las guanteletas, la máscara, el suspensorio y la concha. Se me hace muy pequeña para contener mi foquin paquete. Lavo también la cuerda para saltar y al final el costal. Está descosido en una de sus costuras y se le forma un hoyo. Lo lavo bien hasta que de ser gris queda blanco. Lo rojo y lo negro brillan. Lo pongo a secar en el tendedero. Desde ahí veo muy poco de la ciudad. Apenas unos edificios altos, árboles cerca y por algún lugar de ahí, perdido entre la zona fantasmal y el parque Wells, debe estar el edificio de la chivata.

—◄═✦═►—

[—*Chief, ¿por qué dice tantas groserías cuando está solo y ninguna cuando está con sus clientes?*

—¿Cuáles *foquin putas groserías digo, pinche pajarraco foquin fisgón?*

—Ésas.

—*Éstas no son foquin pinches groserías; groserías las que se tragan en las telenovelas las pinches jodidas buenas personas de conciencia limpia y culo podrido, o las groserías de los putos republicanos hijos de la chingada, paquidermos corta verijas. Ésas sí que son groserías. Que vota por mí, que estarás mejor conmigo, que pide un foquin puto crédito, que tú eres el dueño de tu hogar… Putos. Yo como hablo es una forma de decir las cosas con toda la foquin desnudez de las ideas, putito.]*

Termino de tender la cuerda para saltar y bajo a desayunar. Los escuincles piruletes me abren el paso; es como si estuviera en una burbuja de cristal y los hiciera a un lado con un campo de fuerza gravitacional. Sólo Naomi se me acerca con su silla de ruedas y pone su plato junto al mío.

—Si fueras un árbol, ¿qué árbol serías?

Meto otra vez la cuchara en la avena.

—¿Por qué eres tan rara, niña?

—¿Te parece que soy rara?

—Mucho.

—¿Y eso es bueno o es malo?

Me quedo pensando.

—Es raro.

Naomi también mete su cuchara en su plato y sorbe la avena.

—¿Es cierto que le dijiste al señor Shine que quieres limpiar el cuarto para hacer una biblioteca?

—¿Quién te lo dijo?

—Ay, Liborio. ¿Aquí quién no se entera de todo?

—Chismosos que son.

—¿Entonces sí?

—No.

—¿Te puedo ayudar?

El entrenador Truddy llega pasadas las nueve de la mañana. Trae un par de guantes de box bajo el brazo y un pocillo grande con agua. Miss Webeer se lleva a los pirulos hacia una esquina del gimnasio donde están los pizarrones y comienza a dar su clase en inglés. Veo que los pirulitos y Naomi nos voltean a ver de vez en cuando. Miss Webeer se da cuenta y eleva el tono de voz y ellos, de inmediato, regresan la mirada hacia el pizarrón.

—¿Corriste? —dice el entrenador Truddy dejando caer los guantes en la madera.

Asiento con la cabeza.

—Bueno, por lo menos no eres flojo —dice—. Vamos a ver —saca una hoja arrugada de su pantalón deportivo. La lee en voz alta—: "El boxeo es el deporte más duro, difícil y exigente del mundo. Para lograr dominarlo se necesita constancia y disciplina. Además, mucha perseverancia para conquistar los límites del esfuerzo humano…"

—Entrenador Truddy —lo interrumpo—. ¿Alguna vez ha entrenado a alguien para boxear?

Su color rosado se arrebola más en sus mejillas. Suda como marrano.

—Tú eres el primero —dice el gigantón y luego, para resarcir su falta de pericia, señala—: Pero en mi juventud practiqué algo de box y sé algo de esto.

—¿Y si deja de leer y mejor me pone a pegarles a las paredes?

El entrenador Truddy arruga el papel y lo guarda en su deportivo, se inclina y se acuesta pesadamente en la duela panza arriba.

—Tienes mucha razón, muchacho. Pero primero hay que acondicionarte. Haz cien abdominales así —me muestra el ejemplo con mucha dificultad. Su respiración se vuelve onikosa—. Cuando bajes, uf, y subas, uff, exhalas, ufff, fuerte.

Me tumbo a su lado y comienzo a contar.

—1, 2, 3, 4, 5, 6, 7, 8, 9, 10, 11, 12, 13, 14, 15, 16, 17, 18, 19, 20, 21, 22, 23, 24, 25, 26, 27, 28, 29, 30, 31, 32, 33 —empiezo a sentir un pequeño cosquilleo en los abdominales—, 34, 35, 36, 37, 38, 39, 40, 41, 42, 43 —ahora sí, me cuesta trabajo levantarme porque siento que me quema la panza—, 44, 45, 46, 47, 48...

—Vamos, muchacho, dos más y llegas a la mitad.

—... 49 y 50 —me despatarro.

—Nadie dijo que iba a ser fácil. Ahora sólo te faltan cincuenta.

Cuando termino me pone a hacer cien sentadillas hasta que las nachas las siento de mandril.

—... 98, 99 y 100 —estoy sudando a mares, como si la simiente de todos los ríos horadara mi frente. Tomo el agua que me extiende el entrenador.

—Ahora diez planchas. Así, mírame: tienes, uf, que bajar todo el pecho, uff, ufff, hasta casi rozar el piso y luego, uffff, te levantas para, ufffff, trabajar los bíceps y los tríceps. Aspiras, uffffff, arriba y exhalas, ufffffff, abajo.

—Entrenador, a usted le baja primero la panza.

—Cállate y hazlas.

Después de hacer otras tres repeticiones de cada cosa, el entrenador se levanta. A mí me tiemblan las patas y los brazos. No sé si pueda mantenerme en pie.

—Ahora un poco de técnica —toma los guantes y me ordena—. Estira los brazos para que te los ponga.

Estiro los brazos que me gelatinan por todas partes. Veinte lagartijas y media me han dejado para el arrastre. El entrenador me calza los guantes y luego los suelta. Los siento pesadísimos, tan pesados que estoy a punto de irme de cuernos hacia el frente.

—No te caigas —dice mientras me sostiene del pecho para que no dé contra el suelo—. Necesitas acostumbrarte a llevar ese peso encima como si fuera parte de tu propio cuerpo.

—¿Y ahora qué hago? —le digo con los brazos caídos a los lados.

—Ahora levanta los guantes y ponte en guardia, así.

—No puedo —le digo.

—¡Cómo no vas a poder! A ver… —y me lanza un puñetazo volado hacia la cabeza. De inmediato lo paro con el guante izquierdo—. ¿No que no podías?

Luego sigue tirándome manotazos a diestra y siniestra para que los vaya esquivando o deteniendo con los guantes.

Los pirulitos comienzan a gritar.

—Se están peleando, miss.

Miss Webeer alza la voz a toda su potencia:

—Entrenador Truddy, ¿sería tan amable de no interrumpir la educación de estos niños con sus salvajadas?

El entrenador Truddy baja la guardia y, de colorado como estaba, se pone aún más rojo. Intenta serenarse un poco y guardar la compostura aunque sigue rallando, como queso, copiosas rebanadas de sudor por todo su cuerpo.

—Lo siento, maestra Webeer —camina hacia las gradas y se sienta—. Hemos terminado por hoy —dice mientras yo también tomo asiento—. Tenemos que empezar con poco porque si no te puedes lesionar —respira hondo. El sudor le corre por la cara hasta el pecho. La deportiva la trae empapada igual que yo—. Me dijo el señor Shine que encontraron un equipo de box y una cuerda para saltar. Mañana quiero que la saltes por media hora, ¿entendiste? Eso te dará más velocidad y mucha rapidez.

Asiento con todo el cuerpo bisoñado mientras me sigue quitando los guantes. Los pone sobre una banca.

—Toma, muchacho, para que nunca olvides lo que te dije —saca el papel arrugado de su pantalón y me lo extiende.

Se levanta y se va arrastrando los pies. Ahí siento un poco de pena por el gigantón. Empuja la puerta Eliason y desaparece. Miro el papel con las manos que me tiemblan y de inmediato lo volteo de revés y de derecho una y otra vez, y sí, ahí compruebo, con sorpresa, que la hoja está en blanco y no hay nada escrito sobre ella.

A las dos de la tarde me voy hacia el comedero junto con los demás morros y morras que acaban de terminar sus clases con miss Webeer. Naomi se acomoda junto a mí.

—¿Cómo estuvo el entrenamiento?

—¿Qué, no lo viste?

—A ratitos.

—Pues estuvo mortal.

La cocinera se acerca con una charola donde hay varios platos con arroz y un ala de pollo por piocha.

—El entrenador me dijo que debes comer mucha proteína para ganar masa muscular, chamaquero, pero aquí no tenemos mucho de eso, así que vas a comer lo que todos comemos, ¿vale?

—No hay problema —le digo—. A la tierra que fueres caga lo que comieres, cooo, cooo, cooo —y muevo los brazos adoloridos como alas de gallina.

Los pirulos de alrededor y la señora Merche ríen celebrando mi ocurrencia escática.

—Mira nomás a éste; los hace reír —dice la cocinera con una sonrisa.

—Le tienen miedo pero creo que les cae bien —continúa Naomi.

Los pirulos desvencijan sobre la mesa sus ojos mustios y apoyan los codos como cháchara de carne.

—Y usted, escuincla, ¿qué hace tan pegada a este chimpancé como chicle? Aléjese de él, no se vaya a enamorar y salga la cosa peor.

Naomi echa una carcajada infantil, así, lisa, llana, sin rugosidades que entorpezcan su inocencia.

—¡Qué cosas se le ocurren, señora Merche! Yo voy a estudiar mucho para ser una gran abogada y defender los derechos humanos de todos y todas y nada es más importante que eso.

—Ah, qué caray. Eso está bueno, mija. A darle duro con el estudio para que pueda contra los malos. Pero sobre advertencia no hay engaño, "abogada" —echa una risotada y se marcha para seguir sirviendo platos a todos los que faltan.

— —◆— —

[—¿Y cómo conoció a su ñora, patrón?

—¡Qué le importa, putarraco esotérico! Eso es cosa de dos, de ella y mía, y de nadie más.

—¿Le da pena?

—Sí.]

Quito una silla empolvada y me siento en medio del cuarto. Necesito ver de qué lado voy a comenzar a limpiar ese foquin desmadre. Cierro un minuto los ojos para pensar.

—No te duermas —dice Naomi a mi lado.

Lo sé, sí, estoy muerto.

No puedo moverme sin que me duelan las pestañas.

Estoy más adolorido por el entrenamiento que si me hubieran macaneado un millón de policías en fila india. No sabía

que tenía músculos debajo de los músculos. Me duelen hasta los dientes. Pero si no duele no sirve.

—Ay, mis nalgas de mandril —me quejo mientras me levanto de la silla para no quedarme infartado ahí de sueño—. ¿Por dónde comenzamos? —le pregunto a Naomi con los pensamientos enmarañados por el cansancio, la escoba en la mano y un par de cubetas con trapos en la otra.

—Primero por el nombre, ¿no? Se me ocurrió esta mañana que le podríamos poner "Biblioteca Libertad y Naturaleza". ¿Qué te parece? Libertad por tu L de Liborio y Naturaleza por la N de mi nombre. ¿A poco no está genial mi idea de escondernos dentro de su nombre?

—O podemos ponerle "Biblioteca Luego la Arreglamos" —le digo con los ojos a punto de estallarme por la fatiga de mantenerlos abiertos.

—Ese nombre no sirve, babas. Pero por ahora podríamos desempolvar esos libros que se ven ahí arrumbados hasta el fondo de ese estante.

—¿Éstos? —y los arranco del sedimento de siglos levantando pelusas, polvo y telarañas viejas—. ¡Sólo son cuatro libros!

—¡Es el mejor principio para comenzar! —Naomi casi brinca en su asiento—. ¡Piensa que alguna biblioteca en el mundo debió comenzar con menos libros, quizás uno, o quizá menos; tal vez alguna biblioteca comenzó con ningún libro! —y ríe otra vez, eufórica, con los ojos llenos de alegría y esperanza, enseñando que su boca todavía anda chimuela y por sus agujeros le entra, natural, toda la inocencia del aire.

Nunca llueve, y cuando llueve tiembla. No un temblor de la foquin tierra, sino un temblor del cielo. Yo no escuché nada al principio, ni truenos ni relámpagos; ni la lluvia cuando empezó a caer, fecunda.

Una vez que Naomi y yo acabamos de limpiar todo el cuarto y escampar el polvo de los anaqueles para poner los cuatro libros de nuestra biblioteca; de arrinconar las cajas hacia el fondo y colgar los instrumentos en algunos tornillos que sobresalían de la pared, me fui derecho a mi habitación y, sin cenar, me volví capirotada sobre la cama, así, como un batidillo humano que se ha despojado de todos sus huesos.

Entre sueños oí la voz de ¿Aireen?

"Come aunque sea un pan de dulce."

Empecé a masticar con los ojos cerrados hasta que lo acabé y luego, pum, ya estaba del otro lado, ingrávido; sin sueños que me perturbaran el descanso; así, en blanco, haciéndole trastadas a mi subconsciente para que me dejara en paz.

Y lo hizo, porque no soñé nada.

Con un trueno megalítico despierto y oigo que el agua cae afuera como un ejército de foquin cristales rotos. Mi oído está atento pero no puedo moverme, tal y como si hubiera sido enterrado vivo y una catalepsia intravenosa me despojara de toda voluntad. No puedo ni gritar. La voz me ha sido secuestrada por un opimate fantasmagórico; una aquiescencia mórbida. Muevo la cabeza hacia el reloj de florescencia azul y siento miles de calambritos sobre mis fibras musculares, como diablos microscópicos que me clavan sus colas y tridentes.

El reloj centella 4:38.

En minutos tendré que levantarme para comenzar el segundo día de entrenamiento y estoy tan muerto que siento cómo mis músculos son mi propio ataúd. ¿Por qué el sacrificio es la quintaesencia para avanzar en el espacio? ¿Por qué duele tanto en el cuerpo, como si una supernova hubiera hecho implosión dentro de los huesos?

El reloj tritura 4:49.

Fuck. Fuck. Fuck.

Foquin fuck.

Culebreo por la cama. Saco un pie y luego el otro con mucho dolor. La lluvia se oye granítica afuera. ¿Y si mejor me quedo bajo las cobijas? ¿Si lo abandono todo, si renuncio? ¡Después de todo no hay nadie que pueda obligarme a levantarme y andar!

El reloj también culebrea: 4:56.

Fuck.

Si no duele no sirve.

¿También aplica para el foquin amor?

5:01.

Fuck.

Tomo impulso como si no me importara nada y me levanto de un salto. Las fibras musculares me chillan, me adormecen; me encadenan todos los huesos como barrotes de hilos invisibles. El dolor es grande, muy grande, pero más grande debe ser la sed.

Me visto y salgo.

Afuera la lluvia ha empapado a las gallinas. Subo un tablón que estaba en el cuarto de la biblioteca y se lo acomodo para que puedan guarecerse debajo y no sufrir ningún resfriado, o moquillo, o yo qué carajos sé.

Ya no debo echarle agua a la huerta, sólo espero que no se pudran las raíces por la harta agua que les ha caído encima.

Quito de los tendederos el costal empapado, los guantes, las manoplas, la careta, el protector bucal, el suspensorio, la concha y la cuerda para saltar. Los llevo abajo y los pongo a secar bajo el techo de la entrada. Luego abro el portón del albergue.

La lluvia cae.

No hay nadie en la calle, ni un alma transita ninguna avenida; ningún resquicio de la madrugada. Los semáforos cambian sus colores en las calles vacías de autos.

Llueve fuerte, desgajando el cielo a madrazos.

El parque Wells también está vacío. No se ve tampoco el carrito de la negra ni nadie duerme ahí en el pasto encharcado. No hay corredores ni deportistas gastando el caminito de piedra con sus pisadas. Estoy solo, desérticamente solo en medio de los árboles y las flores que se nutren de los nubarrones. El agua me chorrea por todo el cuerpo, fría, destemplándome las uñas. El vaho sale por mi boca. Hoy es jueves y pienso que tal vez Aireen aparezca por algún lado más tarde, tal vez entre el follaje, llevando a Candy de la correa, y yo podré mirarla como la miré el primer día que la vi. Pero eso es imposible. La marea que se propaga por el aire es muy fuerte para mí. Con el frío chapurreando por mis enredaderas, echo a correr por el camino de rocas hasta que mis músculos me maten o me hagan más fuerte.

⸻⸻

[—*Si hubiera un incendio, una inundación o un terremoto, ¿qué libro de aquí salvaría, Chief?*

—*Aquí no hay inundaciones, putarraco califragilístico, y tampoco tiembla.*

—*¿Y los incendios?*

—*Que yo recuerde, jamás ha habido un foquin incendio de nada.*

—*Bueno, si tuviera que irse a una isla desierta, ¿qué libro se llevaría consigo?*

—*¿Por qué me iría a una foquin isla desierta, piojo testarudo? ¿Y por qué habría de llevarme un foquin libro y no a una sabrosa vieja?*

—*No sé, Chief, tal vez porque lo están persiguiendo los bancos por cielo, mar y tierra como unos foquin piratas para cortarle la cabeza.*

—*Deje de andar elucubrando pendejada y media y póngase a barrer.*]

—¡Virgen Santa! Te me vas a enfermar, monigote —me dice la señora Merche en cuanto me ve traspasar la puerta de la entrada. Soy una sopa andante, escurrida; deshilachando pelos de lluvia en un acantilado ahogado por las olas. Mi cuerpo echa, literal, vapor por las alas, la pechuga, el pescuezo y la rabadilla.

—¿Y las cosas de box que dejé aquí colgadas? —le pregunto mientras me da una toalla deslucida y atabaratada para que me seque.

—Las puse junto a la hornilla de la chimenea para que estén más pronto… Vi que cubriste a las gallinas. Muchas gracias, ayer caí muerta y no me di cuenta de nadita.

—¿Sabe usted brincar la cuerda? —le pregunto de golpe y porrazo.

La señora Merche espabila los ojos.

—Huy, chamaco, de eso hace siglos.

—¿Puede enseñarme?

La señora Merche se nota indecisa. Pasa la mano por sus cabellos entretejidos de algunas canas y recogidos en una trenza romana.

—Pero no le digas a nadie, ¿eh?

—A nadie, lo juro.

⋆⋆⋆

[—Tengo otra historia fantástica en la cabeza que venderá millones en Hollywood —dice el writer latinfloor que llegó a la book para comprar un libro sobre asesinatos cibernéticos titulado Cyber Gang Bang y escrito por una joven española, Jaira Droom, que acababa de ganar el premio de narrativa de Medellín—. ¿Quiere saber de qué se trata?

—No —dice el Chief categórico.

—¿Y tú? —se dirige ahora a mí el garapiñado cuatro ojos. El Chief también me mira y sonríe perverso.

—Él sí quiere.]

—No, no, no. Fíjate bien. Por cada salto de la cuerda tienes que ir contando cada sílaba. Mira —la señora Merche toma de nuevo la cuerda y comienza a brincarla al tiempo que canta—: "Zapatito blanco, zapatito azul, dime cuántos años tienes tú. ¡Cinco! 1, 2, 3, 4, 5, y sales tú con la letra dobleú". Ahora tú.

Tomo la cuerda y comienzo otra vez.

—"Zapatito blanco, zapatito azul, dime cuántos años tienes tú. ¡Cinco! 1, 2, 3, 4, 5, y sales tú con la letra dobleú."

Y por fin, a las mil y quinientas me sale completa la canción y la brincadera.

—Mira —dice Naomi en el desayuno—. Conseguí otros dos libros para nuestra biblioteca.

Los pone sobre la mesa y veo que son cuadernos para colorear. Uno se titula *Pinta tus derechos* y el otro *Bambi*.

Bambi ya lo leí, así que tomo el otro y lo leo en un abrir y cerrar de ojos.

—Muy bien, Naomi. Son justo lo que buscábamos.

Ella sonríe.

No ha parado de llover durante todo el día. Las nubes siguen apelmazadas allá arriba y el ruido es sofocante en el gimnasio por su techo de lámina. Algunos goterones se cuelan y ponemos cubetas para evitar que se formen charcos. Cubrimos el piano con unos nylons azules. Miss Webeer ha tenido que llevarse a los pirulos hacia donde está nuestra biblioteca y ha instalado allí, con ayuda del señor Abacuc, del entrenador Truddy y mía, un pizarrón y las sillas.

—¿Y la biblioteca? —le pregunta Naomi a miss Webeer con evidente angustia.

—También será biblioteca, señorita —le contesta ella mientras me mira detrás de sus lentes de esquinas picudas hacia arriba.

Sólo el entrenador Truddy y yo estamos en el gimnasio ahora. Trajo un taladro y su caja de herramientas para que le ayude a instalar, en la esquina donde daba clases miss Webeer, la pera, el costal y otra pelota que se amarra del suelo al techo con unas ligas gordas y locas.

Yo le paso el material mientras él taladra y atornilla.

—Tenemos que sacarte unos estudios médicos para ver que no tengas ningún problema de cabeza o de corazón y solicitar la licencia para boxear —dice mientras apoya el desarmador sobre un tornillo que ajusta la madera de la pera—. ¿Alguna vez has ido al médico?

—Sí.

—¿Y qué te dijo?

—Que tenía lombrices.

—————

[—Y no sólo lombrices, señora; también le falta calcio y todas las vitaminas y minerales que existen. Mire nada más esos lamparones en la piel. El niño se ve tan desnutrido que casi podría estar anémico. ¿Segura que alimenta bien a su hijo?

—No es mi hijo, doctor, y le doy harto ajo para las lombrices.]

Las regaderas del albergue están en un cuarto de cemento hasta el fondo del gimnasio. Casi nunca hay agua caliente. De hecho, las dos veces que me he bañado siempre ha sido con agua fría. Termino de bañarme y aún sigue lloviendo.

Después de instalar las peras, el entrenador Truddy me dijo bajo el ruiderazo de las gotas sobre las láminas:

—El costal… con arena y aserrín… madera tunca… conseguir un… mañana. ¿Sabes coser…? No importa… ayuda… hija… llevo el costal… al fin… instalado… soporte… tensores… bisagras… ja… ja… ja…

Yo casi no lo escucho. El ruido de las láminas es ensordecedor. Pero asiento a todo lo que me dice con mis orejas de burro levantadas como si escuchara todo.

— ✶ —

[—¡Coño, jefe, a la otra le jalo los huevos!
—¿Por qué, seboso?
—Me ensartó con ese orate macaguamo.
—No se enoje, gorila. Ese vato es rependejo y sólo busca alguien con quien platicar porque está muy solo.]

Estoy leyendo uno de los seis libros de la biblioteca cuando tocan a la puerta de mi cuarto.

—Estoy leyendo, Naomi. ¿Ya terminaste el libro que te tocó?

—Tienes una visita —dice la señora Merche del otro lado.

El corazón me brinca. Pero antes de elucubrar que tal vez pueda ser Aireen quien viene, solícita, a mis brazos para cercenarnos la respiración a mordidas, entra brincando la ñora Dobleú con una peluca rubia platinada, un vestido cortito, unas zapatillas altas de color dorado y en la mano un pequeño bolso también dorado con diamantitos incrustados.

—Chale, te encontré vestido, papacito, Qué lástima, quería verte otra vez en cueros —ríe.

La señora Merche se asoma y ve mi cara de sorpresa y yo la suya de reproche.

—¿Está todo bien? —pregunta la cocinera con su timbre más grave.

—Sí, sí, está todo bien —interrumpe la ñora Dobleú—. ¿Puede concedernos unos minuticos para ocuparnos de un asuntito que no le atañe a usted?

La señora Merche me interroga con mirada réproba.

—Sólo quiero palabrear con mi sobrino, que es más difícil de encontrar que un kilo de adamantium en el país de las bengalas.

—Dejo la puerta abierta por si quieres salir corriendo, muchacho —ironiza la señora Merche; le echa una última barrida de arriba abajo a la ñora Dobleú y se va por el pasillo refunfuñando.

—¡Qué! ¿Ya conseguiste una mamá gruñona, morro? ¡Me hubieras dicho que aplicara para el puesto y con gusto te doy pecho! —se echa una carcajada despelotada de chachalaca jariosa.

—¿Qué hace aquí? —la interrumpo con el ceño fruncido.

La ñora Dobleú deja de revolotear alrededor de mi cuarto, donde ya ha tocado todo: el reloj, el armario, la mesa, y se sienta en la cama.

—Primero que nada —y baja el tono de voz, como si quisiera que yo no la oyera—, quiero pedirte perdón por lo de la otra noche. Yo no debí… ya sabes, fui muy desconsiderada contigo. ¿Sabes?, siempre he sido muy yoísta. No pensé que pudiera estarte lastimando y lo hice. Te pido perdón por eso. En verdad. Salí a buscarte esa noche pero eres más rápido que una culebra. Incluso les hablé a unos policías amigos míos que cuidan la zona para que te encontraran en el camino y no te pasara nada, porque habías dejado tus botas en mi house. Me dijeron que te vieron y echaste a correr, y que eres tan escurridizo que no te pudieron ver ni el polvo —hace una pausa para tomar aire—. En verdad lo siento, morro, no creí que te fueras a molestar de esa manera. Pensé que yo estaba haciendo algo grande para cambiar las cosas en este puto país, pero no supe cómo manejarlo. Estar en el centro de los reflectores de la noche a la mañana me deslumbró —hace otra pausa. Mira sus uñas y luego levanta la mirada y me ve a los ojos con sus ojos maquillados de dorado y azul y adornados con unas pestañas kilométricas y enchinadas de negro—. ¿Podrás perdonarme, morro?

No le digo ni sí ni no. En sus ojos enmascarados, como el arcén de una gran carretera hecho por el delineador y el rímel, veo tristeza; pero es una tristeza dura, como si la melancolía, o qué sé yo, se le hubiera solidificado en el fondo de sus pupilas. O su tristeza, tal vez, sea un arrepentimiento con maña. No lo sé.

—¿Cómo me encontró? —le pregunto con aspereza.

Medio sonríe. En ese momento, sólo en ese momento, con la fracción de un instante, veo verdadera melancolía reducida a un chispazo tras toda su pintura. Luego se esfuma y regresa de inmediato la calcárea ñora Dobleú.

—Uff. Ni me lo preguntes. Fui a todas partes. Incluso conocí a tus amigos gigantones del video que subieron a Youtube y que ha rebasado al mío en número de visitas. Snif. Poco más de doce millones, y sigue subiendo como la espuma… Qué madrazo le acomodaste a ese vato loco pasado de lanza. Ah, por cierto, los gigantones también te andan buscando. Pero me les adelanté. Antier me esperé hasta tarde afuera del edificio donde te encontré con los guantes puestos, y vi llegar a una morra muy bonita; pensé, como buena reportera que soy, que ella podría darme pistas sobre tu paradero. Le pregunté por ti, y primero se espantó, pero luego me dijo que sí te conocía pero que no sabía dónde estabas, pero que podía preguntarle a un amigo que la había ayudado cuando te desmayaste en la calle y que se ofreció a llevarte al hospital en un taxi. ¿En serio te desmayaste? Bueno, al grano, ella me dio el número del vato y hoy por la mañana lo fui a visitar al hospital del servicio y me dio la dirección de este cuchitril. Ese matasanos es reacio a cooperar por las buenas. ¿Cómo se llama? Espérame, aquí tengo su nombre apuntado: ¿Leonardo Zubirat? ¿Lo conoces? ¿Es tu amigo? Porque si lo es, ah, para amiguitos que te cargas. Pero ya sabes cómo soy. Le dije que lo iba a acusar de secuestro, intento de homicidio, privación ilegal de la libertad, calumnia, difamación, por feo, culero y demás chingaderas que se me iban ocurriendo en el momento. Ya sabes, en eso de las acusaciones soy toda una experta; si no, pregúntale a mi ex marido. Total, iba a venir más temprano aquí, pero la puta agua ha estado bien cabrona… Ah, por cierto, tu mamá me abrió y piensa que soy tu tía, ¿eh? —hace una pausa larga mientras pasa un relámpago y luego se escucha un trueno—. ¿Es cierto que vas a boxear para sacar billuyos para esta pocilga?

—No es una pocilga.

—Está bien, camaney. Retiro lo dicho.

Se levanta de la cama y va hacia la ventana. Corre las cortinas y mira hacia fuera, donde se ve el patio del albergue todo encharcado. La lluvia sigue escurriendo por los cristales y el azul de la tarde noche se va difuminando.

—¡Tengo un plan! ¿Quieres escucharlo?

—No.

—Es para que me perdones, morro, y así tú ganas y yo no pierdo —dice la ñora Dobleú todavía mirando a través de la ventana. Las luces de la calle están prendidas con alfileres de mercurio como saetas caídas al azar—. ¡Vamos! No es nada del otro mundo —dobla la rodilla hacia el techo para descansar los pies de sus zancos y la falda se le recorre unos centímetros más hacia arriba de sus muslos. No lleva medias y casi puedo intuir que tampoco calzones.

—¿Por qué lo hace?

—¿Hacer qué?

—Esto de venir a buscarme. Querer cambiar el mundo. Tener planes y planes. ¿Qué foquin quiere de mí? ¡¿Qué busca?!… Yo no soy nada… No soy nadie, jamás lo he sido, y usted sí; mírese, tiene todo el futuro por delante, o yo qué carajos sé.

La ñora Dobleú retira la mirada de la ventana, como si hubiera perdido de pronto el interés en ver la génesis de charcos cenagosos en el patio, y la dirige hacia mí. Parece que la lluvia se le ha pegado a los ojos por transmutación de los elementos, porque le empieza a escurrir una débil, una diminuta garra acuosa que le va arañando lenta, muy lenta, la mejilla hasta rozarle los labios pintados de rojo intenso.

—En eso te equivocas…

Yo no sé qué pensar. Las lágrimas de los demás están fuera de mi foquin territorio; del alcance de mis posibilidades. No intento hacer nada porque no sé qué hacer. La ñora pasa saliva mientras se reacomoda la falda a su altura original.

—Tienes razón, esto es muy tonto —se alista para salir pero se detiene en el dintel y sin mirarme dice—: Sólo concédeme un último favor, ¿quieres?

—¿Qué?

—Dame una entrevista para lo de tu pelea y yo te hago promoción.

La ñora Dobleú no espera mi respuesta. Sale apresurada de la habitación y escucho sus tacones altos perderse entre la lluvia.

—————————

[—Ora sí, patrón, allí afuerita está uno del banco que lo busca. ¿Le digo que usted se murió ayer o que se murió antier?

—No seas imbécil, idiota dodecafónico. Dile que me fui de viaje o que salí del país o que chingue a su madre y que tú no sabes nada de nada porque eres un foquin tarado retrasado mental.

—Ta güeno, Chief. Ojalá no lo agarren como al Tigre de Santa Julia.

—Cállate, perico entompiado de plumas enculonas, y déjame cagar en paz.]

El cielo está callado; sólo se oyen los chupetones de la luna sobre los charcos hundidos. Pensé que no iba a poder dormir por la llegada de la ñora Dobleú y todo lo que me había contado. Empecé a repasarlo tumbado en la cama, sobre todo la parte de Aireen. Pero antes de darle una vuelta a todo el asunto quedé desmembrado bajo los cobertores como el hermano gemelo de Coyolxauhqui.

Es el tercer día de entrenamiento y debo resucitar del fondo de la roca; del fondo de mis propios músculos convertidos en tumbas.

3:47.

Salto de la cama.

El cielo está límpido, como si la curvatura de la Tierra fuera una inmensa retina y le hubieran barrido todos los escollos con un párpado gigante.

Doy de comer a las gallinas resfriadas.

La huerta aún tiene los estragos de los ahogados, y como no había flores que despeluzar, se despeluzaron muchas de las plantas por el aguacero. Tomo la escoba y comienzo a barrer el agua hacia el desagüe. Luego sigo con el demás techo. Acomodo unas tablas podridas de las huertas y las sujeto con sus mismos alambres. Luego bajo y sigo despeinando las charcas del patio hacia las orillas del drenaje. Jamás leí, en ninguna de las foquin novelas de la librería, que un puto personaje se pusiera a barrer todo el desmadre a su alrededor. Ni que lavara los platos o se llenara las manos de callos por el trabajo diario. Los foquin escritores tetos ven la vida toda pulcra, sin dobleces que les ensucien sus blancas páginas de mierda.

El parque Wells comienza a enchincharse de morros y morras. Salen de abajo de las piedras. Pareciera que después de la tormenta viniera el movimiento. Unas pirulas gringas enfundadas en unos deportivos embarrados a sus curvas trotan juntas. Otros van con sus cachuchas y lentes. Más adelante otros se doblan y se enderezan. Unos chaneques hacen cabriolas mientras brincan y se acuclillan. Ya le di al parque una vuelta más que ayer. Las espinillas me duelen cada vez menos. Los tenis aún los tengo húmedos, y eso que ayer los puse junto a la hornilla.

—Ésa no es tu tía —me dijo la señora Merche en cuanto entré a la cocina para dejar los tenis y de paso cenar.

—Es una amiga.

—Es una zorra.

—No.

—¿Cuál dedo me chupo?

—Me dijo que usted parece mi madre.

—Si fuera tu madre ya te hubiera dado tus nalgadas.

—¿Por qué?

—Por cuzco malandrín.

Los pájaros comienzan a hervir en los árboles del parque. Salgo del camino, cruzo la calle y rodeo la manzana. Subo los escalones de piedra y empujo fuerte la puerta de entrada. Salto las escaleras y toco a su puerta.

Vuelvo a tocar más fuerte.

Se enciende la luz de adentro.

Toco por tercera vez.

—¿Qué pasa?

Toco una vez más.

Aireen abre. Está toda despeinada. Lleva un pijama de ositos rosas. Se sorprende al verme ahí parado, sudoroso, con un papelito en la mano.

—¿Te viene persiguiendo alguien, chivato?

—¿Es tu letra?

—What? —le extiendo más el papelito y ella lo coge entre sus dedos adormilados. Se talla los ojos con la otra mano. Lo lee. Levanta la vista—. No, chivato. Esto no es mío.

Sin decirle nada, así, en seco, le planto un beso en sus labios dormidos. Así, rápido, adolescente. Tomándole el rostro con las manos. Un beso limpio, sin lengua. Sólo mis labios y los suyos.

De inmediato doy vuelta y salgo disparado hacia la calle como alma que lleva el diablo.

—— ◄■► ——

[—¿No dijo que se iba al restorán a comer ahorita mismo con el amor de su vida, Chief?

—Así meroles, esperma deshuesado. Ahí le encargo el foquin changarro. Cuidao y me lo puteas.

—Ah, qué bueno, patrón, porque acaba de avisar su doña por fon que viene para acá con sus doñitos. Quesque uno se cayó en la escul y se le rompió el hociquito.]

Hoy entreno más duro, con las venas saltadas por el esfuerzo. Le doy unos marrazos sólidos al costal relleno de arena y aserrín que trajo el entrenador Truddy cosido por su hija.

—Pegas como demonio, muchacho, pero eso no basta para ganar una pelea. Hace falta inteligencia y corazón —dice el entrenador poniéndose rojo con cada mulazo que le doy al costal mientras lo sostiene. Se cansa y me lleva hacia la pera, echando el hígado por la boca—. La pera —dice sofocado y poniéndose en guardia— es para tener ritmo. Mira. Uno con la derecha y uno y dos con la izquierda. Luego cambias de guardia: uno y dos con la derecha y uno con la izquierda. ¿Entiendes? Así, primero lento, muy lento, hasta que poco a poco vas subiendo la velocidad.

—¿Cómo lo siente, entrenador Truddy? —avanza hacia nosotros el señor Abacuc con unos carteles en las manos.

—Pues no sé, señor Shine. El muchacho aún le pega como quiere y cuando quiere al costal y parece un poco necio para aprender. Diría yo que es un cabeza dura por naturaleza. Las instrucciones le entran por un oído y veo que le salen por el otro.

—¡Ah, qué caray, entrenador Truddy! ¿Y cree que pueda estar listo para mañana?

—¿Cómo? ¿No quedamos que hasta el 17?

—Mañana hay una función de beneficencia y les falta un contrincante. La señora Marshall estaba enterada y nos pidió de favor que si podíamos… Ya sabe cómo es la señora Marshall… Traté de rehusarme, pero siempre usa sus encantos conmigo, oh, sí.

—¡Cuáles encantos! Usa sus influencias para cortar o aumentar las donaciones. ¡Vieja arpía! —refuta molesto el entrenador Truddy.

—No la juzgue tan mal, entrenador. Por ella y sus extraordinarias propuestas ante el consejo ciudadano tenemos esos grandes y magníficos agujeros en el techo.

—¡Bah! —mira el entrenador Truddy las goteras que empiezan a parecer estalactitas cavernarias.

—Yo sí quiero entrarle a los madrazos —interrumpo su conversación y me pongo delante del señor Abacuc.

—¿Te sientes listo, Liborio?

No tengo que pensármelo mucho, así que le contesto con toda sinceridad:

—No.

—¿Y esa sonrisa? —me pregunta Naomi.

No le hago caso y sigo leyendo. La biblioteca tiene un nuevo integrante. Un pirulito que vio el libro de *Bambi* y está dándole duro a los rayones sobre los cuernos.

—¿Es porque vas a boxear mañana? —continúa Naomi y mira por enésima vez el cartel de la función sabatina de box que pegué con tachueletas a un lado del pizarrón—. ¿Aunque no aparezca tu nombre?

El cartel dice en inglés y español:

Saturday Boxing 18:00. Sábado de Box 18:00. Ford Foundation Center. Contribution: $1000.00. Donativo: $1000.00. For our children. Por nuestros niños. Poverty Asociation, A. S. C. John Pantos vs. Dulls Jara. Dwith Amir vs. Alanis Stanton. Jerry Knoks vs. Will Servin. H. G. Flores vs. Anatoly Plinsk. Jim Vernon vs. Auden Reed. Cocktail dinner after the event. Cena coctel después del evento. Your strength inspires us. Tu fuerza nos ayuda.

El libro que estoy leyendo se titula *1958-1959 Report of the Government Balance* y no le he entendido ni madres. Pero

era el más atractivo de todos los que encontramos apelmaza-
dos para nuestra biblioteca.

⸺ ⸺

*[O como decía el Chief: "A falta de pan, tortillas, puñetete plomizo",
aunque de este lado de la frontera era harto difícil encontrar masa y
más difícil encontrar tortillas que no fueran las frías totopas de Taco's
Grill o, en todo caso, libros que me tocaran la masa encefálica con sus
palabras guangas.]*

Mis ojos siguen pasando en automático sobre las palabras en
inglés de este libro viejo que no entiendo ni jota, pero no me
importa, yo estoy pensando en otras cosas. Me chupo el labio
superior; lo toco, suave, con el borde de mi lengua.

Sonrío de nuevo.

—¿O sonríes como baboso porque ese libro es muy divertido? —inquiere otra vez Naomi junto al pirulito que
está en la mesita coloreando de morado el pelaje de Bambi.
Naomi rueda hasta mí—. ¿Me lo podrías prestar cuando lo
termines?

—Ajá —le digo mordiéndome los labios con la mente
fuera de mi cuerpo.

El señor Abacuc tiene una camioneta Voyager de hace mil
años que sirve para llevar o traer lo necesario para la subsis-
tencia del albergue. Casi no la maneja para cosas personales
porque prefiere caminar; además, dice que el tránsito de la
ciudad se ha vuelto cada vez más colérico desde los años
setenta del siglo pasado para acá. "Y un viejo no puede andar
por la vida recibiendo insultos por la forma lenta en la que

conduce por esas calles llenas de neuróticos. No me parece justo."

—Que no se te olvide subir esta maleta —dice el entrenador Truddy mientras acomoda con nervios un contenedor negro con amarillo en la cajuela de su propio auto, un Fairmont automático 1981 que él mismo arregló y que luce impecable. Ahí llevamos todo el equipo de box que encontramos. Además, también metí un short rojo y una camiseta deportiva del año del caldo que trae el nombre de un vato gringo y que encontré entre las donaciones para el invierno. La señora Merche me obsequió un par de medias deportivas. "Porque tus calcetines, que no he visto que te pongas nunca, debieron tener más agujeros que una coladera. Y sin calcetrapos, los pies se huelen a queso gruyer, iuuug."

Miss Webeer anda también atareada. Con ojos adustos, es la encargada de formar y acomodar a los pirulos y las pirulas que nos van a acompañar a la función de box: "Porque la señora Marshall necesita exhibirlos ante la prensa" para demostrar que las obras de caridad tienen cuerpo y alma y no son sólo invenciones suyas.

—Acuérdate de saltar la cuerda con cada sílaba, chamaco, y que no se te olviden las demás letras que te enseñé —me dice la señora Merche mientras pone un cesto con algunas viandas en el asiento delantero de la camioneta, para que "no lleves la panza de farol, porque recuerda: 'Panza llena, corazón contento'". Ella va a quedar a cargo del albergue mientras nosotros nos vamos al Ford Foundation Center.

Naomi también nos acompaña. Ella, según dice, es la capitana oficial de porristas de la Casa del Puente. Confeccionó unas banderitas de papel con retazos de unos periódicos viejos y entre varios les pintaron rayas azules, verdes y rojas. Les dice a sus suboficiales:

—Tenemos que gritar mucho y hacer mucha escandalera, ¿eh?

—¿Así? —pregunta un teniente pirulo de unos cuatro años que comienza a gritar tan agudo que todos lo volteamos a ver—. ¡AAAAAAAAAAAAAH!

—¡Así! —dice Naomi después de quitarse los dedos de los oídos.

—Hay que subir también un garrafón de agua —dice el entrenador.

—Ya no tenemos garrafones llenos, entrenador —contesta la señora Merche—. Allá que se los paguen los ricos —y saca un par de botellones vacíos—. Y si pueden, que nos manden un costal de azúcar.

El señor Abacuc entra a su oficina y sale llevando una cámara Kodak.

—Miss Webeer, ¿cree que todavía vendan rollos de película para esta cámara?

La miss echa un vistazo rápido a la cámara que tiene entre las manos el señor Abacuc y dice sarcástica:

—Esa marca ya ni existe —hace una mueca de fuchi—. Yo creo, señor director, que sólo encontrará rollos de vendas para enterrar ese vejestorio —y continúa dando instrucciones a los pirulos—. Entrenador Truddy… —lo llama y va hacia el Fairmont, donde el entrenador está acomodando los garrafones vacíos de agua.

Yo termino de subir las maletas en la parte posterior de la camioneta y me acomodo ahí. Saco la hoja que por la mañana me dio el entrenador y la vuelvo a leer para memorizarla: "No pegar por debajo de la cintura. No dar cabezazos. No patear al oponente. No morderlo. No dar codazos. No escupir. No pegar después de que suene la campana. No insultar…" No, no y no. "Fuck! —pienso otra vez—, y yo que creí que esto sería fácil."

—¿Ya está todo arriba, muchacho?

—Sí —le respondo al entrenador—. Aunque no sé si falte algo.

—¿Cómo te sientes? ¿Estás nervioso?

—No lo sé.

—¿Cómo que no lo sabes? Yo me ponía como gelatina cuando peleaba en el Acorazado.

—¿Cuántas veces peleó, entrenador?

—Las suficientes.

—Yo no sé cómo me siento. Esto del box tiene muchas foquin reglas… ¿Para qué tantas?

—Para que no te pase como a mí, muchacho: debut y despedida.

El Ford Foundation Center se ve pequeño desde donde vamos rodando. Naomi me lo señala desde el asiento del copiloto.

—Ahí está el complejo de la Ford, Liborio —su silla de ruedas la traemos amarrada en la canastilla del techo.

En el auto de adelante va el entrenador Truddy y los cuatro pirulos más grandes del albergue. La Voyager la va manejando el señor Abacuc y atrás vamos tres pirulitos, cuatro pirulitas y yo.

El pirulito de la biblioteca me pregunta mientras damos vuelta en una intersección para seguir sobre un empedrado de luces y fastuosos arcos adornados por árboles podados:

—¿Tienes miedo?

—¿Cómo voy a tener miedo, Bambi, si todavía no me pasa nada?

—Ah… —y se queda con la boca abierta echando baba.

Naomi exclama:

—¡Miren, ahí se ve la fuente de luces danzantes!

Los pirulitos se desperezan alocados y se pegan al cristal del lado izquierdo. La fuente se hace grande y se hace chiquita, tiene luces que le prenden las entrañas: azules, moradas, rojas, verdes, amarillas, rosas, encinas, claveles, marmotas. Yo también estoy maravillado y empujo a un pirulo para que me haga espacio en la ventana hasta que llegamos a la caseta de vigilancia del complejo.

Vemos que el entrenador Truddy entrega su pase de acceso a un guardia, le dan instrucciones y de inmediato se levanta la pluma automática. Entra al complejo. Luego seguimos nosotros.

—¿Adónde se dirigen? —pregunta el guardia.

—¿Adónde cree? ¡Somos de la Casa del Puente y venimos a ganar! —responde Naomi sin pelos en la lengua.

El señor Abacuc entrega la invitación y el guardia la lee.

—Siga derecho, señor, y se estaciona enfrente del andador B.

Se levanta la pluma y entramos.

Los jardines son hermosos. Llenos de verde y de luces. Grandes campos de pasto y jardineras con flores perennes. Árboles alineados y rodeados por piedras blancas de río y corteza rojiza. El adoquín es octagonal y se perfila embonado al paisaje. La gran cúpula del edificio de la fundación ahora se ve gigante. Redonda y virginalmente blanca. Llegamos a la parte de los estacionamientos y el señor Abacuc ubica el lugar que nos fue asignado. Ya hay muchos automóviles como en la plaza comercial.

Aparca el vehículo con un solo movimiento de volante.

—Uff, hemos llegado, ¡qué verdadera locura! —dice el señor Abacuc mientras apaga la camioneta y sube los cristales automáticos de todas las ventanas.

—No abran las puertas hasta que me baje —ordena miss Webeer.

Se baja y entonces sí, nos abre y descendemos de la camioneta como burronetes.

Dos lugares más allá está el entrenador Truddy saliendo de su Fairmont.

Miss Webeer ordena en fila a los pirulos y les dice que se tienen que agarrar de las manos. Los conduce fuera del estacionamiento hacia la explanada mayor.

El señor Abacuc abre la cajuela mientras yo desamarro la silla de ruedas de Naomi y la bajo acomodándola en el suelo junto a la puerta delantera.

—¿Te ayudo, Naomi? —le pregunto.

—Gracias, Liborio; yo puedo sola.

Naomi se coge de la manija del techo, toma impulso y saca las piernas de la camioneta. Se levanta con fuerza y queda un momento suspendida, luego tuerce el cuerpo en el aire y, como un milagro verídico, desciende su cadera sobre la silla de ruedas. Después toma cada una de sus piernas con las manos y las sube al descansa pies de la silla.

Yo estoy mirándola como chango.

—Eres un prodigio de la naturaleza —le digo con la boca abierta.

Naomi echa para atrás su silla y gira hacia mí.

Sonríe.

—Espero que tú lo seas y ganes esta pelea. Yo sólo soy la capitana de tus porristas, ¿eh? —me dice. Luego va hacia donde está el señor Abacuc, toma su maleta con las banderitas y la pone sobre sus piernas. Cruza hacia donde están miss Webeer y la cachimba de pirulos.

Me cuelgo otra maleta y voy con el entrenador Truddy para bajar el contenedor con los chunches que llevamos. El entrenador ya arrastró a los pirulos hacia la explanada. Ahí los deja y retorna al vehículo. Nos cargamos todas las cosas y nos encaminamos hacia el grupo.

—Síganme —dice el señor Abacuc, al frente de la expedición.

Naomí ya les ha entregado las banderitas de papel a los pirulos, que empiezan a hacer bulla. Miss Webeer también lleva una banderita, aunque la agita de mal humor. Avanzamos por la explanada hasta que llegamos a un pasillo gigante con jardineras y fuentes. El señor Abacuc da vuelta a la derecha y todos lo seguimos como un tren de carga jalado por camellejos elefantiosos.

Entramos al salón principal y la mandíbula se me cae. El recinto es apolíneo, casi trágico por su hermosura circular. Tiene columnas romanas y capiteles sobre frisos de mármol en todo su alrededor, como un panteón moderno construido de oro y plata para enterrar a doña Blanca. El techo semeja la Capilla Sixtina. Abajo hay unos grandes ventanales que van del suelo al techo. Las paredes tienen grandes retratos enmarcados en pan de oro de hombres y mujeres avejentados y quizá todos muertos, porque se ven muy viejos y con muchas arrugas en sus ojos.

Sobre el suelo de lajas herculanas hay butacas azules colocadas alrededor del cuadrilátero que se levanta, inmenso, en el centro del laurel magno. Unos trabajadores de aseo, de overol azul claro y placas con sus nombres pinchadas al pecho, están dando los últimos retoques al piso, al aire y a lo que ven fuera de lugar.

Miro el ring: tiene azul en una esquina y rojo en la otra; las restantes son blancas. Sus cuerdas son negras y le cuelgan faldones de tela azul, blanca y roja con ribetes dorados. En el centro, sobre la lona, hay un gran anuncio impreso de Ford Foundation, y anuncios más pequeños de Montblanc, Google y cuarenta empresas más que no distingo porque sus nombres están de cabeza.

Abajo del ring están las mesas cubiertas por un paño de color azul más oscuro donde, según me explica el entrenador Truddy, califican los jueces. "Pero como hoy la función es de exhibición, probablemente ahí sólo se sienten los señores de la prensa y los medios de comunicación."

Seguimos avanzando hasta llegar a una mesa donde están unos emperifollados de traje azul marino y corbata roja. El señor Abacuc habla con ellos. Le indican que debemos dividirnos: los pirulos se irán a sentar en un lugar especial, donde estarán los demás niños de los otros albergues y casas de ayuda. Hasta adelante irán los discapacitados y enfermos mentales. El entrenador y yo debemos irnos hacia uno de los accesos del fondo, dice, donde se ven esas cortinas satinadas y de encajes amarillos. Ahí encontraremos, le siguen diciendo, el baño del personal de mantenimiento que utilizaremos, por hoy, como vestidor. Del otro lado están las mesas que utilizarán los emperifollados para cenar después de la función de box.

—Andando —dice el señor Abacuc—, llegamos a tiempo —mira su reloj de pulsera—. Las cinco menos dos. Miss Webeer, acomode a los niños en sus lugares. Entrenador, vaya con Liborio y vuélvale a explicar todo lo que sea necesario, no vaya a pasar algún accidente —se dirige a mí—: ¡Concéntrate, muchacho! —luego habla para todos—: Voy mientras a buscar a la señora Marshall para informarle que ya estamos aquí, oh, sí.

—No se deje sorprender por esa medusa —acusa el entrenador Truddy mientras posa un ojo en su esposa y otro en su garabato—. Recuerde las goteras.

Al empujar la puerta del baño veo que ya hay tres camejanes un poco más altos que yo, en short, saltando y moviendo el cuello; giran las manos y abren y cierran la boca para calentar el macetero. Otros dos veteranos están sentados en una esquina, conversando.

El foquin baño del personal de mantenimiento es más grande que todo el departamento de Aireen. Casi tan grande como la foquin librería. Hay unos lockers grises empotrados en la pared y cuatro bancas de madera en el mero centro. Tienen dos regaderas, dos sanitarios y dos orinaderos. Una pared con un espejo largo y bruñido donde están cuatro lavamanos sobre mármol beige. Al otro lado hay unos estantes grandes por los que asoman los instrumentos de limpieza: escobas, jaladores, trapos, trapeadores, mopas, excluyadoras, cubetas exprimidoras amarillas, dos aspiradoras gigantes y dos pulidoras de piso. Junto a éstos hay un mostrador alto con una lámpara de mesa, una libreta encuadernada con una pluma sujeta por un cordón metálico y una silla negra.

Paso de largo y acomodo el contenedor en una esquina apartada mientras el entrenador Truddy me secunda. Deja su maleta sobre las cosas echando grasa vaporosa por todo su puerco.

—¿Ya habías entrado aquí? —me pregunta entre sofocado y pativélico.

—No, entrenador, es la primera vez. ¿Y usted?

Tose para destrabar alguna pelusa de su garganta.

—Una vez vine, pero nada más estuve en la explanada para entregar alimentos para los damnificados de New Orleans.

Se aplasta en una de las bancas y se queda mirando a los morros que brincan a varios metros de nosotros. Desde aquí se les ven los músculos cuadriculados que marcan sus brazos, cuello y pectorales. Las pantorrillas ni se diga: parecen patas de caballos. Los otros dos veteranos siguen cuchicheando al fondo. Uno lleva una boina café y el otro tiene el pelo engominado hacia atrás. Se le nota un arete negro en la oreja izquierda.

—¿También van a pelear? —mete la pata, así, de improviso el entrenador Truddy.

Los morros lo ven con cara de pendejo. Para liberar la tensión se me ocurre bromear con lo que acaba de decir el entrenador:

—No, entrenador, venimos a jugar canicas.

Los vatos no se inmutan, pero los otros hombres sí.

—¿De qué circuito son, señores? —pregunta el de la boina.

—¿Circuito? ¿Cuál circuito? —vuelve a meter la pata el entrenador.

—¿A qué club hípico pertenecen, par de jumentos? —se burla el del arete.

Echan la carcajada.

El entrenador opta por salirse de la conversación y me dice:

—Vete cambiando, muchacho —y con voz más fuerte para que los otros escuchen—: Sólo acuérdate que te dije que no quiero que dejes conmocionado a tu contrincante.

—¿Cómo, entrenador, no es al revés lo que me dijo? —ahora yo meto las cuatro.

—Nada. Olvídalo.

Ahí los changos macaguamos se ríen abiertamente de nosotros.

Mientras me quito la playera entran otros tres camejanes más o menos de mi vuelo. Se saludan entre ellos, como si se conocieran de tiempo atrás, y sorrajan sus petacas donde caigan.

Ya sin playera ni siquiera trato de inflar mis musculitos como garrapatas chinas para que se les ensarten en los ojos a esos camagüeyes. ¿Qué caso tendría presumir lo que a leguas se ve que no tengo? Saco la camiseta deportiva que huele a criolina y me la instalo en el cuerpo.

—"Bill for president" —lee el entrenador el letrero de mi deportiva de donación y luego exclama de súbito—: ¡Quítate esa cosa prehistórica! ¿No tienes otra, muchacho?

—¿Por qué, entrenador? Ésta fue la única que encontré que no tenía agujeros en los paquetes de ropa.

—Nos van a machacar —empieza a transpirar fuerte.

—¿Por qué?

—Porque aquí estamos entre puros republicanos. ¡Oh, God! ¿A ver el short?

Saco el short de la bolsa y se lo muestro.

—Es rojo como me dijo el señor Abacuc que buscara.

—"Sexy" —lee el bordado rosa que trae en las nachas el foquin short rojo—. Mierda, mierda, mierda —veo que se pone aún más colorado—. Nos van a partir el alma y, además, nos van a excomulgar.

En ese momento los camejanes sueltan la carcajada, como si no se hubieran perdido nada de lo que estamos palabreándonos el entrenador y yo. Entre sus risas se abre la puerta del baño e ingresan otros tres o cuatro morros más y esto comienza a parecer una romería.

—¿Y ora? —pregunta uno de los recién llegados que tiene un tatuaje desde el pómulo hasta el cuello—. ¿Por qué la fiesta? ¡Cuenten el chiste, foquin pandas!

El del arete contesta esnifando risas entre la chanza:

—Es que nos mandaron, de allá arriba, a dos payasas para divertirnos. Miren, chancludos, les presento a la "Sexy Demócrata" y a su "Puta Madre" —y suelta una carcajada aún más estrepitosa, con saña, exáustica. Todos los demás se carcajean a pierna suelta de nosotros.

El entrenador Truddy baja la cabeza como un perro apaleado. Veo sus mejillas contritas y lívidas. Las broncas no son lo suyo. Me doy la vuelta para ponerme el short rojo cuando un morro me pellizca la teta.

—A ver, mami, chichi blanca o chichi prieta, bájame la braqueta y chúpame la paleta —dice el camején con acento guanabero chilapastroso.

Todos explotan en una carcajada al unísono, como un foquin circo de alebrijes.

Aún con su mano en mi pecho, me retuerzo como una foquin resortera.

—A mí nadie me toca —y sin necesidad de decirle nada más, impulso mi brazo hacia su cara y lo tumbo de un jab en la punta de la barbilla.

Cae como una puta florecita deshojada.

Así como empezaron a reír, ahora todos hacen un mutis profundo que corta el aire.

—¡Santo putazazo! —disecta el aire el de la boina arrancándosela de un jalón.

—¡Cállate el hocico! —le dice el del arete mientras se proyecta en picada hacia el morro despanzurrado en el suelo—: ¡Jara!… ¡Jara!… —le cachetea la mejilla—. Despierta, ¡Jara!… ¡Jara!… Traigan al médico. ¡Jara!… ¡Jara!… Despierta por tu santa puta madre. ¡Levántate, carajo, que tú abres la función! —sube la vista hacia donde yo estoy y me araña la pupila con sus ojos asesinos—. Ya nos chingaste a todos, foquin prieto de mierda.

———

[—¿Alguna vez ha engañado a su ñora, Chief?]

El médico entra apresurado junto con un emperifollado de corbata roja.

—¿Y ahora en qué lío se metieron, warriors?

Ve al despatarrado en el suelo, se inclina rápido y comienza a revisarle los signos vitales.

—Traigan una camilla. Lo vamos a llevar al hospital de inmediato.

—¿Va a estar bien? —pregunta uno de los camejanes.

—No lo sé —responde el médico—. ¿Qué fue lo que pasó aquí?

—Se resbaló y se pegó ahí —se adelanta el del arete antes que nadie.

—¿La señora Marshall va a suspender el combate? —pregunta otro de los camejanes.

—¿En qué número de pelea iba a estar? —interviene por primera vez el encorbatado.

—En la primera —habla el veterano de la boina.

—Ufff. Va a arder Troya —replica.

—Enviaron al sustituto de Knoks. Puede pelear en la primera con Pantos —dice de nuevo el del arete.

El encorbatado se queda pensando un momento mientras el médico inmoviliza el cuello del macaguamo frito.

—No sé —dice el trajeado—. ¿Y la pelea de Knoks contra Servín?

—Puede repetir —argumenta el del arete—. El chiste es salvar la función, ¿no? No quiero ni pensar un segundo en lo que haría la señora Marshall si viera deslucido su evento de caridad.

—¿Pero dos peleas en un mismo día? —pregunta el emperifollado.

—La primera pelea será nada más con golpes marcados, ¿verdad, Pantos?

—Todo por el show —dice John Pantos.

—Y la segunda también —dice el del arete—. ¿Verdad, Will?

—Así es —dice otro cameján musculoso y rayado en la cabeza con laberintos de pelos.

—¡Mmmmh! —gruñe el emperifollado. Mira al cameján tirado en el suelo, al doctor, nos mira a todos, mira al entrenador Truddy y regresa la mirada al desmayado. Toma aire y lo expulsa fuerte—. ¡Uff! Bien, pero golpes marcados, ¿eh? No quiero otro accidente. Y que luzca el evento al máximo. Médico, manda por otra ambulancia y que se vayan al Hospital Central. Que me mantengan informado de cómo evoluciona. Y ustedes ya calienten, que estamos a punto de comenzar. ¡Vamos, a darle! —el emperifollado sale a grandes zancadas en el preciso momento en que los camilleros entran. Se acomodan a un lado y comienzan a preparar al morro para llevárselo al hospital.

El entrenador Truddy se me acerca y me susurra:

—Cuidado, muchacho, te van a querer volar la cabeza hasta el otro lado del mundo. Voy ahora mismo a cancelar de inmediato tu participación.

—No, entrenador —le digo respirándole en el cuello y sujetándolo con fuerza del brazo—. Si quieren venganza... que tengan su venganza y punto.

No quiero estar ahí. El ambiente del baño es una foquin argamasa que me arrayana el ánimo.

—Voy a calentar allá afuera, entrenador —paso por en medio de los camejanes con mi short rojo y mi camiseta antediluviana. No hacen aspavientos de nada, paso como un fantasma. El del arete ni me voltea a ver cuando abro la puerta y salgo; pero aún siento su mirada asesina en el fondo de mis ojos.

Respiro profundo y me hago hacia un pequeño corredor. Ahí las voces del salón principal se oyen lejanas. Extiendo la cuerda y comienzo a saltar:

"Un-e-le-fan-te-se-co-lum-pia-ba-so-bre-la-te-la-deu-naa-ra-ña-co-mo-ve-í-a-que-re-sis-tí-a-fue-ron-a-lla-mar-ao-tro-e-le-fan-te-dos-e-le-fan-tes-se-co-lum-pia-ban..."

Ya estoy entrando en calor cuando voy en el vigésimo segundo elefante. El sudor me empieza a fluir. Salto la cuerda cada vez con mayor rapidez y apenas despegando los pies del suelo, en una unión perfecta entre gravedad, tiempo y espacio.

—Bonita canción.

Paro en seco y giro. La cuerda choca contra mis pantorrillas.

Un hombre robusto, de chaqueta indi y con un sombrero de fieltro en la mano está recargado en una pared atrás de mí y apoya su zapato en la pared. Cuando lo baja, deja una mancha en el pasillo y se acerca.

—Tantos años que no oía ese estribillo. Eres mexicano, ¿verdad?

—What?

—No lo digo por tu color. No me vayas a acusar de racista ahora que está tan de moda lanzar cualquier acusación a quien sea.

—What?

—Digo que si eres mexicano porque sólo en México se dice "columpiaba". En otras partes son más, cómo llamarlo, académicos, si se me permite ese término, y la cantan así: "Se balanceaba", cosa que yo, en particular, creo que rompe el ritmo si se canta de esta última forma.

—Me la enseñó mi entrenador —digo, por fin, después de salir de la sorpresa inicial.

—¿Tu entrenador? Demonios, ¡qué entrenador tan original! ¡Jamás lo hubiera imaginado! Pero, insisto, tú vienes de México, y lo digo por tu acento, ése es inconfundible. Aunque pienso que a los mexicanos se les pegan todos los acentos; claro, siempre y cuando sea en castellano y no con otras lenguas, como el inglés, por ejemplo… ¿Y siempre cantas cuando saltas?

—Me ayuda para que la saltadera no sea tan monótona.

—¿Saltadera?… ¿Monótona?… ¡Vaya! Qué extraña forma de hablar tienes. No; me retracto. Mejor: qué diferente forma tienes de usar las palabras. ¿Hasta qué grado escolar estudiaste, chavalón?

—Oiga, estoy calentando y me desconcentra.

—Lo siento. Es que iba pasando por aquí y me extravié. Vi que sacaron a alguien en una camilla. ¿De casualidad sabes qué pasó?

—No.

—Bueno, uno que es… ¿cómo lo dirían en tu país?, ¿"ajonjolí de todos los moles"? Se dice así, ¿no?

Comienzo a saltar de nuevo sin hacerle caso.

"U-na-mos-ca-pa-ra-daen-la-pa-red-u-na-mos-ca-pa-ra-da-en-la-pa-red…"

—Una pregunta última y te dejo en paz con tu "stop fly on the wall". ¿Por qué llevas ese calzoncillo volteado de revés si "Sexy" se lee mejor puesto al derecho? —enfila con paso de tortuga hacia el salón principal. Da una vuelta sobre sí mismo mientras se pone el sombrero de fieltro—. Ah, y yo también voté por Bill hace millones de años.

—Es hora —me dice el entrenador Truddy.

Las vendas en mis nudillos me aprietan dentro de los guantes. Ahora me siento manco, como un cerdo con sólo dos pezuñas. Mis puños están compactados y siento que mi pulso me recorre desde las muñecas hasta la frente. También me incomoda el protector de bajos. Me aprieta los huevos y el pájaro. "¿Seguro que es necesario, entrenador?" "Seguro." Después me pone la máscara protectora en toda la cabeza y la ajusta hasta la asfixia. "No puedo ver nada a los lados, entrenador." Y, sospecho que para no oírme quejar más, me dice: "Abre la boca" y me ensarta el protector bucal. "Oga tos no on is ientes", le digo, pero el entrenador no me entiende nada.

—Ya no se usa la careta —dice a nuestras espaldas el veterano de la boina.

—¿Cómo? —replica el entrenador Truddy.

—Desde hace años cambiaron las reglas de los combates amateurs.

—¿Cómo?

—Se prohibió el uso de la máscara porque había más lesiones con ella que sin ella, según dicen.

—Eso es imposible. Nos está tomando el pelo. Es un protector para la cabeza.

—Bueno, allá ustedes —y se aleja de nuevo.

—Te digo, te quieren destrozar, muchacho. Aún estás a tiempo de retirarte.

—Nñ, eteñañor —le digo y muevo la cabeza negativamente para mayor entendimiento.

Entra otro emperifollado de corbata roja. Lleva su nombre en una plaquita de metal y un fólder abierto.

—¿John Pantos?

—Here.

—¿Dulls Jara?

—En el hospital —contesta seco el del arete de un brinco.

—Lo sé —dice el emperifollado dos—. Pero así va a quedar su nombre en el anuncio general. ¿Quién lo va a sustituir?

—Ése de allá —me señala el camagüey.

—¿Tu nombre?

—E amo ibodio —le digo con la chingadera atorándome la lengua.

—¿Cubano?

—Uto.

—Bien, Ibodio Uto, sustituyes a Dulls Jara. Su combate es el primero.

Da unos pasos para atrás.

—¿Dwith Amir?

—Here.

—¿Alanis Stanton?

—Here.

—Van segundos. Ok.

—¿Jerry Knoks?

—Ahí —me señala de nuevo el del arete.

—¿Otra vez tú?

—Así lo indicó el señor Perl —parlotea el del arete.

El emperifollado toma su radiomóvil:

—Yes, yes… yes… ok —cuelga—. Bien, vaquero —me dice—. Te cambias a azul y pasas… ¿Will Servin?

—Here —dice un macaguamo tostado.

—Ustedes dos van terceros. ¿Entendido?

—Yes.

Luego continúa con los demás camejanes hasta dejar todo ordenado en el papel que lleva dentro del fólder.

—Bien, eso es todo, warriors. Que comience el show.

Vamos detrás de John Pantos y el del arete. El entrenador va un poco atrás de mí y parece más nervioso que yo. Veo muy poco detrás de esta máscara. Me van a putear, pienso, pero pareciera que, mientras caminamos hacia el salón principal, el ciego, que soy yo, dirige al lazarillo. Nos detiene un emperifollado antes de pasar las cortinas de encajes amarillos. Una voz grave y negra está finalizando el himno norteamericano. Eleva el tono y luego lo sube y lo baja a su antojo. Termina de cantar y una explosión de algarabía retumba por todas partes. Se oyen aplausos, chiflidos, cascabeles, sonajas, matracas y banderitas de papel.

—¡Vamos, muchacho, con fuerza, tú puedes, tú puedes, tú puedes! ¡Con coraje! ¡Échale valor! ¡Tú puedes! —dice el entrenador Truddy apalidado, dándome palmaditas en la espalda.

El micrófono se abre y se escucha una voz masculina y temperada, como la de un supermercado entre la bulla del público.

—Ladies and gentlemen, and now, she is expected before our eyes. The first fight in this extraordinary evening of charity and compassion. Damas y caballeros, y ahora, el momento esperado está ante nuestros ojos. La primera pelea en esta extraordinaria noche de caridad y compasión. ¡Pelearáááán a trees rounds, con ustedeees: Jooohn Pantooos de Caridaaad sin Fronteeras —se oye bulla apuchangada, calorítica, desmadrosada. Cruza la cortina John Pantos saltando y dando golpes en el aire y atrás lo sigue el del arete— contraa Duulls Jaaara de Union and Diiignity…

El entrenador Truddy me empuja con mucha fuerza y cruzo la cortina.

Un estallido de luces me golpea por todas partes conforme avanzo. El estruendo rebota por las columnas haciéndome un sándwich entre la cúpula y el suelo. Estoy anonadado y tengo que dar pasitos cortos a tientas para no irme de boca. La gente me chifla, me aplaude. Hace alharaca y media. El ruiderazo trampolinea de un asiento a otro.

Llego a la escalerilla del ring y la subo.

Giro el cuerpo entero hacia atrás para poder mirar y no veo al entrenador Truddy, pero sí a muchos hombres y mujeres ataviados con ropas elegantes y nuevas. Algunos llevan smoking y estolas. Muchos toman fotos con flash y sin flash, con sus teléfonos móviles o con sus tabletas.

Paso por debajo de las cuerdas y accedo al ring.

Nunca he pisado uno y lo siento aguado debajo de mis pies, como si caminara sobre el barro chicloso de mi pueblo sin calles.

Una exuberante mujer en calzones, corpiño, zapatillas altas y una banda cruzándole desde el hombro hasta la cadera lleva una pancarta sobre su cabeza que dice en grandes letras ribeteadas: "For me, For you, For them. Henry Ford".

El réferi, un blanco rechoncho de camisa azul claro de manga corta, moño al pescuezo y guantes de látex, está basculeando al cameján Pantos del otro lado en la esquina azul.

Comienzan a bajar del ring la cantante, una cadete de negro con botones dorados, espada al cincho, zapatos muy brillosos y cofaína militar blanca, quien lleva enrollada una bandera de los Estados Unidos.

Por la otra escalera también bajan dos hombres mayores con cabello gris y de smoking, una ñora emperifollada con una cadenita en el tobillo que campanea cuando levanta la pierna al cruzar las cuerdas y que es ayudada por dos hombres jóvenes de corbata roja. Baja también un camagüey maduro de saco gris y pantalón blanco, quien con una mano ayuda a bajar a la señorita de los calzones.

El hombre del micrófono continúa hablando:

—… Because the best are the causes that lead to victory…

—No careta —me trompica de frente el réferi en cuanto se me acerca y me quita la careta de un jalón. Respiro profundo mientras el enmoñado arroja la máscara protectora fuera del ring—. Guantes —y me jala los brazos. Revisa el encordado, los tienta por delante y por detrás—. Bajos —y me da una sobada por las nachas—. Protector —y me abre los labios como a un caballo.

Se aleja hacia el centro. El hombre del micrófono termina de parlotear:

—… and tonight is light. Thank you very much —y se baja del ring agitando el brazo hacia el público.

—Come here! —grita el réferi y nos llama con las manos. Camino hacia el centro. El cameján de enfrente también se acerca sin quitarme la vista de encima. Miro por detrás de su hombro al del arete, que me pinta un pájaro con el dedo y luego baja del ring—. Ok. I already told the rules in the dressing room. I want a clean fight at all times. No low blows. Fair play. Touch gloves.

El cameján golpea con fuerza sus guantes y luego golpea el mío mientras me dice sin dobleces, seguro, con toda la rabia del mundo:

—Date por muerto, foquin indio. Ésta va por el Jara.

El réferi nos empuja hacia nuestras esquinas.

Suena la campana.

—¡Box! —grita el réferi, y junta las manos como si fuera a aplaudir.

El cameján se me abalanza con furia, lo puedo oler en su musculatura tensa, abigarrada; perfumada de sudores incendiarios, maladosos y asesinos; pero antes de que me haga picadillo, lo veo venir de frente y así, apalindromado, con un impulso salto hacia un lado y le pego un putazo de arriba hacia abajo sobre la sien derecha.

El morro tuerce las patas y se desconchinfla de inmediato, sin poderse coger ni siquiera del aire.

El réferi me toma del brazo y me empuja a una esquina neutral.

Oigo el griterío de toda la gente. Su bulla, su papalotear de gargantas profundas.

El réferi se agacha sobre el aporreado y ya no hace el intento por darle la cuenta de protección. De inmediato le bota el protector bucal y le pasa la mano por debajo de la nuca para que pueda respirar y no se le haga un nudo la lengua dentro de su garganta.

Suben el médico y el hombre del pantalón blanco y comienzan a revisarlo.

Volteo alrededor. Abajo está el señor Abacuc, pálido, pelando chicos ojotes. Paseo la mirada hacia el otro lado del ring, donde están los pirulos sentados, y veo cómo se desgañitan, cómo brincan y se enrollan y desenrollan en sus asientos. No veo a miss Webeer cuidándolos. Hasta el frente de ellos están los discapacitados. Ahí está Naomi, que no deja de agitar las banderitas, brilla de emoción, y grita y grita. Veo que les entregó otras banderitas a unos morritos de silla de ruedas que tienen la cabeza inclinada y parece como si no se dieran cuenta de nada de lo que pasa a su alrededor. Intento sonreírle a Naomi, pero el protector no me deja mover los labios.

Sube el hombre del micrófono:

—Ladies and Gentlemen, at three seconds of the first round, the winner by knockout is Duulls Jaraaaa.

Me aplauden de nuevo. Me gritan. El réferi se me acerca y me levanta el brazo; me da vuelta hacia los cuatro puntos cardinales del ring mientras en la lona continúan empaquetando al camaján desverijado.

El réferi me suelta el brazo.

—Now get out of here —me dice inmutable.

Yo bajo por la esquina blanca mientras el hombre del micrófono deja de hablar tras anunciar que "en breve continuará la siguiente pelea, que será a cinco rounds…", y se aproxima a la bolita que rodea al boxeador caído. Doy un rodeo al cuadrilátero y me cruzo con los paramédicos que apenas llegan con la camilla.

Me le acerco al señor Abacuc.

—¿Y ed entedador Tuddy?

Me mira con ojos aplatados mientras me descorcha el protector de la boca con los dedos y comienza a quitarme los guantes.

—Antes de salir se desmayó.

Miss Webeer está acariciándole el cabello. Tiene los ojos tan inflamados que pueden borroneársele detrás de sus lentes picudos. El entrenador Truddy está recargado en una banca del pasillo donde cruzamos. Aún está pálido y tiene perlitas de sudor en la frente. Delante de él está el veterano de la boina.

—¿Se encuentra bien, entrenador? —le hablo en medio de todos.

—Estuvo a punto del infarto —contesta mi pregunta el veterano de la boina—. Brazo izquierdo adormecido. Falta de llenado capilar y sensación de sofoco…

—Él tuvo la culpa —grita mis Webeer sin poder contenerse—. De seguro le mandó el corazón a otra parte del cuerpo.

La miro de reojo y creo que también ella quisiera volarme la cabeza de un marrazo.

—Ay, muchacho —dice el entrenador Truddy con los ojos cerrados y los labios partidos por cosas blancas arrellanadas en su comisura—. Hubiera querido estar ahí contigo, pero cuando el cuerpo dice no, es no —inclina la cabeza hacia atrás y la recarga contra la pared. Luego pregunta—: ¿Cómo nos fue?

—Ya terminó todo, pero no se preocupe por eso, entrenador, eso ya pasó —le digo como si estuviera hablándole a un pirulito de peluche.

—Lo presentí —abre los ojos y me mira. Tiene sudor en las pupilas dilatadas.

—Su esposo debe irse al médico de inmediato, antes de que le suceda otra cosa. Tal vez fue sólo una arritmia o un síncope, pero deben irse ahora y no pueden esperar a que llegue una ambulancia, que en este mismo momento están vueltas locas —le dice el veterano a miss Webeer—. ¿Traen vehículo?

—Sí —digo.

—¿Sabe manejar, señora?

—Sí —contesta adolorida y con un hilo de voz miss Webeer.

—Váyanse a emergencias del Hospital General. A ver tú, chaval —me dice—, ayúdale de ese lado y yo lo cargo de éste. ¿Cómo se siente?

El entrenador abre los ojos otra vez y pestañea.

—Puedo caminar solo… Ya estoy mejor…

—Me parece bien —replica el de la boina—. Pero lo vamos a ayudar para que vaya al hospital. ¿Me entendió?

El entrenador Truddy afirma con la cabeza.

—Le voy a hacer unas preguntas para cerciorarnos de que lo podemos llevar a su vehículo y no se agravará su condición; me las responde, ¿ok? ¿Cómo se llama?

—Truddy, Benjamin Truddy —dice con voz pastosa.

—¿Dónde se encuentra?

—En el… el salón… salón de la Ford.

—¿Cuántos años tiene?

—Cuarenta y ocho… Sí, cuarenta y ocho.

—¿Dónde vive?

—En… en Avalon… Avalon Street 21.

—Ok —dice el de la boina—. No está desorientado y reacciona bien. ¡Vamos a levantarlo!

Lo tomo con fuerza de la axila y lo comenzamos a remolcar hacia la salida del pasillo por uno de los accesos que están abiertos. Miss Webeer va adelante y atrás, en círculos alrededor de nosotros mientras llevamos a su marido a rastras. Nos abre la puerta al exterior. Avanzamos por las jardineras y las fuentes. El entrenador Truddy es un ser pesado. Cala los huesos. Me tiemblan las patas en su centro. Damos la vuelta hacia la explanada.

—¡Uff! —exhala con júbilo sudoroso el de la boina. A lo lejos está aparcada una ambulancia dirigiendo sus luces rojas y blancas hacia todas partes y con las puertas traseras abiertas de par en par, en espera de que los paramédicos traigan al desverijado boxeador.

—¡Absalón! —grita el veterano de la boina mientras seguimos aproximándonos—. ¡Absalón!

El conductor de la ambulancia nos ve por la ventanilla. Baja de inmediato y avanza rápido hacia nosotros.

—¿Otro lío, cabrón? —dice.

—Necesitamos que lo lleven al hospital: posible infarto.

El conductor se mete a la ambulancia por la parte de atrás y destraba una camilla secundaria. La engancha en sus soportes.

—Arriba —dice.

Hacemos un esfuerzo extra y subimos al pesado entrenador Truddy a la ambulancia. El conductor lo hace sentar en la camilla y de inmediato lo acuesta. Con mucha agilidad le pone unos cinturones sobre el pecho. Enseguida saca un inmovilizador de cuello y se lo calza.

—Las llaves… —dice el entrenador Truddy.

—¿Qué? —pregunto sin entender.

—Del Fairmont… Mi pantalón, muchacho.

El de la boina se da cuenta de que traigo los guantes puestos, así que sube a la ambulancia y se estira mientras el conductor termina de inmovilizar al entrenador. Saca las llaves del pantalón del entrenador.

—¡Ábranse! —oímos en ese instante un grito a nuestras espaldas.

Los paramédicos traen rodando la camilla del boxeador inconsciente. El de la boina brinca de la ambulancia hacia el suelo en tanto que yo y miss Webeer nos hacemos a un lado para dejarlos pasar. El conductor se baja para ayudar a los paramédicos.

—Uno, dos, tres —suben la camilla del lado izquierdo y traban las ruedas con los pernos. El conductor cierra las dos puertas, da la vuelta y nos encara.

—¿Quién va? —pregunta.

—La señora… —responde el de la boina.

—Súbase adelante porque ya no caben atrás.

Miss Webeer obedece de inmediato sin chistar.

Ya hay una bola de curiosos que se acercan a la ambulancia. El conductor se trepa a su asiento. Enciende la uladera y lanza su unidad a velocidad luz por la vía de entrada hasta volverse un meteorito que se pierde tras la caseta de vigilancia.

—Cero y van tres —dice el de la boina mientras me dobla el brazo y me pone las llaves del entrenador Truddy en medio del guante. Da la vuelta y comienza a caminar hacia el interior del Ford Center.

—Oiga, ¿cómo se llama usted? —le grito entre la gente que ya regresa también hacia el interior del recinto.

—¿Para qué quieres saberlo? —responde volviendo sólo un poco el rostro hosco hacia mí.

—Entonces préstema un calzón azul —le grito, pero ya se ha perdido entre las jardineras y la gente.

—————

[—Jamás, putarraco miope. ¿O qué?, ¿me anda espiando, o qué?]

El señor Abacuc está cuidando y dándoles vueltas a los pirulos que gritan exafóricos, acaballados, burrantándoles chillidos a los dos boxeadores que están fajándose arriba del ring y que andan de un lado para otro; bailan, se enredan, suben, flotan, se lanzan golpes imaginarios. Van en el tercer asalto. Suena la campana y los dos púgiles se retiran a sus esquinas chorreando espuma.

Viene el cuarto episodio, anuncia el sonido local.

Paso de largo y me lanzo como escopeta hacia el vestidor. Entro y todos se callan.

Los camejanes dejan de cuchichear. No veo al del arete, pero sí a los otros boxeadores, que desvían la mirada cuando paso hacia la esquina donde tengo arrumbadas mis chivas. Tampoco veo al hombre de la boina. Arrojo las llaves del Fairmont del entrenador Truddy hasta el fondo del contenedor.

Entra el emperifollado:

—Jerry Knoks y Will Servin se preparan.

—No tengo ropa azul —le grito desde el fondo.

El emperifollado me mira y luego a los demás.

—¿Alguien tiene un extra de azul? —pregunta a los camejanes.

Nadie habla.

—¡Vamos, alguien debe traer un extra!

—Aquí no hay nada para ese indio patarrajada —dice por fin Will Servin.

—¡Vamos, warriors! La pelea fue limpia. Así es esto —apela el emperifollado.

—¡Que se rasque con su cola! —grita un camején de barba cuadrada.

—Cien dólares, Will, si lo partes por mitad al prieto ese. Lo juntamos entre todos ahorita mismo —lanza un acaramelado que se está vendando los nudillos—. ¿O no, chancludos?

—Sí, sí, sí —reverbera por todo el cuarto.

—Va —acepta el tostado—. Pero ténganlo listo para ya.

—Oigan, no pueden apostar aquí —interviene el emperifollado.

—¿Qué? —dice el de barba—. ¿Nos vas a madrear tú?

—Si yo le digo a la señora Marshall... —se defiende el trajeado.

—No hay necesidad de decirle —se ofusca uno que está sentado amarrándose las agujetas de sus botas—. La señora

Marshall vino hace un momento para preguntar por el imbécil que trae una camiseta con un anuncio de "Bill para presidente". Estaba verde, así que bien le haríamos un favor. ¡Despídete de este mundo, prieto malnacido!

El emperifollado comienza a empapar el cuello de su camisa. A leguas se ve cómo se retuercen todos sus folículos capilares.

—¡Sácate esa deportiva ahora! —me ordena, y de un jalón él se quita el saco, la corbata, desabotona su camisa, se la quita y después se saca su camiseta blanca por el cuello. Me la tira sobre la banca y comienza a vestirse de nuevo.

Luego me ayuda a quitarme la camisa y me pongo la suya. La siento mojada. Me queda flotando porque el emperifollado es tres o cuatro tallas más grande.

—¿Qué pantalón trajiste? —me pregunta una vez que termina de abotonarse la camisa.

—Éste —le digo señalando el deportivo que me presto la ñora Dobleú.

El emperifollado se acerca y lo coge. Lo lleva a una esquina del soporte del lavadero y lo talla con fuerza. Oigo cómo se rasga la tela y luego lo desgarra. Continúa con la otra pierna. La talla y la rompe. Me ayuda a ponérmelo.

—¡Diez dólares si no pasa del primer asalto! —me dice para que lo escuchen todos.

⸻ ≡◆≡ ⸻

[—Si usted fuera un pájaro, ¿qué pájaro le gustaría ser?

—El pájaro violador, putarraco sibarita. ¿Qué preguntas son ésas? ¿Ha vuelto a manosear algún libro de superación personal, putito? Se lo voy a cobrar, ¿eh?, pernáculo estridentino.]

—Pelearááán a siete rounds, en la esquina azul, Jeeerry Knooks, que viene representando al Centro Esperanza Norte…

Salgo otra vez por la cortina. Voy solo de nuevo. El short improvisado quedó más largo de una pierna que de la otra, así que un corte me llega a la altura de la rodilla y el otro a la mitad del muslo. Esta vez avanzo rápido y subo la escalerilla hacia el ring. Cruzo las cuerdas y el réferi me comienza a tentonichar de inmediato, mientras el hombre del micrófono anuncia a Will Servin, que viene representando a "Heaven, Earth and Humanity" en la tercera pelea de la noche.

El réferi me revisa los guantes, que traiga concha, y cuando sube la mirada a mi rostro veo que hace un esfuerzo por reconocerme, pero de inmediato se le pasa la sorpresa y me dice inmaculado:

—Protector.

Giro hacia todas partes hasta que ubico al señor Abacuc. Salto fuera del ring y me le acerco mientras la gente ríe por mi hazaña saltarina.

—Necesito el protector.

—¿Qué pasó con el entrenador Truddy? ¿Y miss Webeer? —me contesta.

—Se fueron al hospital —le digo ante el ensordecedor ruido—. Pero me dejaron las llaves de su auto…

Su cara se pone granulosa.

Atropellativa.

Saca el protector de la bolsa delantera de su abrigo y me lo enchufa en la boca. Siento los pelitos de lana entre los dientes como piel de gusanos azotadores.

—Engo —le digo.

Subo de nuevo al ring pegando un brinco. La gente se divierte. Hierve. Acandura sus instintos más elementales. Entre el griterío descubro la voz inconfundible de Naomi:

—Dame una ele… ¡¿Qué dice?! Libooriooo.

El hombre del micrófono termina de hablar y baja del ring.

—Come here! —ordena el réferi, y me acerco. Le enseño el protector empujándome los labios con el guante—. Ok —me da el visto bueno. Luego repite cansino la rutina prediseñada llamando al morro de la esquina roja—. Ya les dije las reglas en el vestidor. Quiero una pelea limpia en todo momento. No hay golpes bajos. Juego limpio. Choquen guantes.

El tostado no choca los guantes conmigo, sino que se da la vuelta y se va a su esquina. Esto parece la calle, donde la ira elimina todo a su paso, como las hormigas rojas eliminan las caléndulas.

La gente bulle.

Se nutre.

Idolatra su propia esencia.

Suena la foquin campana.

—¡Box! —grita el réferi.

Sin ton ni son, el tostado comienza a lanzar golpes a diestra y siniestra para tratar de desconectarme de un putazo. Pasan lejos, efímeros, haciendo costras en el aire.

Como con la cuerda para saltar, empiezo a repetir: "Lindo pescadito, ¿no quieres salir? A jugar conmigo, vamos al jardín".

Lanzo un jab de derecha que se estrella en uno de sus tentáculos. Siento que le duele porque sus ojos se dilatan. De inmediato el tostado se recoge en guardia como los cangrejos cuando les tocan los ojos.

"Yo vivo en el agua, no puedo salir, porque si yo salgo, me voy a morir."

En ese momento suelto mi cruzado de zurda directo a su guardia, echando todas mis moléculas en un solo átomo. El encontronazo es cataclísmico. Arrebolado. En cadena nuclear. Mi protón choca contra su guante, su guante choca contra su cara y su cara chicotea hacia atrás, llevándose su cuerpo. Entonces su guardia se abre como una estúpida flor a la espera de los insolentes rayos del cloroformo. Y ahí, en seco, sin ningún espacio para guarecer ningún instante, clavo mi derecha entre su cuello y su clavícula; entre la carótida y el cogote. La gente siembra relámpagos y trinos en el ambiente con mi putazo.

El tostado se desploma de rodillas como suplicando a Dios.

Y así se queda, como si hubiera cortado el tiempo por mitad y fuera necesaria la contrición de su alma para expiar todos los pecados del cuerpo.

El público destila fuego.

El tostado, arrodillado, tiene la cabeza inclinada hacia abajo. Los brazos caídos a los lados.

En ese momento vuelve el tiempo a reunirse conmigo y todo se pone en marcha. Al tostado se le cae el protector bucal y se va a pique con la cara hacia el suelo. El réferi me empuja con fuerza para que no siga pegándole como un íncubo que fortifica la templanza de sus huesos con otros huesos.

—Esquina neutral —me lanza el réferi.

Me voy hacia la esquina blanca. Miro cómo el réferi gira el cuerpo del tostado.

—¡Asfixia! —grita, al tiempo que se acuclilla y le abre la boca con los dedos enguantados. Llega volando el médico con un abrelatas de garganta, pues le meten una larga cánula de plástico transparente en la boca. Se forma otra bolita alrededor del prometeo encadenado al suelo.

El de la boina sube a mi ringside.

—Vamos, chaval, te quito los guantes.

Sin esperar otra instrucción, me le acerco y saca unas tijeras de su gabardina. La gente sigue gritando y algunos quieren subir al encordado. Un emperifollado sube con el teléfono móvil pegado a su oreja y dos más tratan de impedir el acceso a la escalerilla roja. Veo ahí al del arete, atareado, quitándole las zapatillas de box al aquiles herido.

—Por mis pelos —dice el de la boina mientras corta el encordado de mi guante izquierdo—, o eres el tipo más suertudo del mundo o —ahora corta las cuerdas del guante derecho— eres un maldito suertudo del inframundo —me saca los guantes y se los acomoda bajo el brazo. Toma una de las botellas que lleva escondidas en su gabardina y me saca el protector con pericia—. ¡Traga! —abro la boca y lanza un chorro.

Ahí siento confort, cuando el agua trasterra mi garganta y baja enfriándome las tripas.

—Thanks, señor —le digo.

—Todos me dicen Bald.

—Gracias, Blad.

—Bald, no Blad.

—Está bien, señor Bald.

El hombre del micrófono pasa por debajo del encordado y comienza a leer la tarjeta que lleva en la mano.

—Ladies and Gentlemen, at sixteen seconds of the first round, the winner by knockout is Jeeeerry Knoooks.

Los aplausos y gritos se configuran como olas que rompen en nuestras salientes; en los arrecifes de nuestras orejas. Naomi aplaude a rabiar. Los pirulos se desquician a gritos.

El réferi me levanta el brazo otra vez y me pasea de un lado a otro entre la bola de gente que ya está arriba. Cuando me suelta me descuelgo del ring en friega y me dirijo hacia Naomi.

—¡Capitán! —le digo a Naomi sin poder contener la emoción—. ¡Acabamos de ganar diez dólares para la biblioteca!

[A mediados del año nos llegó un paquete gordo. Yo lo recibí y se lo entregué al Chief. Vio el remitente y me dijo así:

—Tíralo, putarraco columbrado. O quémalo, o métetelo por el fundillo, pero no quiero verlo por ningún lado. ¿Entendiste?

Salí de la book y me fui al callejón de atrás.

Les prendí fuego a todos los papeles.]

El señor Abacuc llega a nuestro lado.

—Me van a tener que ayudar con los niños.

Atrás los pirulos están saltando y lanzándome porras.

Les pinto cuernos con las manos y ríen más.

Están incontenibles.

—¡Li-bu-rio, Li-bu-rio, Li-bu-rio! —canturrean al compás de su propio ritmo, desfungidos, aflorados. Naomi tiene los ojos cristalinos y casi se le pueden ver sus lágrimas morenas de alegría. Las banderitas están despelucadas de tanto agitarlas y apenas se sostienen de un hilo.

—Vaya, vaya, adorado Abacuc, ¡quién lo dijera! ¿No sabía que habías traído a un profesional para estas peleas de novatos. Te estás desquitando, ¿verdad, viejo zorrillo?

Todos giramos la vista.

Reconozco a la emperifollada de la cadenita en el tobillo. Bajo la mirada hacia sus piernas y sí, apergollado, ahí está el badajo en su tobillo. Se vuelve hacia mí, me extiende su mano y me la pone delante de la cara para que la levante de sus piernas. No sé qué hacer con ella, así que les tiro un mordisco a sus uñas largas y perfumadas. Ella, en vez de retirar la mano, la acerca aún más hasta que la voltea y me acaricia la mejilla con sus dedos finos.

—Vaya, ni una gota de sudor, cariño. Vas a tener que enseñarme cómo haces esto.

—¿Hacer qué? —le grito al sentir su piel suave sobre mis cachetes entre la alharaca del público.

—Poner de cabeza al mundo entero y no transpirar ni un gramo de culpa.

—Acabamos de abrir una biblioteca, señora Marshall —suena la voz de Naomi ahí, exultiva, desde su silla de ruedas—. Bueno, fue idea de Liborio, y ya tenemos seis libros. Pero vamos a comprar más, ¿verdad, Liborio? ¿Usted puede regalarnos libros, señora Marshall?

La señora Marshall retira su mano despacio de mi rostro, se inclina hacia adelante y la pone sobre la mano de Naomi.

—Claro que sí, corazón. ¡Qué buena idea tuvieron! ¿Te has divertido esta noche?

—Mucho —responde Naomi y agita las banderitas pelonas.

—Me alegro, Naomi, porque la felicidad de los niños es la más grande felicidad del mundo.

Llega el emperifollado que me dio su camiseta para luchar, se acomoda la corbata roja y se aposta atrás de nosotros.

La señora Marshall se endereza y cambia la mirada hacia mí. Sus ojos son azules delineados con sombras de iridio. La nariz la tiene respingada y lleva unos aretes de catadura ígnea.

—Tienes una maravillosa forma de hacerte notar, jovencito. ¿Fue idea tuya o de quién?

—¿Qué?

—"Bill for president"… "Sexy"… Caramba, hasta yo te lo compro —echa una sonrisa pequeña.

—Señora Marshall —interrumpe el emperifollado—. El congresista Warthon la anda buscando.

—Pues que me siga buscando —le dice con dulzura al emperifollado sin voltear a verlo y le guiña un ojo a Naomi—. Para que sepa lo que es jugar a las escondidillas fuera del Congreso, ¿o no, Naomi?

Naomi sonríe.

El emperifollado regresa a su sitio detrás de la espalda de la señora Marshall y no se mueve un ápice.

—Se me ocurre que podemos hacer algo con este jovencito, querido Abacuc. ¿Tú qué opinas?

—¿Como qué, querida mía? —pregunta el señor Abacuc.

—No sé, cariño, apenas estoy saliendo del asombro. Y cuando algo te asombra, como decía mi padre, siempre debes hacer algo porque si no, ay, se te va el instante y no vuelve jamás.

—Al gimnasio del albergue se le mete mucha agua por los agujeros del techo cuando llueve —le digo así, sin pensar, como vienen las palabras a mi cabeza.

La señora Marshall me sonríe. Sus dientes son blancos y alineados. Tiene un brillo rosa en los labios.

—¿Ves, querido Abacuc? ¿No es maravilloso lo que te digo? Y además tiene voz propia. Todos deberíamos aprender eso; en especial tú, Naomi, que tienes sueños grandes de ser una abogada magistral —se voltea hacia el emperifollado de atrás—: Dermont, apúntate en la cabeza que el lunes debemos enviar al arquitecto Barnes con el señor Abacuc para revisar el techo de lámina que tiene muchos agujeros —luego regresa a nosotros—. Liborio, ¿verdad? —toma de nuevo mi rostro con su mano delicada y me acaricia el mentón—. Estoy encantada de conocerte, jovencito. Has sido lo mejor de la noche.

—Gracias, señora Marshall —correspondo llamándola por su nombre.

—Vaya —se sorprende—, veo que no soy la única con memoria eidética por aquí. ¿O será que ya me conocías de antes? —ríe.

—¿Que es eidética? —pregunta de improviso Naomi.

—Es una memoria fotográfica —le digo a Naomi, recordando el ejemplo del diccionario donde había un memorioso y que leí varias veces para entenderle. De volada paso mis ojos prietos a los ojos azules de la señora Marshall—. Con una memoria eidética recuerdas todo cuanto pasa por tus sentidos y no lo olvidas jamás.

—Vaya, no salgo del asombro —sonríe de nuevo la señora Marshall—. Exuberante, cariño, pródigo. Si me lo platicasen no me lo creería, y menos viniendo de un boxeador —dice dando un paso hacia atrás—. Bueno, queridos míos, nos vemos en otra ocasión; ahora sí, el deber me llama.

Da la vuelta y comienza a andar por enfrente del ring saludando y mandando besos y sonrisas a diestra y siniestra entre algunos emperifollados de pipa y guante. El señor Abacuc gira hacia ella como hipnotizado.

De volada, el emperifollado Dermont me jala hacia sí y oculta en mi mano un fajo enrollado de billetes que cierra con su puño sobre mi puño.

—De parte de todos nosotros —me dice veloz y pegando casi su frente con la mía—, para reponerte tu pantalón y porque les cerraste la boca a esos boquiflojos —me guiña el ojo y sale apresurado tras la señora Marshall, que ya va hasta el otro lado del recinto. La alcanza y salen por una de las puertas laterales que dan hacia donde están acomodadas las mesas para la gran cena de caridad.

—¡Caracoles! —exclama el señor Abacuc, aún absorto en sus pensamientos—. Ahora entiendo por qué ella nunca olvida nada, oh, sí.

Entro rápido al cambiador del baño para recoger nuestras cosas. No miro a nadie. Me dirijo hacia la esquina donde están apiladas las maletas y el contenedor. Afuera me espera Naomi con la bolita de pirulos que formamos por estaturas para que no se nos perdieran en el camino. Naomi los había contado uno por uno después que terminó la última pelea y les asignó, como buena capitana, un lugar para cogerse de su silla de ruedas, y así los trajimos, como un racimo de niños emborucados tomados de los fierros de la silla. El señor Abacuc, mientras, fue con unos conocidos para intentar conseguir un chofer para el auto del entrenador Truddy.

—Metí tus guantes en tu cajonera —me dice el señor Bald, que está sentado en la penumbra, casi atrás de la mesa de la lámpara apagada y la pluma de cordel metálico, y que yo no había visto. Parece que no mira nada en específico porque está oscuro de ese lado y sólo oigo cómo empieza a jugar con sus dedos, tamborileando de vez en cuando sobre la formaica de la mesa—. También eché el protector bucal ahí.

—Thanks —le digo. Me desenrollo las vendas de los nudillos y las arrojo a un lado. Saco las llaves del Fairmont del contenedor, luego busco mi cincho e intento meter el fajo de billetes en él, pero no cabe. Entonces lo guardo dentro de los guantes y comienzo a acomodar las cosas. Me quito la camisa y la acomodo a un lado; me pongo la mía. Como mi pantalón está roto, me quedo así, todo cucho, con una pierna más larga que la otra.

—¿Sabes? —dice como si pensara sólo para él—, en todos estos años que llevo en este maldito negocio, jamás nos había hecho trizas nadie como lo acabas de hacer tú —tamborilea más lento los dedos sobre la mesa—. Jamás. Y no sé qué pensar. Sergi está vuelto loco. Acabamos de perder el contrato del circuito para lo que resta del año porque tenemos a tres pupilos ensartados en cama. Sergi se fue al hospital como una maldita madre que tuvo trillizos para cuidarlos.

Yo sólo escucho. No digo nada. Sigo metiendo las maletas porque quiero que todo se acomode en el contenedor y no tener que llevar maletas a cuestas.

—Todo fue un error. Un maldito error. Sergi siempre ha sido obstinado, un maldito contumaz. Y siempre termina por joderlo todo.

—¿Por qué no se divorcia de él? —le pregunto cuando ya casi acabé de acomodar todo y estoy por cerrar la tapa del contendor.

—Ay, chico —suelta una risa apoltronada, tertúlica, avinagrada—. Divorciarse de la familia es una misión imposible, y más si los hermanos son cuates.

Me echo la caja al hombro, como lo hacía con las cajas de la pizca que le entregaba al Pepe, o como las cajas de los libros que llevaba y traía con el Chief, y comienzo a andar hacia la salida.

—Oiga —le digo antes de abrir la puerta—, ¿como cuánto gana un boxeador?

El señor Bald deja de tamborilear los dedos.

—Millones si es bueno, pero si no terminará como yo.

—¿Cómo? No entiendo —en ese momento el señor Bald enciende la lámpara de la mesita. Tiene el ojo izquierdo casi cerrado y está estúvico, inflamado; amoratado por el chichón hematoso incontenible que está a punto de reventarle la ceja. Ve que lo miro con detenimiento y creo que siente pena, porque intenta disculparse.

—Sergi es mi hermano y jamás he querido hacerle daño… Por ayudarte me ha puesto… —hace una pausa para tocarse el ojo moro.

—Oiga —le digo así, de pronto, como el putazo que le amorongó los bordes de su cuenca; áspero como soy, y no como lo diría la señora Marshall, con su voz templada, segura, sin dubitar jamás—: ¿Quiere trabajar para mí?

—¿Cómo? —se quita la boina y veo sus tres pelos en la cabeza.

—Ahorita no tengo ni en qué caerme muerto —continúo calmo—, pero quiero ser algo más para hacer algo bueno conmigo y con los demás. Y a más necesito un entrenador. ¿Qué dice?

—¿Y por qué yo?

Miro por un segundo su boina, que estruja entre los dedos. Se nota que es un hombre derrotado por todo, por todas partes, como yo, por la putérrima vida, diría mi Chief. La luz le refleja los pómulos, la boca manchada de sangre y su ojo hinchado, que se hincha cada vez más.

—¿Y por qué no? —le respondo.

Abro la puerta y los pirulos vuelven a gritarme afuera:

—Li-bu-rio, Li-bu-rio, Li-bu-rio.

Llegamos al albergue. Ya es muy noche. Los pirulos están dormidos en la camioneta como chayotes pelados. El Fairmont se lo llevó un amigo de confianza del señor Abacuc para no dejarlo estacionado afuera del albergue y se vaya a quedar sin ruedas o, lo que es peor, se vaya a quedar sin su auto el entrenador Truddy. El señor Abacuc se baja de la camioneta y se dirige al portón de la casa.

Naomi dormita; se quedó adormilada antes de cruzar el primer puente de la intersección. Se recargó en mi hombro y así se vino todo el camino. Babeando.

—Naomi, ya llegamos —le digo, pero parece que está fuera de combate. El señor Abacuc ya abrió el portón y de repente se escucha un gritito.

—Ay, no me espante, señor —se oye la voz de la señora Merche.

—Ayúdeme con los niños —le contesta.

La señora sale en camisón y gorra de dormir.

—Cárgate dos —me dice cuando me bajo de la camioneta—. Así.

Y se los cuelga como si fueran bultos.

Yo cargo un par de pirulos como cochinos y los meto hasta las recámaras detrás de la señora Merche.

—Éste va aquí… éste va allá… ésta aquí… ésta allá —los repartimos como barajas sobre las camas. Salgo por otros dos pirulos y la señora Merche por otras dos pirulitas. Los repartimos de nuevo y regresamos. Ella se lleva los últimos dos. El señor Abacuc está tratando de bajar la silla de Naomi. Le ayudo y la bajamos entre los dos.

—Vamos a pasar a Naomi a la silla —me dice el señor Abacuc.

Me apoyo en el descansa pies de la camioneta y tomo en mis brazos a Naomi. La levanto por las axilas y la llevo a la silla. Me inclino para dejarla pero no me suelta.

—Naomi, suéltame.

—No —dice adormilada—. Évame adentro.

Regresa la señora Merche.

—Pásamela —me dice.

Se la encaramo en los brazos y se la lleva al interior.

El señor Abacuc ya está abriendo la cajuela de la camioneta. Tomo la silla de ruedas de Naomi y le pongo el contenedor y las maletas de los pirulos. La meto rodando hasta el gimnasio y la descargo, saco mis cosas y luego llevo la silla a la habitación de Naomi, donde la señora Merche ya la está arropando bajo las cobijas. Se la dejo junto a su armario y salgo otra vez. El señor Abacuc cierra la cajuela y le pone el seguro a la camioneta.

—¿Estás cansado, Liborio? —me dice mientras se guarda las llaves en su abrigo.

—No mucho —le digo la verdad.

—Yo estoy muerto —dice—. Vámonos ya adentro.

—En un momento voy.

El señor Abacuc se detiene y da la vuelta. Pausa un momento lo que va a decir.

—Liborio —me llama—. Lo siento mucho, muchacho. Mi intención nunca fue… ya sabes… Pienso que estamos aquí para servir a los demás y no para servirnos de ellos.

—Usted siempre ha sido amable conmigo, señor Abacuc. No se preocupe… ¿Se acuerda cuando me recetó esas pomadas para los chichones?…

—¡Jaaa! —suspira aliviado, como si el recuerdo aliviara el presente—. ¡Cómo olvidarlo! Te tundieron sabroso, hijo.

—Oiga, ¿y usted sabe más de medicina?

—No tanto como quisiera.

—¿Sabe para qué sirve el Clopidogrel?

—¿El qué?

—Clopidogrel.

El señor Abacuc inclina el mentón y se acaricia la barba blanca.

—Ése lo recetan a los viejos para evitar infartos. Aligera la sangre, muchacho. ¿Por qué?

—¿Cree que el entrenador Truddy necesite eso?

—No lo sé, hijo. Por cierto, ahorita voy a intentar comunicarme con miss Webeer para ver cómo está; espero que no sea una hora muy inapropiada. ¡No tardes, Liborio! —y se mete al albergue. Oigo cómo abre su oficina y la cruza.

Respiro fuerte, profundo, fustigando todos mis alvéolos; corriendo ventisca hacia todas mis raíces internas. El oxígeno me aviva por dentro, como un rapsoda homérico. De este lado de la ciudad el aire me sabe distinto. Doy una última hojeada a la calle y desaparezco tras la puerta.

Es casi medio día y ha vuelto a llover. El cielo está gris pero su lluvia es ligera, mojativa sólo en la superficie. Doy vuelta hacia el edificio de la chivata y me encuentro con que a la foquin book le han demolido el muro de las vitrinas. Es más, no está por ningún lado lo que era la puerta de entrada. Parece un cascarón viejo, desmembrado. Sólo hay un enrejado metálico que la contiene, como una camisa de fuerza, de lado a lado. También tiene unas placas de madera sitiándola en los bordes. Espero a que pase un auto con los limpiadores encendidos y cruzo la calle para ver más de cerca. No hay nada ni nadie adentro de la librería. No hay estantes, no hay libros, no está el mostrador, no hay más que foquin polvo húmedo y algunos cerros de escombro apiñados en las esquinas. Los cables de luz parecen haber sido arrancados de cuajo. Las lámparas no tienen focos y se ve la escalera que sube llena de pisadas y martillazos. En las paredes se dibujan las sombras donde estuvieron los libreros, como si una bomba nuclear hubiera evaporado todo dentro. El piso de mosaicos está levantado y la puerta del cuarto del fondo está arrancada y colocada a un lado. En la esquina derecha, donde antes estaban las repisas de las novelas americanas traducidas al castellano, ahora hay una estructura de metal parecida a un andamio, o a una torre, o a una escalera cuadrada. Sobre ella hay unas tablas de madera y arriba unos botes.

—¿Chieef? —grito con fuerza, desgañitándome las arterias del cuello. Pero sus paredes desnudas sólo me devuelven mi eco barnizado de polvo—. ¡Patróón! —repito.

—¡Chivaaato! —oigo la voz de Aireen lejana. Entre las nubes, como un acordeón de gotas.

Giro rápido.

La busco alrededor, miro hacia la esquina, hacia la otra, pero no la encuentro.

—Aquí, arriba.

Aireen está asomándose por la ventana de su departamento.

—¡Subo! —le grito desde la acera de enfrente.

—No. Yo bajo. Espérame un minuto...

Cruzo de nuevo para esperarla en la escalera de piedra. La book parece desde ahí un gran cráneo; una calavera en medio de la calle. Las ventanas de arriba también han sido arrancadas y sus cuencas vacías miran sin mirar nada.

—¿Conseguiste trabajo? —es lo primero que me dice la chivata en cuanto sale del edificio. La miro; lleva una chamarrita lila y unos botines. Comenzamos a caminar hacia la esquina.

—¿Por qué?

—Porque traes ropa nueva. Y, además, te queda bien ese suéter.

—Es usado —le digo sin pensarlo.

—Ah —y se queda callada. Damos la vuelta con dirección al parque.

—Te traje algo —le digo para romper ese silencio que se hace cuando se tiene tanto que decir que uno mejor se queda callado—. No sé qué sea, pero creo que lo necesitas. No es mucho pero es un regalo para ti.

Aireen arruga la frente. Imagino que no le gustan las sorpresas. Saco una bolsa y se la entrego.

—¿Qué es?

—No son chocolates, te lo puedo asegurar, no cabrían ahí, ni tampoco globos, ni flores —le digo mirándole el perfil que tiene inclinado hacia la bolsa—. Vamos, ábrelo.

Aireen rasga la bolsa y encuentra una caja de Clopidogrel. Se detiene de inmediato.

No sé si sea la lluvia, no lo sé, pero el rostro de Aireen también empieza a escurrir.

—¿Lo has robado? —me dice sin mirarme, con la vista clavada en la cajita de medicina.

—Conseguí dinero.

—¿Pero cómo? Esto es muy caro.

Tengo ganas de decirle que me lo dieron por pegarles a unos tipos, pero no lo hago.

—Conseguí trabajo en el albergue donde me estoy quedando.

—Antes podía comprarlo —dice cabizbaja, absorta, como freída por algo intangible—. Ahora sólo tengo a Candy, y con eso no me alcanza.

—¿Perdiste tu trabajo?

Me mira. Sus pestañas tienen gotitas en la punta.

—Mi abuelo piensa que todavía voy al work. No sabe que nos despidieron a todos y se fueron, no sé, a China o a Rusia.

Volvemos a andar hasta llegar al semáforo. Cruzamos y entramos al parque Wells. Hay muy pocos paseantes. La lluvia hace chop, chop en el agua de la fuente. La hierba refulge en su anegada transparencia.

—¿Quieres poner un negocio? —le digo mientras pasamos la vereda de piedra hacia donde están los árboles y pequeñas palmeritas.

—¿Como de qué?

—No sé, algo que te guste.

—¿No sabría cómo? ¿Tienes alguna idea?

—No sé —en verdad no se me ocurre nada—. ¿Qué te gustaría hacer?

Llegamos a una banca de piedra. Está mojada; aun así, Aireen toma asiento. La sigo. El agua penetra mi pantalón y siento un estremecimiento mayúsculo.

—¡Me gustaría viajar! —dice.

Recarga su mano sobre la piedra.

Yo despacio

con lentitud

pongo mi mano encima de la suya.

Ella no la retira.

La lluvia cae.

Las hierbas deben estar en este momento floreciendo por dentro.

Las oigo crepitar.

Crecer alrededor de mis pies.

—¿Sabes? —dice Aireen navegando en su propio mundo, sin mover su mano—. Antes de morir mamá, el año pasado, me encargó que cuidara al abuelo el tiempo que le quedara en esta tierra. Y lo he intentado, lo juro; por todos los medios lo he intentado. Tres empleos, porque la enfermedad de mamá se lo llevó todo; la antigua casa, los muebles, los sueños. No me estoy quejando: mi abuelo es una gran persona y lo amo mucho; nunca hizo dinero, pero me enseñó, hace muchos años, a rodar en bicicleta cuando mamá ya empezaba a poner-se mal. Él aún salía y se paseaba por las calles con su bastón y nos llevaba a mi mamá y a mí a los museos, a los conciertos, a las galerías de arte; nos llevaba a nadar y a veces íbamos al mar. Una vez fuimos a Europa, sí, fue la maravillosa época del Big Ben, la Torre Eiffel, la puerta de Brandemburgo, el Coliseo, el Partenón; aún lo recuerdo. Él vendía sus cuadros en muchas partes, hasta que empezó a perder la vista. No sé… —deja de hablar. La lluvia le moja el rostro. No pestañea. En este instan-te se ve tan frágil como si estuviera doblada por las gotas—. Si yo me muriese quisiera que fuese rápido, sí, así, rápido, para no dejar tanto dolor por tanto tiempo a las personas que amo y me aman. Que fuera así, de sopetón, caer como un pajari-to atravesada por un rayo y quedar ahí tendida, sin vida, así nada más.

No sé qué contestar. El mundo parece tan reciente para mí en este instante. En la librería del Chief leí a escondidas a Virgilio y a Dante y no sé qué hacer ahora, porque la vida no es como la cuentan en los libros. También leí a Catulo y a Bécquer, y no sé qué decir. Leí a Boccaccio y a Balzac. A Homero y a Tolstoi, en el parque, y no sé qué hacer. Leí a Cervantes y a Dickens, a Austen y a Borges. A Píloro y a Esopo. Leí la Biblia para intentar saber de qué cuernos hablaba el padre Terán cuando nos hablaba del infierno, y aquí, en este momento, no sé dónde hallar una respuesta. Y leí porque no tenía otra vida que hacer en la librería, y ahora no sé de dónde puedo sacar algo para decir algo, lo que sea, que sea profundo. La vida, foquin chingada madre, no es como la pintan en los libros. Así que sólo atino a decir:

—¿Te gustaría poner una cafetería conmigo?

Aireen gira el rostro y ríe, no con una risa burlona, sino con una media silueta en medio de nosotros.

—Ay, chivato… —y sin esperarlo, con su mano debajo de la mía, temblando por la roca; con la lluvia trenzándonos los poros, Aireen se me acerca y suave, sin prisa, entre el agua que cae, me da un beso en los labios.

— ⊶⊷ —

[—*¿Por qué casi no hay mujeres escritoras en los estantes, Chief?*

—*Buena pregunta, putarraco deuteronómico. No lo sé; tal vez porque las ellas saben besar mejor que los ellos y no necesitan la foquin literatura para descargar todos sus complejos, todas sus puterías.*]

El tiempo está absorto, imprimado en la tela de las flores, del viento, en las hojas del parque que se cuelgan de gotas plomizas. Aireen sonríe, lo puedo sentir en sus labios que me besan. Entreabro los ojos y veo sus pómulos hermosos, sus pestañas húmedas, sus ojos cerrados, sus cejas escurriendo agua, su piel. Los cierro de nuevo y todas mis moléculas se concentran de nuevo en mi boca. En los ríos que corren por el aire, en las nubes que azotan las atmósferas del cielo; en los relámpagos que erizan la tierra y hacen brotar cántaros de luz.

Aireen se retira un poco.

Abre los ojos.

Yo también los abro.

Siento su respiración tan cerca y tan profunda.

No decimos nada, sólo nos hundimos en nuestros ojos y los hacemos enormes. Efulgentes. Cáspitos. Interminables. Veo cómo le chorrea el agua por el cabello mojado; por las mejillas, por la frente, y se va hacia su pecho; hacia los hexámetros dactílicos de ser ella la Helena de mi vida, la más hermosa del universo.

Sonríe.

Sonríe plena.

Sonríe con la transparencia indómita de otro cosmos.

Sin hablar, sin decirme nada. Sin una palabra de por medio, retira su mano de abajo de mi mano y me abraza. Se cuelga de mi cuello.

Siento su cuerpo por encima de la tela que nos separa; por dentro del espacio que nos junta.

Siento sus pechos tocarme el suéter.

La abrazo yo también.

Contraigo mis músculos alrededor de ella y ella se repega a mí.

La siento temblar.

Tiembla.

Cuando llueve tiembla y los truenos se vuelven enredaderas.

—¿Estás llorando? —le digo al oído.

—No.

—¿Entonces?

—Es la lluvia, que a veces me pone triste.

De repente estamos corriendo hacia el restaurante de Park Street, cruzando la calle por el oeste. La lluvia arreció. Hace unos instantes el cielo comenzó a caerse a pedazos de nuevo. Aireen se levantó y me jaló de la manga.

—¡Corre!

—¿Adónde?

—A Crickets Family.

Los charcos apenas los vemos; ya metí mi pie en uno y la salpiqué, aunque ella también metió su botita en otro y me salpicó. No se ve un alma en toda la redonda, sólo nosotros dos corriendo, como venados, en medio del fuego cruzado de la lluvia.

Llegamos al toldo del restaurante riendo, y todo porque un auto pasó veloz y nos tundió con el agua puerca del asfalto. Aireen le gritó y yo también, pero el vehículo se perdió tras el aguacero y nosotros nos comenzamos a reír ahí mismo.

Me sacudo el cabello con una mano, estoy chorreando. Aireen también se sacude el pelo y se lo exprime haciéndose una trenza. Luego se lo echa para atrás y lo recoge con maestría en un chongo que anuda con una liga anaranjada que trae en su muñeca. Se quita la chamarrita y le sacude todas las hojas que nos embarró el carro.

—Jaaa —ríe Aireen al darse vuelta y mirarme—. Tu suéter se encogió, jajaja.

Es cierto, las mangas me quedan a la mitad del antebrazo y se me nota una musculatura que no tengo. Me lo quito con trabajo y le hago manita de cochino hasta que no puede salírsele una gota más con mi fuerza. Lo extiendo y pienso que podría quedarle perfecto a un pirulo del albergue, de donde lo tomé prestado.

—¡Eso no le queda ni a un guagua! —y sonríe de nuevo.

Me lo echo al hombro y abro la puerta del restaurante para que Aireen pase.

—Thank you, gentleman —me hace una caravana y entra.

El local está casi vacío, sólo hay dos mesas ocupadas que dan hacia la ventana. En una hay una pareja que otea de vez en cuando la lluvia a través del cristal y que voltea a vernos cuando entramos. La otra mesa tiene a una mujer y a un hombre maduro junto a un adolescente. Y parece que les cogió el agua recién porque llevan un paraguas que escurre a un lado de su mesa. Del otro lado está una barra y ahí una señora con una cofia que acomoda un plato en una bandeja.

—¿Barra o mesa? —me dice Aireen.

—Barra usted, yo mesa —y suelto una risotada tonta.

—Menso —y ríe mientras se dirige hacia el fondo, donde hay otra mesa detrás de la pareja y donde también podemos mirar hacia la calle.

Nos sentamos uno enfrente del otro, aún goteando.

—¿Tienes hambre? —le digo.

—Como un león —me contesta. Toma un menú que está dentro de un soporte transparente—. ¿Y tú?

—No mucha.

—No te preocupes, chivato. Yo te invito. Es lo menos que puedo hacer por el regalo que me acabas de dar. Eso sí es gastar una fortuna.

—No es eso. En verdad no tengo mucha hambre.

—Debes comer.

—Lo sé, pero algo en mi panza me revolotea con ganas.

—¿Estás enfermo?

—No —le digo y miro hacia la calle—. Creo que son las mariposas.

—Eres un bobo —dice y me toma de la mano. La acaricia. Siento sus dedos tan suaves que pareciera que me está tocando sólo su espíritu.

—¿Qué te sirvo, Aireen?

—Hi, Caterine —saluda—. Yo un belfo de manzana con helado y una malteada de chocolate.

—¿Y tú? —me dice seca la mesera.

—¿Tiene algo con proteínas?

Se me queda mirando mientras sostiene su libretita, donde apunta la comanda.

—Tenemos filete de ternera de 19, torta de atún de 9.80 o estofado de huevo de 4.20.

—Tráigame el huevo y un vaso de agua.

—Sólo en botella.

—Está bien.

La mesera se aleja.

—¿Está enojada?

—Siempre es así —dice Aireen—. Aunque a veces sospecho que no le caigo bien. Tiene tres hijos que mantener y eso la pone de malas.

—¿Y por qué la conoces?

Aireen toma el salero y se echa tantita sal sobre su palma. La chupa.

—Éste es uno de los lugares de mi patrón —confiesa echándose hacia adelante de la mesa.

—¿El dueño de Candy?

La égida de junto le dice molesta al hombre en ese momento:

—Te lo dije. Esto va a durar hasta mañana.

Aireen se lleva una mano a la boca, sonríe y dice en voz baja:

—Ajá. Se llama Alexaindre.

El hombre mueve el cuello como conteniendo su respuesta. Lo miro porque está justo enfrente de mí.

—¿El de los tenis?

—Tú siempre con lo mismo. Que si salimos o que si no. Nunca estás conforme —responde el hombre con una voz contenida por el desplante.

—¿Están peleando? —pregunta Aireen, que no puede verlos porque está de espaldas a ellos.

—No lo creo —le digo—. Es más, están a punto de besarse.

Aireen gira de inmediato la cabeza y ve que le he mentido.

—Tonto —y cuando regresa la cabeza de nuevo chocan sus labios con los míos. Se quita de inmediato, sorprendida—. Tonto —dice de nuevo.

Me vuelvo a sentar. No sé qué me está pasando. Algo me hace actuar de esa manera involuntaria, como si una loca predestinación controlara mis movimientos.

—¿Sabes qué le pasó a la book? —cambio el tema para ahorrar mis pensamientos en sus labios, que acabo de sentir otra vez y que me llevan hacia la locura.

—Mucho ruido —responde Aireen enrojecida.

—Me largo —dice la mujer. Se levanta y se dirige a la puerta.

—Te vas a empapar —le grita el hombre.

La mujer lo piensa, se detiene y regresa a su asiento.

—¿Cuándo pasó? —le pregunto a Aireen.

—Desde el viernes. Llegaron muchos workers y empezaron a taladrear con esas máquinas que hacen mucho ruido. Ayer sábado llegó un camión por todos los desperdicios de cristales y cerros de tabiques —hace una pausa—. Voy a extrañarte —y se colorea más.

—¿Cómo?

—Desde mi ventana podía mirarte cuando limpiabas los vidrios de afuera. Lo podías hacer por horas. ¿Siempre eres tan dedicado en tu trabajo?

Llega la mesera con una bandeja y nos acomoda lo que pedimos. Pone unos cubiertos a los lados y se marcha.

—¿No sabes qué pasó con los libros o las cosas que estaban adentro? ¿Se las llevaron?

—Eso ya no lo sé.

La lluvia amaina por un momento.

La pareja se levanta y se marcha rápido. Nosotros ya casi hemos terminado de comer todo. Aireen me da un poco de helado y yo, en retribución, le ofrezco huevo, que ella, sérica, rechaza con un:

—¡Iugg, huevo!

Río.

—¿Alguna vez te has enamorado? —le pregunto así, discorde, como un vocinglero.

Me mira profundo mientras le da uno de los últimos cucharazos al helado.

—Sí, alguna vez —me responde.

—¿Cómo es?

—¿Cómo que cómo es?

—Sí, ¿cómo se siente?

—¿Tú nunca te has enamorado?

— ▪▄▟▄▪ —

[—*Vivimos en las sobras del mundo, ahuehuete tejolotero. Estamos en los residuos de la historia; de lo que ha ido quedando; en los despojos de la humanidad. Imagínese, putito, después de todas las guerras que ha habido, ¿qué nos queda? Sólo basura, donde somos miles de millones de personas pudriéndonos, hacinados, muertos de hambre, en la pobreza más jodida que podamos imaginar. El mundo es una mierda que nos ha tocado vivir. Después del Leviatán, jamás podremos regresar a la edad de la inocencia, al amparo del vientre. Somos la peor especie del universo, siempre devorando todo a nuestro paso, como plagas exultantes; vejativos insectos. Así es.*

—*¿Se peleó otra vez con su ñora, Chief?*

—*Sí, puto.*]

Siento la ropa descosida por la humedad. Aireen pide la cuenta. No puedo dejar de mirarla. No sé, es como si a cada paso fuera descubriendo nuevas cosas; nuevos laberintos hermosos en los que perderme.

—¿Qué significa tu tatuaje? —le pregunto cuando gira y me lo deja ver atrás de su oreja.

—Es una promesa —me dice—. Una pluma. Estaba más chica y quería que las cosas se compusieran, pero no fue así. Y prometí, bueno, que si otra vez las cosas se ponían mal, levantaría el vuelo desde la punta de un edificio. Pero eso es cosa del pasado; esas cosas que uno piensa cuando no sabe ni por dónde anda. ¿Y tú, has hecho alguna vez una promesa?

—Alguna vez juré ayudar a la familia de un amigo.

—¿Y lo has cumplido?

—No. Pero tengo un plan.

—Siempre es bueno tener un plan.

La mesera pone la nota sobre la mesa.

—Yo pago —le digo y saco un billete de cien dólares de los mil que me dieron los emperifollados.

—No; yo te invité —me dice y detiene mi mano. Saca de su chamarrita una cartera donde está su celular, la cajita de medicina, y cuenta, con billetes de un dólar y monedas, 16.90 dólares.

—¿No te hace descuento el patrón?

Aireen levanta la mirada y seria, muy seria, seriesísima, me dice:

—What!

—Lo siento —le digo apenado, como si hubiera cometido la peor tontería del mundo, incoar la estulticia de mi parte. Intento tomarla de la mano pero ella la retira—. En verdad lo lamento. No quise decir eso de esa manera —le digo.

Aireen se levanta y va a la barra a dejarle las monedas y billetes a la mesera.

Empiezo a tener frío. Afuera la lluvia ha vuelto a cerrar. Comprendo que en este momento no tengo ganas de mojarme otra vez. Aireen regresa a la mesa.

—¿Nos vamos?

Voy caminando junto a ella en silencio. Sólo escucho el chapoteo de las alcantarillas. El cielo cerrado hace parecer al día más tarde de lo que en realidad es. Una gran gota cae en mi coronilla y me escurre por detrás de las orejas. El suéter encogido lo llevo en la mano. Aireen se detiene en el semáforo. Pasa un auto y nos pita, luego arranca y se pierde. Cruzamos la calle y enfilamos hacia su departamento. Ella avanza cruzada de brazos. Da pasos cada vez más largos, como si quisiera echarse a correr en cualquier instante. Doblamos en la esquina y avanzamos hasta las escaleras de piedra de su edificio. Sube los escalones rápido y abre la puerta.

—Gracias por la medicina… —me dice. Pone un pie dentro—. ¿Sabes, chivato?, no soy una cualquiera —y se mete al edificio.

—·■◆▸■·—

[—*Lo que el amor no mata, lo destruye el desamor, verdá de Dios.*]

Despierto con calentura. Ayer llegué al albergue arrastrando los charcos. Me duele todo el cuerpo. No quiero levantarme. No fui a correr. No quiero hacer nada. Sólo quedarme en cama. Perdí a Aireen por una tontería, o quizá, jamás la tuve. Pero estoy cierto de que la tuve a tiro de piedra, y la dejé ir. Siento angustia; una desesperanza que me estruja; que me rompe el alma en todas sus arterias; que me cabrea en todos los foquin rincones de mi cuerpo. Me quedé sentado por horas, afuera de su puerta, llamándola por dentro. Esperando que se asomara y me viera ahí, pagando mi penitencia, pero no, no hubo nada. Sólo lluvia y autos. Y la tarde y la noche encharcándome los huesos. Si antes pedía tan poco, sólo mirarla y ya, y luego que sólo me viera y ya, y luego que fuera mi amiga y ya, ¿por qué ahora, que ya sé el tono de sus labios, por qué siento que no tengo nada? ¿Por qué me siento más vacío que antes, cuando en verdad no tenía nada?

La señora Merche me abrió por la noche.

—Ay, chango, eres cabeza dura o tienes cerebro de pato. ¿Por qué siempre llegas empapado? Ven, te prepararé algo mientras te secas.

Me puso delante un plato con caldo de pollo. Le hice el fuchi, aunque al final lo tomé a fuerza de sus regaños; sé que no hay sopa que me alivie del barranco en el que estoy hundido.

Después me dijo, antes de mandarme a dormir:

—Vino tu tiita, cochino marrano, y te dejó una cajota en tu habitación.

Arrastrando la cobija; cacheteando las banquetas; dando tumbos como un foquin ebrio, me vine al cuarto a llenarme de mocos. Eso hice. Estar por horas moqueando por esa maldita influenza estacional como la que les da a los marranos. Tumbarme en la cama y sorber mocos revueltos con cristales.

—¡¿Qué te trajeron en la caja?! —grita de pronto Naomi, poniéndome los pelos de punta.

—No quiero hablar con nadie —y me tapo hasta la cabeza; tengo calosfríos.

Oigo a Naomi salir rodando del cuarto. En verdad no quiero hablar con ella ni con nadie. Quiero estar solo y en paz.

Cinco minutos después viene con el señor Abacuc. Ella se queda, astuta, en la puerta.

—¿Que te sientes mal, Liborio?

—¿Quién le dijo?

—Eso no importa. No fuiste a correr hoy como te puso el entrenador Truddy. ¿Cómo te sientes?

—¿Cómo está el entrenador?

—Reposando aún en el hospital. Sólo fue una falsa alarma, pero necesita reposo por el momento. ¿Y tú? ¿Qué tienes?

—Estoy enfermo. Tengo calentura.

—A ver —y me ensarta un termómetro de mercurio en la boca.

Naomi ve desde la puerta y oigo cómo ríe la canija.

Un minuto después me quita el termómetro y lo revisa.

—Si no lo viera, no lo creería —dice el señor Abacuc preocupado, sentándose al borde de la cama.

—¿Qué? —me alarmo.

—¡Ve por ti mismo! —y me extiende el termómetro. Yo no sé ni por dónde se mira, así que no le veo nada de nada—. ¿Estoy muy mal?

—Sí —dice el señor Abacuc con el ceño fruncido—. Estás muy mal.

—¿Por qué?

—Porque da la casualidad de que no tienes nada, ni calentura ni resfriado. Tu temperatura es mejor que la de cualquiera de nosotros, oh, sí.

Entra la señora Merche alzando las cejas:

—¿Ves, muchacho? ¡Te dije que te ibas a enfermar! Todo tiene sus consecuencias. A toda acción hay un resfriado en puerta —luego se dirige al señor Abacuc—: Ah, a lo que venía. Ya terminó el arquitecto Barnes. Lo está esperando en su oficina con los otros —da la vuelta como trompo y sale, no sin decirle a Naomi, que estorba en la puerta—: Aléjate de aquí, escuincla, no te vaya a contagiar este chango sus bichos.

—En fin —cambia de tema el señor Abacuc—. Si no lo hubiera visto, no lo hubiera creído. La señora Marshall mandó al ingeniero y a cinco chalanes a primera hora del día para que tapiaran los agujeros de las láminas. Nos cambiaron tres que ya no servían. ¡Eso sí es un milagro, oh, sí, y todo gracias a ti!

Se levanta y guarda el termómetro en su estuche de plástico.

—Por cierto, hay enfermedades que no tienen síntomas, Liborio.

Abro la caja y encuentro una nota. Naomi está a mi lado; quiere asomarse con insistencia, pero no alcanza desde la silla de ruedas.

—La curiosidad mató al gato —le digo.

—¡Miau! —responde.

Leo la nota: "Morro: Por amor de Dios tuve que quemar todo lo que habías dejado en mi casa. Así que te devuelvo tus cochinas porquerías. Wendoline".

—¿Qué es? —pregunta Naomi con los ojos a punto de saltársele.

Cargo la cajota, la bajo hasta sus pies y le digo:

—Ayúdame, Naomi.

Naomi empieza a bucear entre la caja. Saca unos guantes de box Everlast nuevos que acomoda sobre la cama. Luego unos tenis Nike con franjas verdes, unas zapatillas de boxeador Adidas rojas y azules, muy brillantes, y un protector bucal nuevo en su estuche y con instructivo. Un short rojo, un short azul, un short blanco, un short amarillo, un short verde, todos con sus etiquetas con hologramas. Saca un conjunto deportivo Nike azul y negro con su chamarra y su pantalón. Una chamarra Ferrari con gorro para la nieve. Unas playeras de tela tan suave y elástica que parece piel de xoloitzcuintle. Cinco

medias deportivas Wilson. Cinco playeras deportivas para boxeo. Cinco vendas y un libro que Naomi abraza contenta
—"Ya tenemos siete", jubilea exacerbada— y cuyo título es
Boxeo para principiantes. Hasta el fondo, en medio de los pape-
litos blancos que cubrían todas las cosas nuevas, Naomi saca
un iPod Touch en su caja.

Tiene pegada otra notita: "Como ves, no encontré una concha de tu tamaño, papito, jajjajaa. Así que la sustituí por esto,
para que no vuelvas a correr solo, mi querido campeón".

—¡Wow! —exclama Naomi—. ¡No puede ser!

—¿Lo sabes usar? —le digo.

—Sí —lo saca de su caja, le quita los empaques, le pone
los audífonos y me dice—: Escucha —lo prende, nos acomodamos cada quien un audífono y, ¡zas!, comienza a sonar con
toda la fuerza del mundo Calle 13.

Los primeros entrenamientos fueron difíciles con mi nuevo entrenador, el señor Bald. La mañana del 1 de octubre se presentó en el albergue buscándome. Yo estaba tirándole mordidas y zarpazos al costal de arena con mucha furia. Sin el entrenador Truddy, que aún permanecía en el hospital, empecé a entrenar bajo la tutela del libro que me había obsequiado la ñora Dobleú; iba a correr por las mañanas sin música, ya que el iPod se lo había dejado a Naomi para que escuchara lo que ella quisiera.

—Si le sigues pegando así al costal, chico, con el tiempo te vas a lastimar las muñecas y el codo —me dijo el entrenador Bald en cuanto entró al gimnasio seguido del señor Abacuc. Llevaba su boina y un pants de algodón negro.

—¡Señor Bald! —me sorprendí—. Pensé que no iba a venir.

—Yo también lo dudé, pero aquí me tienes, chico.

—¿Y su hermano?

—Le dejé el negocio familiar con todo y los boxeadores, que, por cierto, están atontados pero sobrevivirán tu aplanadora.

—Ése es un buen principio, oh, sí —sonrió el señor Abacuc—. ¿Cómo lo ve, señor Sixto?

—Dígame Bald, por favor —corrigió.

—¿Cómo lo ve, entrenador Bald? ¿Tiene potencial?

—Uff, como nunca había visto antes en mi vida, pero no hay que decírselo al chico porque si no se va a creer mucho y entonces va a perderlo todo.

—¿Ya escuchaste al entrenador, Liborio?

—Jamás me he creído algo más de lo que soy.

—Sí, parece que tiene un punch de diamante —se coloca las guanteletas el entrenador—. Vamos a medir tu pegada, muchacho.

Se acomoda en la duela, extiende el pie izquierdo hacia adelante y deja atrás el derecho. Pone la guanteleta en posición.

—Ahora pégale con todas tus fuerzas, como si fuera tu primer y último golpe para ganar el campeonato mundial, chico.

Miro la distancia. Calculo mi timing y lanzo mi proyectil. Antes de que llegue mi golpe a la guanteleta, el entrenador Bald la quita y mi brazo pasa de largo, llevándome con él de frente, desliz que aprovecha el entrenador y, con la misma guanteleta que quitó, me da un coco.

—¡Oiga! —le digo enfurruñado—. No me mueva la cosa esa que así no le puedo pegar, y además no me dé de cocos…

El señor Abacuc se ríe.

—¿Qué acabas de aprender hoy, chico? —me pregunta el entrenador.

—¿Que usted es un gandaya?

—¡Ja! —suelta la carcajada el señor Abacuc.

—No, chico; aprendiste que más vale maña que fuerza. A ver, otra vez, pégale como si en ello se te fuera la vida.

—¿La va a quitar de nuevo?

—Eso no lo sé. El box es un albur.

Pone la guanteleta enfrente de mis narices, y sí, como todos dicen que es de tontos no aprender de los errores, calculo la distancia, pero en vez de lanzar mi puño a donde está la guanteleta, tiro el brazo contrario hacia donde yo creo que va a moverla el entrenador, y sí, la mueve. Hago una finta con el brazo izquierdo, el entrenador mueve la guanteleta hacia la derecha, lanzo mi proyectil derecho y recibe mi marrazo en plena palma de la mano cubierta con la guanteleta. Mi golpe suena seco sobre el vinilo. ¡Ploc! El entrenador Bald se quita de inmediato la guanteleta y comienza a sobarse.

Tiene la palma enrojecida.

—¿Ves, chico? —me dice con la mano entumida—. Acabas de aprender maña —luego se voltea hacia el señor Abacuc—. Señor Abacuc, ¿tendrá de casualidad unos hielos que me preste?

—¿Qué tal la música? —le pregunto a Naomi.

—Mira —me dice. Y pone un video de Youtube donde un maestro de música está dando la primera lección de piano—. ¿Crees que yo pueda aprender a tocar el piano?

—Si yo, que soy más burro que tú, estoy aprendiendo a golpear una pera, cuantimás tú puedes aprender a golpear unas teclas.

—Nada se consigue sin sacrificio —me dijo al otro día el entrenador Bald con la mano vendada—. Por muchos talentos que tengas, chico, si no los ejercitas, jamás vas a conseguir nada. Así que vamos a dividir tu preparación en cinco cosas simultáneas: preparación física, técnica, táctica, psicológica y teórica. Cada una de éstas se divide en cuatro cosas: dirección, volumen, intensidad y recuperación, todo esto para conseguir tres cosas fundamentales: tu forma deportiva, el óptimo rendimiento de todas tus capacidades y, por fin, chico, el mejor resultado. ¿Lo entendiste?

—Ajá —le digo mientras estoy colgado de los huevos como vampiro, tratando de hacer la sesquicienta abdominal que me puso a hacer para que, según él, se me formen cuadritos en la barriga.

—Todo tiene que ser con orden y disciplina. No hay de otra, chico.

La señora Merche comenzó a desplumar más gallinas.

—Comes como si trabajaras, macaco —me dijo un día en que devoré la comida de un solo cucharazo. El señor Abacuc me había dado, por recomendación del entrenador Bald, unas pastillas para matar todas mis lombrices. Porque por eso tenía lamparones en la piel, dijo. También me dio un bote con pastillas de vitaminas, para que aprovechara todos los nutrientes de los alimentos y desperdiciara lo menos cuando fuera al baño. Te va a dar mucha hambre, dijo el entrenador Bald. Y parecerá que nada te llena. Toma mucha agua.

Ésta era mi rutina: levantarme a las 4:45. Darles de comer a las gallinas. Salir a correr por dos horas. Regresar, saltar la cuerda y hacer la preparación física: abdominales, sentadillas y lagartijas en todas sus formas. Luego desayunar y ayudar con las tareas del albergue: acomodar ropa y bolsas, mover cajas, arrear pirulos y pirulas como manada de borregos para que fueran a desayunar y a las clases de miss Webeer, barrer los techos, reparar alguna cosa que estuviera rota o descompuesta. Después del desayuno, a las once de la mañana, cuando llegaba el entrenador Bald, empezar mi preparación técnica. Me hacía ver cómo debía pegarle al costal de arena.

—Si le pegas así tendrás un solo golpe. Pero mira: el golpe de la pierna que está adelante se llama jab. ¿Lo conoces?

—Me lo enseñó el entrenador Truddy.

—Bien, éste es para mantener distancia cuando tu oponente es más chaparro que tú. Tú lo utilizaste cuando noqueaste a Dulls Jara en el vestidor; casi no tiene mucha fuerza, aunque tú eres un caso raro. El jab siempre sale del brazo que tienes adelante. Si pongo mi pierna izquierda adelante, se llama jab de izquierda; con la derecha, se llama jab de derecha. Ahora bien, chico, éste que sacas con el brazo contrario al jab se llama recto. Mira. ¿Lo viste? Puede ser recto hacia arriba, hacia la cara, o recto abajo, hacia la punta del estómago. A la cara noqueas si lo plantas bien puesto. Abajo en el estómago el oponente tardará unos segundos en derrumbarse. Bien, ahora, éste que sacas como si hicieras una parábola por encima o por debajo del hombro se llama cruzado o gancho. Puede ser arriba a la cabeza o abajo a los costados. Mira, ve cómo le pego al costal. Si conectas a la cabeza un cruzado puedes noquear. En la parte de abajo, en el hígado o los riñones, es para ir inutilizando las piernas del oponente. Esto es bueno para ir minando la resistencia de tu adversario. Le pegas justo aquí, donde tenemos el hígado, y éste, con tres o cuatro golpes bien dados, se contraerá como una ostra a la que se le echa sal. Y verás cómo las piernas del oponente flaquearán y tarde o temprano terminará derrumbándose. Otro golpe se llama uppercut. Este golpe que sale de abajo hacia arriba, si lo lanzas directo por debajo hacia la barbilla, seguro que noqueas a quien se te ponga enfrente. Mira, le pegas de abajo hacia arriba, así. Trata de echar hacia adelante todo tu cuerpo y luego hacia arriba, para que todo tu peso vaya en esa dirección. ¿Entendiste?

—Sí, entrenador.

—Entonces a boxear.

Después venía la hora de la comida, a eso de las dos de la tarde, donde devoraba todo; incluso le veía cara de pollo al montón de piedras que estaban en la cocina y que servían para poner las cazuelas. De ahí descansaba un rato en la biblioteca, repasando el libro de la ñora Dobleú y que el entrenador me dijo que podía servirme por vía de mientras como preparación teórica. Tenía ejemplos de cómo vendarse los nudillos y no parecer una momia. O cómo amarrarse las agujetas de los botines con nudo doble cruzado en ele. O cómo cerrar el puño para no quebrarse los huesos de la mano. O cómo hacer boxeo de sombra imaginando a un adversario invisible. Y según ahí, en ese libro, hubo un boxeador de la Antigüedad llamado Ars de Ilse que podía boxear tan rápido que su propia sombra, bajo las brasas del sol, era más lenta que él.

Luego venía Naomi, que me interrumpía casi siempre y me arrastraba hacia el piano del escenario del gimnasio para que la ayudara a subirse. La cargaba y la ponía en el banco del piano.

—¿No te caes?

—Trataré de no hacerlo —me dijo la primera vez—. Porque antes me caía mucho. ¿Ves esta cicatriz? Fue cuando me caí de una de esas gradas donde me habían sentado porque yo quería estar sentada ahí, sola, sin ayuda. Y me fui para adelante y ni las manos metí.

Para bajarla se me colgaba del cuello como una medalla y la llevaba a la silla. Después era llamado por el señor Abacuc para que le ayudara a meter o sacar las provisiones diarias que conseguía en uno que otro lado, o cuando era necesario lo acompañaba en la camioneta para recoger las cosas que las buenas gentes tenían a bien darnos para subsistir.

Ya por la noche y después de cenar, los ojos se me cerraban solos. Ahí empezaba mi entrenamiento psicológico, según yo, cuando soñaba con Aireen.

La primera vez que me llamó por teléfono la ñora Dobleú yo estaba pensando en Aireen mientras sacaba unas cajas de la cocina y las llevaba hacia un montón que estaba apilando afuera y que iba a amarrar para ir a vender al comercio de reciclaje porque la señora Merche necesitaba chocolate porque quería hacer mole poblano y con eso podíamos sacar un puñado de dólares.

—Ahí te habla tu tía, chango —me dijo la señora Merche con los ojos de pistola.

—Morro —me saludó alegre a través de la línea—. ¡Qué tal! ¿Te gustaron tus cochinadas?

—Mucho —le dije con entusiasmo—. Nada más que no las uso.

—¿Por qué? —titubeó.

—Porque me van a asaltar en la calle si me las pongo.

—¿En verdad?

—No; si las estoy usando. Y me han servido mucho.

—Tarado —y se echó la carcajada.

Luego empezamos a hablar de cómo iban marchando las cosas en las que nos estábamos ocupando. Me contó cómo estaba la política con respecto a los inmigrantes. Que el gobierno del estado quería meter a cualquier ilegal a la cárcel. Que la derecha era más perjudicial para la vida que el veneno más venenoso de la Tierra. Que acababa de regresar al periódico *Sun News* para hacer un reportaje acerca de la banda de Minuteman y que le había ido bien, porque recibió más de cien correos de amenazas de ellos. Que estaba leyendo mucho por las noches, sobre todo novelas de amor, de esas rosas y de mucho sexo, porque necesitaba mantener la mente despejada de toda la basura cotidiana.

—¿Y ahora cómo vas, morro?

—Más o menos —le dije—. El próximo 17 viene el primer torneo. Dice el entrenador Bald que no es la gran cosa, pero quiere ponerme a prueba con unos vatos de mayor calidad que los anteriores, que, dice, estaban muy verdes. Es un torneo que abre la convocatoria para esta nueva temporada de box.

—¡Te voy a promocionar! —me dijo de volada, entusiasmada, sin preguntarme quién carajos era el entrenador Bald o quiénes demonios eran los vatos verdes.

—¿Y eso como para qué?

—Acuérdate, morro: "Santo que no es visto no es adorado". Te llamo mañana.

—¿Y ahora cómo vas, Naomi?

—Mira —me dijo amarrada frente al piano, porque una vez estuvo a punto de irse de espaldas y, si no hubiera estado yo ahí y hubiera reaccionado rápido para detenerla, se hubiera roto la crisma con el entablado. Así que decidí, a pesar de su oposición, puesto que no quería la silla de ruedas porque le estorbaba, amarrarle unos mecates como si fuera una torre, a fin de que pudiera estar sin peligro de caerse para ningún lado—. Ya aprendí que esta tecla, que está a la izquierda de estas dos negras, se llama do. ¿Sabías que la música tiene nombres?

—No, no lo sabía.

—Sí, toda la música que vemos se hace con estos mismos nombres: do, re, mi, fa, sol, la, si.

—¿En serio?

—¡¿Lo puedes creer?!

El 16 fui a la casa de Aireen para entregarle un boleto para el torneo al cual el entrenador Bald me había inscrito y, además, volverle a pedir perdón como otras tantas veces lo intenté. No había nadie, así que eché por debajo de la puerta el boleto y una notita que decía: "Espero que puedas ir". Luego salí y me senté afuera. El local donde se encontraba la book estaba cambiando. Las ventanas de herrería de la parte de arriba ahora eran una sola gran ventana con marcos de madera. La fachada había sido redecorada con pasta de granito beige, y unos hombres le estaban colocando unas luminarias de led en las marquesinas. El interior había sido pintado de blanco y otros hombres colocaban una especie de mostradores de madera y vidrio. Ya no había tierra ni escombro. Hacia el fondo pude ver parte de una nueva escalera, que había sido sustituida por una más grande y con barandal garigoleado de verde. El piso de la book ahora era de madera y no de mosaico, como antes estaba.

"¿Por qué no habrá nadie?", me pregunté, pues sabía que al abuelo de Aireen no le gustaba salir ni hacer nada afuera. Pasó un bus rojo enfrente de mí. Sin pensarlo, corrí hacia la parada y me trepé de un brinco.

—Chamaco —le brillaron los ojos a la esposa del Chief—. ¿Dónde te has metido? Búscate y búscate por todas partes. ¡Nos tenías con el alma en un hilo! ¡Qué bueno que regresaste! —y me dio un gran abrazo. Me hizo pasar hasta el jardín donde estaba el Chief leyendo un libro. Llevaba chanclas y junto había un vaso de soda. Sus hijos jugaban sentados en el pasto con piezas para armar—. Amor, mira quién llegó.

El Chief bajó el libro y me miró.

—Vaya, un aparecido. ¿Dónde te metiste, putito?

—He estado un poco ocupado.

—Vaya, vaya. Un pajarraco ocupado. Y de todas tus grandes ocupaciones, ¿qué te trae por aquí?

—Vengo a pedirle un favor, Chief.

—No te voy a prestar dinero, putarraco enjambroso.

—No es eso.

—¿Entonces?

—Quiero comprarle una caja de libros.

—Vaya, ¿para qué? ¿Va a poner su propio negocio?

—No, Chief, son para regalo.

—Veo que traes ropa nueva y de marca. ¿Acaso ya eres narco, pinche puto?

—No, Chief. Trabajo en un albergue para niños sin hogar.

—Vaya con el puto. Y yo que te iba a ofrecer empleo en mi nuevo negocio.

—¿Todavía sigue siendo su local el de la book?

—A huevo. Sólo que ahora lo estoy remodelando.

—¿Pero cómo, Chief? Si usted estaba todo endrogado. No tenía ya ni para pagar la luz.

—La suerte cambia, caimán prieto. El seguro pagó todos los gastos por pérdida total de la foquin librería. Y ahora quiero diversificar mi negocio para no estar tanto tiempo ahí. ¿Qué dices, puto? ¿Te regresas a chambiar conmigo?

—¿Cuál seguro?

—El que por suerte contraté semanas antes de que la destruyeran. ¿A poco no es suerte eso, putarraco drávida?

—¿Quién la destruyó?

—Ah, eso nunca lo sabremos, putarraco entrometido. ¿Qué más da si fue un acto de justicia divina? A mí no me importa.

—¿Y qué va a poner? Porque veo muy cambiada la book.

—Va a ser una cafetería como Starbucks pero con más caché. Sólo admitiré clientes distinguidos. Y necesito alguien que me barra y me limpie. Ahora sí usarías uniforme en regla. ¿Qué dices?

—Si nunca le gustó el café, ni los discos, ni el ruido de la música ni…

—La gente cambia, putarete sinfónico.

—No, Chief, alguna gente nunca cambia.

La pelea del 17 de octubre fue más o menos rápida. Sólo fuimos el señor Abacuc, Naomi y el entrenador hacia el Forum Dorvac. Allá me iba a alcanzar la ñora Dobleú, después de haber publicado en el periódico *Sun* un reportaje acerca de un prieto desconocido que iba a hacer que la comunidad latina de Estados Unidos se sintiera orgullosa de su sangre, de su lengua y de su color. Me echaba tantas flores que no me reconocí en su reportaje. Se lo pasé a Naomi, que quería leerlo con insistencia.

—Yo ya estoy orgullosa de ti —me dijo cuando lo terminó.

Los vestidores eran distintos al lujo de los del Ford Foundation Center. Aquí había mucha estrechez aunque más espacio. Era como un minigimnasio donde nos metieron como guajolotes. El señor Abacuc se había ido a sentar en uno de los asientos de hasta delante, para llevar a Naomi en la silla de ruedas. El entrenador Bald me condujo por los oscuros pasillos. Sólo llevábamos una maleta pequeña.

—No se necesita más —dijo—. Por eso nos burlamos de ustedes cuando entraron tú y el señor Truddy aquel día; parecía como si se fueran a mudar de casa.

—¿Extraña a su hermano? —le pregunté.

—A veces, pero ahora que estamos separados nos llevamos mejor.

—¿Alguna vez se casó, entrenador Bald?

—No, chico, no me casé nunca. Tuve muchas mujeres, claro, cuando era joven. Ya sabes, tenía un futuro prometedor, y cuando andas así, con la victoria a tu lado, tienes muchos amigos y amigas; pero cuando empiezas a recibir los primeros reveses, todo mundo huye de ti como si fueras la peste.

A mí me tocaba pelear en la categoría mosca ligero de cadetes, es decir, la categoría más pequeña por mi peso desnutrido, de los menores de edad, contra un vato oscuro que tenía apenas un bigotito bajo la nariz y que se notaba muy encabronado porque se paseaba como tigre en una jaula, de un lado para otro.

—Ten cuidado con ese chaval —me dijo el entrenador Bald—. Viene entrenando desde los nueve años. Es hijo de Ruder Soch; ¿lo conoces?

—No.

—Es un ex boxeador profesional que anda promocionando por todas partes a su hijo porque lo quiere volver campeón. Le enseñó muchas marrullerías, así que mucho ojo, chico. Ya lo he visto pelear.

—Él me conoce.

—¿Cómo te va a conocer si ésta es tu primera pelea en este circuito amateur?

—Entonces yo llevo la ventaja, ¿no, entrenador?

Fuimos el segundo combate de la noche.

Apenas sonó la campana, el morro me quiso instalar un guamazo en la cara, pero yo lo esquivé rápido con un movimiento de cintura hacia abajo y luego lancé mi uppercut hacia arriba, echándole todo el peso de mi cuerpo. Apenas si lo toqué en la punta de la barbilla, lo juro, cuando el muchachito hizo una ese y fue a tenderse contra las cuerdas, como si fuera un trapo en un tendedero, y ahí se quedó aun después de que el réferi le contó los diez segundos de protección. Tuvieron que descolgarlo entre tres para llevárselo al hospital sin un diente.

—Perfecto, chico —me dijo el entrenador mientras Naomi agitaba otras banderitas de papel y una peluca de periódico que se había hecho para representar, orgullosa, a todo el equipo de porristas que no había podido venir—. Primera pelea ganada en menos de veinte segundos del primer round.

Me dieron una medalla de participación y un diploma que Naomi colocó en nuestra biblioteca de veinte libros, porque le había comprado al Chief doce libros o el equivalente de ciento veinte dólares.

Ya en el vestidor, el entrenador comenzó a guardar todo el equipo.

—Tu siguiente pelea es el 9 de noviembre, chico.

—¿No hay algo más cercano? —le dije, deseando que todo fuera mas rápido.

—No comas ansias, chico, que esto apenas comienza.

En la salida nos esperaban Naomi, el señor Abacuc y la señora Dobleú. Ésta llevaba una falda y zapatillas altas bajo una chamarra de cuero.

—Felicidades, campeón —brincó la ñora a mis brazos, dándome un beso en la mejilla; luego giró—. Mira a quién reconocí hoy.

—Así es —dice el señor Abacuc.

—Él fue quien te ayudó cuando te agarraron aquellos camejanes, como les llamas tú.

—La señorita nos va a hacer favor de donarnos más libros —exclama con júbilo Naomi.

—Y no sólo libros, nena —dice la ñora Dobleú—. También escribiré un reportaje acerca de la labor en el albergue; quién quita y lo lee alguien importante y mejoran las cosas.

—Es usted muy amable, señorita Wendoline —le dice el señor Abacuc.

—Al contrario, ahora veo que somos muchos los que estamos luchando del mismo lado pero que no nos conocemos, y así jamás nos podremos ayudar.

—Oh, sí —confirma el señor Abacuc.

—Mira —le digo a la ñora Dobleú—. Te presento al entrenador Bald.

El entrenador se quita la boina y le extiende la mano.

—Ah, ya veo por qué le dices entrenador Bald —se ríe la ñora Dobleú y corresponde a su saludo—. Encantada, entrenador pelochas.

El entrenador Bald y la ñora Dobleú comenzaron a salir a principios de noviembre, pero yo no me di cuenta sino hasta que hilé todos los cabos.

—La preparación táctica es saber leer con antelación lo que puede suceder en el futuro —me dijo el entrenador Bald mientras yo descansaba de una serie de defensas y contraataques imaginarios, porque hacía un par de días el entrenador había traído a un sparring prestado del gimnasio de su hermano Sergi, y, en vez de decirle a él que me pegara suave "para no lastimar al boxeador", me dijo a mí que, "por amor de Dios, no lo vayas a mandar al hospital". Pero, lo juro, apenas le toqué el estómago con un recto y el morro se dobló por la cintura, como si le hubiera dado chorrillo, y tuvo que llevárselo de vuelta a su hermano, con la condición y precipitada promesa de que ya no me trajera a sus sparrings porque los estaba desplumando. Así que el entrenador Bald comenzó a usar la careta, un peto de beisbolista y los guantes para obligarme a esquivar todo tipo de puñetazos.

Al final del entrenamiento, y mientras estábamos bebiendo agua, me preguntó:

—¿Y esa señora burlona de dónde es?

—Vive al otro lado de la ciudad.

—Ah —y ahí quedó todo el asunto.

Cuando la ñora Dobleú me habló por teléfono para avisarme que leyera la crónica que acababa de sacar en el *Sun* acerca de la pelea en el Forum Dorvac, me preguntó:

—¿Y sí es entrenador de verdad ese calvo? Porque parece más un hobbit de baja estofa.

—Pues sabe bastante de box; no sé si se requiera algún título para esto del box. ¿Se necesita?

—Ay, no sé, papi. Pero mañana voy al albergue con un fotógrafo para hacer el reportaje.

—¿A qué hora?

—No sé, ahí veo, en cuanto se desocupe el fotógrafo.

—Bueno, le voy a decir al señor Abacuc.

—Ok —me dijo antes de despedirse—. Ah, y no se te olvide leer la crónica; espero que te guste.

Fui con Naomi y le pedí que a través del iPod me buscara en el portal del *Sun* el texto de Wendoline: "Crónica del nacimiento de un héroe latino", por Wendoline Wood.

Cuando llegó la ñora Dobleú, el entrenador y yo estábamos practicando unas ecuaciones y quebrados sobre la pera loca; una bola que se amarra con unas ligas como resorteras del techo y del piso y cuando se le pega se mueve para donde se le da la gana. El entrenador me había dicho:

—Intuye, no razones, chico. Intuye hacia dónde se dirigirá la pera loca y le das un jab y luego un cruzado. Jab y cruzado. Después le hincas un volado y finalizas con un uppercut. Así aumentaremos tu velocidad de ataque y defensa. Tienes algo en la genética que ha sido tocado por la buena estrella de los dioses.

—Así me gusta, papi —gritó la ñora Dobleú entrando a grandes pasos al gimnasio—. Tómale una foto mientras entrena.

El fotógrafo se acerca y nos enfoca al entrenador y a mí.

—No, chulo, nada más tómale al morro. El otro como que estropea la toma y la foto va para portada.

El entrenador Bald se hace a un lado y deja que el fotógrafo me tome a mí solito.

—¿Siempre es así de grosera y malcriada? —le dice el entrenador Bald.

La ñora Dobleú voltea a verlo con desdén.

—No, entrenador; a veces soy peor —luego se dirige hacia mí—. Papi, haz como que le pegas al bulto ese y tensa los músculos de todo el cuerpo, que se te salten las venas de los brazos y del cuello. Ándale, así, aunque no respires.

Yo me estoy ahogando. El fotógrafo me toma varias placas más. Luego me acomoda sobre una de las gradas y me cruza como si fuera modelo de revista. Me pone los guantes enfrente y me acomoda el pelo sudado. Me arroja un poco de agua sobre el pecho y saca otra foto.

—Usted se ve enferma —le dice el entrenador Bald a la ñora Dobleú.

—¿Por qué? —titubea por primera vez la ñora y se acomoda el pelo de la peluca.

—Porque se ve que le hace falta cama.

—¿Cama?

—Sí, para que le den una buena cogida.

—Patán —se encoleriza.

—Bruja.

—¿Ya leíste el reportaje que escribió la señorita Wendoline?

—No, Naomi. ¿A poco ya salió?

—Sí, hace rato habló con el señor Abacuc para informarle. Y él me lo ha dicho apenas.

—¿Y qué dice?

—Puras cosas buenas. Que somos una casa hogar de mucha esperanza. Que tenemos fe y buena voluntad. Habla maravillas del señor Shine. Incluso sale algo que dijo miss Webeer. Mira: "Somos como una gran familia, y, aunque mi esposo todavía siga convaleciente en casa, hemos intentado hacer de este mundo un mundo mejor". También sale la señora Merche y todos nosotros. Mira: "… y postrada en una silla de ruedas, Naomi, la niña que quiere ser abogada de grande y que ha impulsado junto con Liborio la creación dentro del albergue de la biblioteca Libertad y Naturaleza, y espera recibir donaciones para que todos los niños puedan leer (se aceptan libros para colorear) para ser mejores y prósperos". También habla de ti, y una de tus fotos sale en la página. Mira: "… y, como lo escribimos en la crónica anterior, de aquí es nuestro héroe anónimo, quien, a base de esfuerzo y empeño, ha sabido demostrar que en cualquier lado, en cualquier condición, en cualquier parte de la Tierra, pueden nacer los héroes".

—¿Y no dice nada de mí? —me preguntó el entrenador Bald cuando le mostré el reportaje.

—No, entrenador. Ni una palabra.

—Odio a esa bruja.

—Vamos, no es tan mala.

—No, si mala no es. Sólo es un hígado encebollado.

Al día siguiente entró Naomi cuando yo estaba acomodando la habitación de los pirulitos y atornillando una repisa para peluches que se había venido abajo porque los escuincles se habían creído tarzanes y se colgaron de ella con saldo rojo de un chipote y una rasponadura.

—Ven, ¡corre! —me dice Naomi con la cara brillosa.

Pensé de inmediato que había sucedido un accidente, así que corrí hasta la entrada; pero no, en la parte de afuera estaban descargando dos contenedores de un camión.

—¿Pasa algo malo, señor Abacuc?

—Al contrario, Liborio. Vienen a dejar libros.

—Hubieran traído mejor costales de azúcar —refunfuña la señora Merche.

—Escuchen todos la nota: "Porque a veces es bueno recordarle a la memoria que no es perfecta. Mrs. Dorothy Marshall.

Posdata. Leí el reportaje del *Sun News* y me gustó" —los pirulos, Naomi y yo pegamos un brinco.

—Wajuuuu —saltamos todos, y aunque los pirulitos más pequeños no sepan ni leer, también se nos unen en nuestro gusto.

—Ver para creer —dice miss Webeer.

—Vamos a meterlos —dice el señor Abacuc.

Tomo uno de los contenedores y todos me ayudan a empujarlo porque está muy pesado.

Llegamos a la biblioteca y, sin tiempo para aguantar las ansias, lo destapa Naomi.

No sólo hay libros de todo tipo: para colorear, para aprender a leer, para leer en serio, una enciclopedia. También hay juegos para niños. Unos rompecabezas de madera para armar. Unos estuches con lápices de colores. Hay plumines y plumones. Pinturas aguadas. Varios estuches de pinceles. Unos cuadernos en blanco para dibujo. Reglas y borradores.

—Abramos el otro —grita Naomi, y todos los pirulitos y pirulitas estallan.

Todos vamos hacia afuera y lo traemos como si arrastráramos la última piedra para construir la más alta Torre de Babel.

Naomi lo abre. Todos nos quedamos con la boca abierta: el señor Abacuc, la señora Merche, miss Webeer, Naomi, los pirulos más grandes y, por qué no, también los pirulos más pequeños.

En el contenedor hay cuatro paquetes cerrados que traen una manzana y dicen, con grandes letras: iMac.

—¿Qué son? —pregunta azorada la señora Merche.

—No tengo idea —responde el señor Abacuc—. Pero se ven tan hermosos.

—Son computadoras —responde Naomi con la baba de fuera.

—Cristo bendito, por fin entraremos a este siglo —concluye miss Webeer mientras ayuda a Naomi a desempacar una máquina.

La biblioteca nos quedó fenomenal; estentórea en todas sus partes. Hicimos, como dijo miss Webeer, una reingeniería total del cuarto. Instalé las repisas en la parte izquierda en fila india para que los libros estuvieran a mano nada más entrar en la biblioteca. En total: Naomi contabilizó quinientos veintiún libros, considerando nuestros veinte volúmenes originales. Le ayudé a decidir cómo acomodarlos; "al fin —bromeé con ella—, ¿quién es el experto aquí, eh?"

Los juegos, pinturas y manualidades los pusimos en la parte derecha. Y debajo de los anaqueles instalé, con unas maderas que sobraban del gallinero, unas mesitas de trabajo para los pirulos. Les hice unas banquitas con unos polines que habían sobrado del arreglo del techo y los atornillé para que pudieran sentarse como pájaros en un alambre de madera.

En la parte del fondo acondicioné unas mesas que miss Webeer me pidió para la instalación de las computadoras. Armé unos tablones con parte de un mueble al que le faltaban dos patas y que puse de cabeza. Le atornillé un travesaño y luego lo instalé, sujetándolo de la pared con unas ménsulas de acero de otro mueble que me había servido como deshuesadero para los escritorios de las computadoras.

—Pero ustedes las instalan —le dije a Naomi—. Porque de eso de tecnología yo no sé nada.

Acomodé una extensión y ellos comenzaron a desempacar los monitores y los teclados.

—¿Y sus cables?

—Ay, Liborio, esto ya es inalámbrico.

—Pues la única cosa de ésas que manejé alguna vez fue la de la oficina del Chief, y tenía cables por todas partes y su pantalla era verde y tenía sólo el listado de los libros que vendíamos en la librería.

—¡Qué prehistórico! —y se ríe franca, enseñando su chimuelez.

Al cabo de unas horas, la biblioteca luce irreconocible. El señor Abacuc sacó la lámpara de piso de su oficina e hizo una protocolaria donación a la más grande y única biblioteca que haya conocido la Casa del Puente del Sol.

—Ahora hay que inaugurarla —dice Naomi.

—Tiene razón —secunda la señora Merche, que también se dedicó a lijar las mesitas de los pirulos, "aunque ni caso tiene —dijo—, porque van a quedar peor de rayonadas que como estaban".

El señor Abacuc saca un hilo de su oficina y lo extiende de un clavo a una manija de la puerta de entrada.

—Ahora todos juntos lo vamos a jalar para inaugurar nuestra hermosa biblioteca.

—Esperen… Esperen —grita Naomi entre el barullo—. Hay que tomar una foto con el iPod.

Se instala hasta adelante para tomar una selfie. Todos estamos de espaldas con las manos en el hilo. Dice:

—Ahora sí, a la una, a las dos y a las… tres.

Toma la selfie con ella hasta adelante, sonriendo, feliz. Y nosotros atrás de ella, rompiendo el hilo, mirando a la cámara.

Naomi y yo hicimos un trato. Yo le diría qué libros me parecían los mejores para que comenzara a leer cuanto antes y ella me enseñaría a picarle a los botones de la computadora.

—Ay, Liborio, le picas aquí y luego te vas allá y abres una ventana para que puedas meterte aquí. ¿Entendiste?

—¿Y luego?

—Pones tus datos y das un password.

—¿Un qué?

—Una contraseña, babas.

—¿Segura que esto está bien?

—Ash. No ves tele. Todo el mundo tiene Facebook y Twitter ahora. Eso es lo de hoy.

—Lo de hoy debería ser leer libros y dejar esto para los robots.

—Pues también se puede; mira, en este link se pueden descargar dos millones de libros. ¿Cuál quieres?

—Pero no es lo mismo que uno de papel, que me puedo llevar a la cama sin necesidad de enchufarlo al tomacorriente.

—Bueno, está bien, no te amuines. ¿Con cuál libro comienzo?

—Pues, para empezar, vas a comenzar a leer los libros de monitos, porque si no luego te vas a quedar dormida de volada.

—Oye, pero yo ya soy grande.

—Bueno, está bien, lee el *Quijote* si quieres, pero allá tú.

—Oye, Liborio —me dijo Naomi dos días después de coger *El Quijote de la Mancha*—. ¿Qué significa zahorí, adunia, panóptico, aqueste, yardar, albarrazado, absid, adehala?

—Te las digo pero si me dices tú también, porque no le entiendo ni papa, ¿qué significa googlear, tuitear, stalkear, runear, linkear, instagramizar, whatsappizar?

Una semana antes de finalizar octubre, mientras regresaba de correr del parque Wells y de dejarle otra cartita bajo la puerta a Aireen, vi pasar el auto del entrenador Bald. Iba como alma que lleva el diablo.

—Oiga, entrenador, lo vi pasar por la mañana en la Séptima con rumbo al entronque. Iba muy rápido.

—No iba; venía de las colinas. Fui a reclamarle a la bruja.

—¿Por qué?

—¿No viste lo que escribió de mí?

—No.

—Mira… —y extrajo de su maleta un periódico doblado. Me lo extendió.

En una parte había trazado un círculo con tinta negra.

"… mientras unos trabajan con honradez y dando muestras de que la esperanza en la especie humana no se ha perdido, como lo que sucede en la Casa Albergue Puente del Sol, otros vividores se dedican a ver lo que sacan de la nobleza de la gente buena…"

—¿Ves? —me dijo irritado y con las venas de la calva saltadas.

—Oiga, entrenador, pero aquí no dice que es usted. Sólo dice vividores.

—Eso mismo me dijo esa bruja cuando le reclamé.

—¿Y por qué cree que es usted?

—Porque le fui a reclamar hace unos días a su cochino periódico…

—¿Qué le fue a reclamar?

—Que por qué no había escrito de mí en su primer reportaje.

—Ay, entrenador.

A finales de octubre vi que la librería estaba convertida en otra cosa.

Un gran anuncio en la parte alta de su fachada decía "Word's Coffee". La malla había sido retirada y habían instalado unas jardineras en su lugar. El piso frontal de la calle estaba adoquinado; sobre la entrada principal había un toldo curvo con dos faroles a los lados. Las puertas de madera eran amplias, con cristales biselados. A los lados, los grandes ventanales estaban cubiertos con plástico oscuro para no poder mirar en su interior. Un gran adorno de Halloween anunciaba que la noche del 31 de octubre iba a realizarse la gran inauguración con bombo y platillo.

—¿Y nosotros qué vamos a hacer? —le preguntó Naomi al señor Abacuc.

—Lo mismo de siempre, nena.

—¿Qué es lo mismo de siempre? —pregunté.

—Poner un altar de muertos.

Ahí se me ocurrió invitarlos por separado.

—¿A qué, morro?

—A un Halloween.

—¿Va a ir ese mamarracho de Bald?

—No, él se va a ir con su esposa.

—¿Está casado?

—Sí.

—Dice el señor Abacuc que si va a venir a la fiesta de Halloween.

—¿Dónde va a ser?

—Aquí, entrenador.

—¿Invitaron a la cacatúa?

—¿Cuál cacatúa?

—Olvídalo. Ahí veo si llego.

Fui de nueva cuenta al departamento de Aireen. Toqué fuerte y nada. Quería invitarla al Halloween del albergue. Tenía la necesidad de verla. Durante días había soñado con ella. La soñé en todas partes, en la biblioteca sonriéndome; en el gimnasio, sentada en una grada; en la librería, ella atendiendo y yo comprándole jarras de agua; en el tapanco, agachados porque se había ido la luz; la soñé en el salón de la Ford: ataviada de bellos vestidos que se convertían en alas. También la soñé en el parque Wells, nadando en la fuente, bajo un diluvio, y un barco gigante que se le aproximaba y yo intentaba meter el freno al barco, y justo en el momento en que la iba a atropellar, ¡zas!, desperté sudando. El reloj marcaba las 3:40. Ya no pude conciliar el sueño, así que me levanté y comencé a escribirle la carta de invitación para la fiesta del 31 de octubre.

Los preparativos de Halloween comenzaron el mismo 31. El señor Abacuc trajo papel de china para hacer calaveritas.

—En México se estila poner comida para los muertos en un altar para que vengan y coman todo lo que puedan.

—Lo sé, así lo hacía el padre Terán en la iglesia.

—¿Quién es el padre Terán? —me preguntó Naomi.

—Un morro bien loco —fue lo único que le contesté.

—Aquí vamos a juntarlo con el Halloween, porque la muerte no debe ser tan seria —replicó Naomi—. ¿Verdad, señor Shine?

—Así es, Naomi. La muerte no debe ser tan seria.

Acomodé unas cajas de cartón que nos habían sobrado tras desempacar libros y las cubrimos con un mantel blanco que sacó la señora Merche. Encima pusimos los papeles de china de varios colores: morados, rosas, blancos, verdes, azules, amarillos, rojos, y luego fruta que la propia señora Merche dio de mala gana:

—Se va a mosquear esa fruta —dijo—, pero si es para los muertitos, bueno, a ellos no les debe importar que lleve unos gusanos de más; pero si es para los vivitos, que se cuiden la tripa —y soltó una mueca de risa.

Pusimos unas veladoras en cada esquina.

—¿Esto tiene que ver con Dios, señor Abacuc?

—La muerte es más asunto de los hombres y de los gusanos que de otra cosa.

—¿Y entonces por qué pone todo esto? ¿Vienen los fantasmas a comer?

—No tener religión no significa no saber reconocer cuándo debe haber fiesta. Porque recuerda que la peor fiesta es mucho mejor que la más grande guerra. Y, además, me encantan las calaveritas de azúcar.

—¿Entonces también celebra la Navidad aunque no crea en Dios?

—También, hijo.

A las cinco de la tarde ya todo estaba listo para el Halloween. El altar estaba en su punto más álgido; los cirios alumbraban el cempasúchil. Sólo estábamos nosotros apurados con nuestros disfraces. Yo les había dicho que saliéramos a la calle a pedir para nuestra calaverita, pero Naomi me miró con ojos de plato.

—¡Qué es eso de pedir para nuestra calaverita?

—Pues que te den monedas las personas en la calle y con eso juntas lana para lo que te alcance.

—¿De qué planeta vienes, Liborio?

—Allá en mi pueblo así le hacíamos. Yo armaba una caja de zapatos, le abría unos agujeros como ojos y otro como boca, le ponía una vela prendida adentro y me salía todos los días de muertos a sacar pesos.

—Aquí a eso se le llama "trick or treat", truco o trato, pero salimos en caravana muy bien disfrazados y tocamos a las puertas de las casas y luego les cantamos canciones y nos dan dulces y no monedas. Aunque ahora que el entrenador Truddy no está, no sé si nos dejen salir.

—¡Qué aburrido! ¿Sólo dulces? Son mejores las monedas.

A las seis de la tarde ya tenía unos cuernos porque se me había ocurrido disfrazarme de diablo e hice unos cucuruchos de periódico y me los puse en la cabeza con una liga como sombrero.

—Ja —se rio Naomi—. En vez de diablo pareces chivo con esas cosas en la cabeza.

—¡Chiva tú! —y le di un empujón con mis cuernos.

A los demás pirulitos los habían vestido con sábanas, vendas y pintura, con lo que teníamos: fantasmas, momias, duendes, calabazas y dos pirulitos que no sabíamos qué eran pero hacían así si uno se les acercaba: "¡Groaaar!"

La señora Merche se había disfrazado de bruja cocinera con su caldero mágico, que en realidad era una de las ollas en las que cocinaba el arroz. El señor Abacuc se había puesto un frac con bombín, zapatos de charol y bastón de madera negra lustrosa.

—¿Y usted de qué se vistió, señor Abacuc? ¿De James Bond?

—Qué James Bond ni qué nada: me vestí de Chucho el Roto.

—¿Pero no debía ser lo contrario? ¿Ir todo roto? ¿Con los zapatos agujerados, rotos los pantalones de las rodillas y todo eso?

—Los rotos en el México de Porfirio Díaz eran los catrines, los elegantes, los aristócratas. Chucho el Roto fue un bandido que robaba a los ricos para darle a los pobres y se tenía que hacer pasar por rico para conseguir sus hazañas.

—¿Como Robin Hood? —intervino Naomi.

—Ándale, sí, como Robin Hood, nada más que éste sí fue real y lo mandaron a la peor cárcel del mundo: San Juan de Ulúa.

—¿Como Alcatraz?

—Todavía peor. Pero se escapó y nadie sabe dónde murió, si es que murió.

—¿Cómo? —volvió a preguntar Naomi rodeada de pirulitos.

—Cuando abrieron su ataúd, ¿qué creen que encontraron? —hizo una pausa dramática. Subió las manos y gritó—: Estaba lleno de ¡piedras! —dio un brinco y asustó a los pirulitos que estaban por ahí merodeando. Éstos salieron despavoridos hacia los brazos de la señora Merche.

—¿Y tú de qué te vas a vestir, Naomi? —le preguntó el señor Abacuc.

—¿Pues de qué va a ser? Me voy a vestir de princesa.

A las siete en punto el señor Abacuc y yo abrimos el portón del albergue. Ya habíamos colocado unas tiras de plástico anaranjadas y negras y, con unos cartones que forramos con papel anaranjado, habíamos dibujado unas calabazas. Yo había partido unas velas y las puse como caminito hacia el gimnasio. Naomi ya iba vestida como princesa. Llevaba un sombrero de plumas de papel periódico y debajo una trenza con listones de colores y un vestido blanco.

—¿Qué princesa eres? ¿De Disney? —le preguntó la señora Merche.

—No, soy la princesa Catrina.

—¿Y ésa cuál es? ¿En qué película salió?

—En ninguna, pues es la única princesa de verdad.

—Pero si son puros huesos —le dije al recordar un libro de fotografías que había hojeado y donde salía una Catrina.

—No importa, pero es que es muy elegante —dijo Naomi, y tomó del brazo al señor Abacuc para que la jalara en la silla de ruedas; se dirigieron hacia la salida como dos monarcas reales.

Un minuto después empezaron a llegar algunos invitados del señor Abacuc, sus amistades, personas mayores que tenían que acostarse temprano y por eso eran muy puntuales. También llegó la hermana de la señora Merche junto con tres de sus hijos. Ella vestida de cuervo y arrastrando a sus cuervitos.

Casi a las siete y cuarto llegó el Fairmont manejado por miss Webeer y el entrenador Truddy en el asiento del copiloto. Todos los pirulitos, Naomi y yo fuimos a recibirlo. Rodeamos el auto y empezamos a gritar: "Trick or treat. Trick or treat. Trick or treat". El entrenador Truddy bajó el vidrio y comenzó a repartir dulces a cada uno de los pirulitos y pirulitas. Cuando terminó de dar los dulces, se agachó hacia adelante del asiento y, de repente, salió con una máscara de nariz granulosa como demonio. Los pirulitos gritaron y corrieron espantados, dando brincos por todas partes. Se bajó del auto; lo iba a ayudar cuando me dijo:

—Yo puedo, muchacho, muchas gracias. No estoy tan viejo como parece.

Miss Webeer iba vestida como enfermera; llevaba una cofia blanca sobre la cabeza, un estetoscopio colgando del cuello, los labios muy rojos, como si tuvieran sangre, y una jeringa de utilería con la cual empezó a aterrorizar a los pirulos.

—Ven, demonito, te voy a inyectar.

Y éstos corrían despavoridos, tratando de proteger sus inocuas nalgas.

En ese momento llegaron, al mismo tiempo, el entrenador Bald y la ñora Dobleú. Imagino que no se reconocieron de momento, porque pasaron de largo entre la bola de pirulos que corrían de lado a lado, perseguidos por la enfermera loca, y, además, porque el entrenador Bald llevaba una peluca larga y unas cadenas colgándole encima de una chamarra de cuero y unos pantalones también de cuero, con botas altas y toda la cara maquillada de blanco, como un rockstar del infierno. En tanto que la ñora Dobleú lucía una peluca rosa, pestañas postizas, sombra muy negra en los ojos, los labios pintados de negro. Traía un vestido negro cortito y un liguero que se le notaba aunque estuviera parada. Calzaba unas botas de tacones muy altos.

—Papito —me dijo la ñora Dobleú—. ¿Me quieres dar de latigazos? —y se echó a reír como desquiciada.

La señora Merche se me quedó mirando con cara de demonio.

—Éste... yo...

—No sufras, papito —me dijo por fin—. Es una broma. Ahora me debes un dulce.

—Éste... yo... bueno... ¿De cuál?

—Me gusta uno muy tradicional que es típico de donde vienes.

—¿Cuál?

—Quiero un camote —y se echó a reír como vaca loca. Luego se fue dando saltitos hacia el interior.

—¿Quién es esa rorra que estaba contigo? —me preguntó el entrenador Bald cuando ya empezaba a sonar la música en el interior del gimnasio.

Habíamos sacado una computadora y desde ahí sonaba nuestra música. Yo había pedido a Calle 13, y Naomi, que era nuestra D. J., resignada porque nadie más sabía cómo se manejaba la picadera de botones, me la cumplió; fue la primera rola que sonó.

—¡A bailar! —grité eufórico con mis cuernos torciendo el aire a mi alrededor.

Y empecé a moverme como loco en medio de la improvisada pista. Los pirulitos me siguieron y despúes Naomi jaló al señor Abacuc, quien, en cadenita india, jaló a la señora Merche, que jaló a su hermana, que jaló a sus hijos. El entrenador Truddy se metió por su propia cuenta y jaló a su esposa. Ahí jalé al entrenador Bald y a la ñora Dobleú. Nos pusimos a bailar todos. Los pirulitos reguileteaban por todas partes, entre nuestras piernas; gritaban, hacían bulla, se alocaban. Naomí daba vueltas y vueltas en su silla de ruedas. Yo estaba muy contento, feliz; veía por un lado que la ñora y el entrenador, sin saber quiénes eran, podían llevarse a buen ritmo. Miss Webeer sonreía recargada en el pecho del entrenador Truddy. La señora Merche le quitaba un dulce a un pirulito amenazándolo con gritos como de leona. El señor Abacuc hacía el baile de los viejitos con una chamuchinera de niños a sus pies. Naomi hacía piruetas de trompo con su silla de ruedas. Sí, yo estaba feliz, contento, pero de vez en cuando, cuando nadie me veía, miraba hacia la puerta para ver si de casualidad ésta se abría.

Los entrenamientos para mi segunda pelea fueron más intensos que los primeros. Ahora el entrenador Truddy se había integrado al equipo como ayudante del entrenador Bald. Entre los dos me pusieron como campeón. Tenía que hacer el doble de ejercicios en la mitad del tiempo y vigilado por cuatro ojos. Por las mañanas salía a correr después de alimentar a las gallinas, que para desesperación de la señora Merche iban disminuyendo en cantidades industriales, porque los entrenadores habían dicho que mucha proteína y carbohidratos para el flaquérrimo deportista. El entrenador Bald consiguió suplementos alimenticios baratos en una tienda deportiva y le dieron unos botes con albúmina de huevo para que mis músculos enclenques fueran enclenques de acero. Siempre insistía el entrenador Bald en que la disciplina era la única forma de triunfar.

—Nada de flojear. Los flojos no llegan a nada. ¡Entrenar, comer y dormir! Tres bases para el éxito.

El entrenador Truddy lo secundaba.

—Ya ves, muchacho, ya te lo decía yo.

Una mañana llegó el entrenador Bald con un bulto de cemento.

—Sergi no me dejó sacar ninguna pesa, pero logré rescatar del sótano este bulto.

—¿Y esto para qué sirve? —preguntó el entrenador Truddy.

—Ora verá, entrenador. Liborio, tráeme esos botes de crema y esas dos cubetas.

Se las llevé.

Cortó por arriba el bulto de cemento y comenzó a vaciarlo en una de las cubetas; luego me pidió arena de la que había sobrado para el costal de arena y aserrín. Por fin le agregó unas piedras y comenzó a revolver con agua y una pala metálica.

—A falta de pan, tortillas —dijo—. Vamos a hacer unas pesas de concreto. Ahí hay unos tubos.

Una vez que estuvo hecha la mezcla, empezó a rellenar a tope los envases de crema y luego, como si fueran paletas de hielo, les metió los tubos por el centro.

—Los dejamos secar y mañana hacemos los del otro lado. Fácil, ¿no? Como pasteles.

Hicimos en total tres mancuernas de diferentes pesos. Y dos pesas con barras para levantamiento de pectorales, sentadillas, brazo y espalda.

Después de la comida y tras levantar pesas como loco, lo que al principio me volvió a poner como un árbol seco, sin poderme doblar para ningún lado, me iba a la biblioteca y me ponía a escribir la carta del día que iba a dejar bajo la puerta de Aireen después de correr. Ahí, con las letras que escribía entre los libros donados por la señora Marshall, me salían a mares cosas que no sabía que traía dentro. Recordaba muchas cosas. Era como un océano embravecido por el dolor de todo. Una expiación del tuétano; de la carne. Me veía como un exiliado de mí mismo. Y comenzaba a escribir, no sé para qué: para tratar de que Aireen me perdonara o para que yo mismo me fuera entendiendo.

—¿Qué tanto escribes? —me preguntó una tarde Naomi.

—Cosas.

—¿Qué cosas?

—¡Queti!

—Ash, Liburro, eso es muy antiguo. Ahora me vas a decir: "Qué te importa". Ash.

—Ajá.

—¿Y no puedo ver?

—¡No!

—¿Por qué no?

—Porque es privado.

—¿Es una carta de amor?

—No.

—Yo creo que sí porque te acabas de poner colorado.

—Es el calor.

—Aquí no hace calor, Liborio.

El 9 de noviembre fue mi segunda pelea, ahora en el Palacio de Gatbrick. Gracias al artículo que escribió la ñora Dobleú y que replicaron varios medios locales, entre ellos el *Chronica News* y el *Daily News Open,* alguna gente latina esperaba ver "al descendiente de Moctezuma. Al Quetzalcóatl de los sumerios. Al inca de los babilonios. Al hércules azteca...", y cuanta cosa se le fue ocurriendo a la ñora loca mientras escribía.

Yo me estaba preparando en el vestidor junto con el entrenador Truddy, que estaba alistando los guantes, cuando el entrenador Bald me dijo:

—Allá afuera te buscan.

Sentí que las sienes me hicieron así: ploc.

Imaginé a Aireen entrando por la puerta y recomponiendo todas las moléculas del vacío en materia sólida, pura, hermosa.

—¿Quién es? —le pregunté al entrenador Bald con la lengua de trapo.

—Es un señor.

Su respuesta me hizo aterrizar el corazón; me dejó de absentar como si fuera un hipocondriaco.

—¿No puede ser después de la pelea? —le dije con un cambio súbito de estado de ánimo.

—Eso mismo le dije, pero es necio como su foquin madre, chico.

—Hazlo pasar.

Antes de entrar reconocí el olor apachichado del Chief.

—Vaya, vaya, putarraco cajetoso, ¡quien te vea que te compre! ¿Ya ves? Por no estudiar, triglicérido anemonoso, ahora a chingarle con los foquin puños.

—Usted dice, campeón —le cerró el paso al Chief—. ¿Saco a patadas a esta bola de grasa? —me preguntó el entrenador Bald.

—¡Y yo le ayudo! —gruñó el gigantón Truddy poniéndose de pie frente al Chief.

En ese momento vi cómo al Chief se le fue la manzana de adán hasta la punta de la nariz de ida y de regreso.

—Ora, ora —empezó a sudar tinta el Chief.

—¡Patrón!

Los entrenadores se hicieron a un lado.

El Chief se me acercó como si ya lo hubieran madreado.

—Este... yo... bueno... eh...

—Tranquilo, patrón. Nada más estaban jugando.

El Chief intentó sacar una de sus risas de alebrije, pero sólo le salían plumas de la boca.

—Yo... este... vine porque... eh... vi que enfrente de la cafetería pusieron un moño de duelo y tu amor secreto, esa morra guapetona, va de negro... Pensé que podías querer saberlo...

—¡Qué! —me le fui encima y lo tomé de las solapas. El Chief se puso más blanco.

Ahí los entrenadores me tuvieron que separar para que el Chief no se zurrara en los calzones.

—Lo siento, chivato, en verdad lo siento mucho —dijo el Chief.

El alma no me cabía en el cuerpo.

—Me largo ahorita mismo —les dije a los entrenadores.

—No puedes —me cortó el paso el entrenador Bald.

—¡Cómo chingados no voy a poder! —y me puse como si los fuera a desmadrar.

—Bueno, sí puedes, pero no debes —entró un poco más sereno el entrenador Truddy.

—Tienen razón, putarraco —gorgojeó el Chief viendo toda la escena.

—¿Ves? ¡Hasta esta bola de grasa lo sabe! —gritó el entrenador Bald—. Si te marchas las cosas se detienen y luego se caen. Luego ya no hay vuelta de hoja.

Salí hacia el ring con los ojos nublados. Percibía que había mucha gente y que algunos coreaban "Indio, Indio, Indio", y otros el nombre de mi contrincante: "Murder, Murder, Murder". Un señor igual de prieto que yo lanzó un grito hacia mí: "Ojalá te mate el Murder, pinche indio prieto". Pero yo no oía ya nada, o si lo oía no comprendía. Estaba como ido. ¿Qué había pasado en la casa de Aireen? ¿Por eso había desaparecido estas semanas? ¿Y si se murió su abuelo? Aireen ya no tenía más familia. ¿Intentaría retomar su promesa antigua y hacerla valer desde la azotea del edificio para levantar el vuelo?

Subí al ring a empellones dados por el entrenador Bald.

—Concéntrate, muchacho; ahora es tiempo de ver de qué madera estás hecho —me puso el protector bucal y se bajó del ring.

El réferi nos llamó.

El boxeador de enfrente tenía cara de perro. Llevaba muchos tatuajes, como si en su otra vida hubiera sido un foquin lienzo para pintar.

—Vamos ya, apúrate, que no tengo tiempo que perder —dije mientras el réferi nos daba las últimas indicaciones.

El cara de perro tatuado me enseñó los dientes.

El réferi nos separó, y en el momento en que sonó la campana me le abalancé. Puso una guardia clásica. Sin tiempo que perder, desaté todas mis venas, toda mi sangre; mi ira completa sobre ese pobre infeliz, y antes de que ese morro diera otro paso hacia atrás, lancé un cañonazo que fue a estrellarse contra sus guantes defensivos, que se estrellaron en toda su cara. El impacto fue tan brutal que los pies se le quedaron clavados al suelo pero el cuerpo se fue hacia atrás, azotando su cabeza contra la lona. Ni las manos metió cuando se derrumbó, como una alimaña, en la dimensión desconocida.

Di la vuelta y me dirigí a mi esquina mientras escupía el protector bucal a las manos del entrenador Bald.

—¡Vámonos ya!

En el estacionamiento del Palacio de Gatbrick se quedaron Naomi, el señor Abacuc y la ñora Dobleú.

—Sereno, hijo —me dijo todavía el señor Abacuc después de enterarse de lo sucedido por medio del entrenador Truddy.

Naomi y la ñora Dobleú se me acercaron por el lado de la ventanilla.

—Lo siento, morro. A veces las cosas pasan sin querer, y otras, aunque se quieran, no pasan —le echó una mirada al entrenador Bald y luego se metió por la ventanilla y me dio un beso.

Naomi me miró a los ojos y me entregó una florecita de papel periódico.

—Regresa pronto —me dijo.

Los guantes me los fue quitando el entrenador Bald en el Fairmont del entrenador Truddy.

No dijeron ni pío de la pelea.

El entrenador Bald me secó el sudor y me pasó la playera para que me la pusiera. Luego me quité los botines y me puse el pants y los tenis.

—Pasando el parque Wells, ¿verdad? —preguntó el entrenador Truddy.

Antes de que se detuviera el auto, salté a la banqueta. Sí, era cierto, ahí colgaba el moño como una gran mariposa negra, empañando aún más mi vista.

—Corre, ahorita te alcanzamos —me gritó el entrenador Bald.

Subí los escalones de piedra como si no existieran. Abrí la puerta y corrí hasta su piso. Empecé a ver gente extraña a cada paso que daba. De repente se me apareció una cara conocida.

—Muchacho, cuánto siento lo de tu abuelo —era mister Hundred. Me dio un abrazo—. Lo que necesiten tú y tu prima Aireen… ando por aquí.

En ese momento el alma se me cayó del cuerpo. Las piernas se me hicieron de gelatina. Me faltaba el aire. Caminé lento por el pasillo hasta donde estaba la puerta abierta del departamento de Aireen. Todas las personas que ahí había eran desconocidas para mí. Llegué a la entrada y vi sillas acomodadas; me acerqué un poco más y ahí divisé un ataúd gris metálico, lleno de flores. Algunas coronas estaban esparcidas a su alrededor.

Sin saber por qué, sin entender, empecé a llorar. Poco a poco mis ojos se fueron anegando de sal. Sentí una opresión en el pecho que me había convertido en una estatua en medio de la entrada. Nada. La muerte no debía ser tan seria, decía el señor Abacuc, pero ¿y si sí lo era? ¿Si es la última vez que vemos a quien amamos? ¿Si ya nunca volveremos a ver a quien se fue? Recordé el amor que Aireen le tenía a su abuelo. Y recordé cuando el abuelo me enseñó las fotos de ella todo feliz, satisfecho, orgulloso. ¿Cómo se nos iba la vida?

—Gracias por venir, chivato —escuché a mis espaldas. Era la voz de Aireen. No tuve el valor de girar. No podía verla. No, porque yo debí estar con ella antes de todo esto, ayudándola en todo. Abrazándola para consolarnos entre los dos por el desastre que la muerte acarrea. No podía mirarla. Ella me rodeó y me levantó el rostro para que yo la mirara—. Gracias, chivato, de todo corazón —abrí los ojos y la vi. Ella había estado llorando, pero en ese momento sus lágrimas volvieron a aflorar; se desataron lentas, cinceladas, hacia su boca, pausadas. Nos miramos a los ojos por una eternidad; una eternidad del tamaño de todas nuestras vidas. Me sonrió y me dio un beso en la mejilla.

—¿Está todo bien, Aireen? —se nos acercó un hombre rubio, alto y bien parecido.

—Sí —se enjugó las lágrimas con el dorso de la mano—. Mira, Alexaindre, te presento a un gran amigo mío, Liborio.

El hombre me extendió la mano y me dijo:

—Sé que no es el mejor momento para conocernos pero… los amigos de Aireen también son mis amigos. Muchas gracias por venir y acompañarla en estas horas de profundo dolor. ¿Gustas que te traiga algo, Liborio? ¿Un café?

El entrenador Bald entró primero, seguido del entrenador Truddy. Yo estaba sentado en una de las últimas filas de las sillas que habían dispuesto en el departamento de Aireen. El féretro del abuelo estaba ahí, enfriándose bajo nuestras miradas. Los entrenadores se sentaron cada uno a mi lado. Yo estaba derrumbado sobre mí mismo. No lograba entender las palabras de nadie. Sólo veía que todo se movía en cámara lenta. Aireen se fue a sentar hasta adelante y Alexaindre a su lado. Luego muchas personas vestidas de negro y azul marino. Atrás del féretro estaba colgado el cuadro que había pintado el abuelo, ése que me pareció lleno de puros escupitajos de colores.

Sonó una campanita y un hombre mayor se paró. Llevaba un traje negro y una flor blanca en la solapa. Se apoyó en un bastón.

—Abraham Reinder pintaba para ser feliz y no para ganar dinero. Ésa es la diferencia entre los hombres felices y los hombres infelices. Y vaya que fue feliz, pero un día su cuerpo dijo no y fue un no para siempre… Un minuto de aplausos para este gran artista, padre y abuelo. Descanse en paz.

Todos empezaron a aplaudir. Aireen inclinó la cabeza hacia adelante y se levantó. Todos nos levantamos. El aplauso, supongo, se escuchó mucho más allá de las colinas.

Cuando íbamos bajando las escaleras del edificio, Aireen me alcanzó.

—¡Chivato!

Nos detuvimos. Los entrenadores miraron a Aireen, luego me miraron a mí y después se miraron entre ellos.

—Te esperamos abajo, campeón —dijo el entrenador Bald, y jaló del brazo al entrenador Truddy.

Aireen los miró alejarse. Luego posó sus hermosos ojos sobre mí.

—Muchas gracias por venir, en verdad.

—Hubiera querido estar ahí contigo, a tu lado, en el hospital —le dije recargando mis manos en el barandal de madera.

—Ahí estuviste —contestó—. Tus cartas fueron hermosas. No sabes cómo me sacaban del dolor y me ayudaban a pensar en otras cosas mientras mi abuelo aún estaba a mi lado. Pensaba en tu pasado, en lo que me escribiste de tu madrina. En todas las inclemencias que has vivido desde que saliste de México y tu vida aquí en USA. En la frontera y el desierto, y cómo te salvaron tus paisas, el Pepe, en esa carretera quemada por el sol. En cómo me conociste; en cómo me amaste desde el primer momento en que me viste en el parque Wells. Pensé mucho en eso, ¿sabes?... —hizo una pausa sin dejar de mirarme; luego continuó—: Supongo que el alto es el entrenador Truddy y el de la boina el entrenador Bald, ¿no? —sonrió, así, hermosa como siempre, olvidando por un momento todo el dolor de ese instante; luego hizo una pausa porque Alexaindre la llamó para que fuera adentro de su departamento a seguir atendiendo a las visitas—. Recuerda bien esto, chivato: nunca te voy a olvidar. Nunca —dio media vuelta y se esfumó tras la puerta.

Llegamos al albergue en la madrugada. El entrenador Bald y el entrenador Truddy mantuvieron un respeto absoluto a mi silencio. Sólo me dijeron que tenía el día libre y que al día siguiente no íbamos a entrenar.

—Descansa, campeón —y se fueron.

La señora Merche me abrió.

—Ay, muchacho, traes cara como si te hubieran apaleado. Necesitas un buen caldo de gallina.

Se metió a la cocina, calentó el caldo en un pocillo y me lo sirvió.

Se sentó enfrente de mí. Me miró comer en silencio.

—Prométeme una cosa, chango —me dijo de pronto, mientras yo intentaba tragar el caldo que en ese momento me sabía a piedras remojadas—. Prométeme que nunca le vas a hacer daño a Naomi.

—¿Por qué habría de hacerle daño?

—No te hagas el que no sabe nada. ¿No ves cómo te mira? Aún es una niña, pero algún día va a crecer. Si por equis o por zeta le haces daño, te rompo la cabeza a palazos.

Al despertar lo primero que vi fue el rostro de Naomi inclinado sobre mí.

—Te traje un pan de dulce antes de que se acaben. Ya ves, Liborio, aquí siempre tenemos hambre.

—Gracias, Naomi —le sonreí bajo mis ojeras destempladas, cogiendo el pan.

—Ya voy en los molinos de viento del *Quijote*.

—¿Ajá? ¿Y te gusta?

—¡Me encanta! ¡Yo quiero ser una Quijota! —y me abrazó.

—Lo serás, Naomi, yo creo que lo serás.

—¡Y tú serás mi Sancho!

Luego se separó y dio una vuelta en su silla de ruedas.

Ahí, acostado en medio de la cama, la vi irse con esa alharaca estratosférica bullangarosa que tanto me encanta.

WITHDRAWN

Campeón gabacho de Aura Xilonen Arroyo Oviedo
se terminó de imprimir en noviembre de 2015
en los talleres de
Litográfica Ingramex, S.A. de C.V.
Centeno 162-1, Col. Granjas Esmeralda, C.P. 09810 México, D.F.